公爵家に生まれて初日に跡継ぎ失格の烙印を押されましたが今日も元気に生きてます！ 4

小択出新都
Otaku de Neet

Regina

RB
レジーナ文庫

登場人物紹介
ハナコ
魔王の娘。
エトワの友人で、第三王子のアルセルさまに片思い中。
パイシェン
水の侯爵家の令嬢。
エトワの先輩で『桜貴会《おうきかい》』の代表を務めている。
失格
エトワ
風の公爵家の令嬢。
魔力が少ないせいで跡継ぎ失格の烙印を押された。
元は普通の日本人で、超マイペースな性格。
天輝《てんき》
金の烏をかたどった剣。
エトワの能力の大半が封じられている、頼れる相棒。

護衛役の子供たち
ロールベンツ
新鋭の商人。
エトワが愛用している
アルミホイルに
目をつけたようだが――？
スリゼル
ミント
リンクス
ソフィア
クリュート

目次

公爵家に生まれて初日に跡継ぎ失格の烙印《らくいん》を押されましたが今日も元気に生きてます！４

第一章　エトワ商会!?

どもども、エトワです。交通事故に遭って、異世界に転生することになった私ですが、転生した先は魔法使いの名家シルフィール公爵家でした。

魔力がまったくなかった私は、初日で後継者失格の烙印《らくいん》を押されてしまいました。そんなことがありつつも公爵家でぬくぬく居候《いそうろう》暮らしを満喫《まんきつ》していた私のもとにやってきたのは、シルウェストレと呼ばれる五つの侯爵家からやってきた五人の子供たち。才能のない私に代わり、公爵家の後継者候補に選ばれたみたいです。

どの子も才能抜群で、勉学も優秀、おまけに美少年美少女ばかり！

後継者候補である彼らには試験が課されました。それは私を仮の主《あるじ》として十五歳になるまで護衛役という仕事を務めること。その期間の中で、もっとも公爵家の後継者としてふさわしい成長を遂げた者が当主に選ばれるということだとか……

異世界でマイペースにゆらゆら過ごしつつ、特に意味もなく神様にもらったパワーに目覚めたり、貴族学校に入れられたり、冒険者学校に入ったり、自称魔王の娘と友達になったり、疎開先で魔族に襲撃されたり、なんかいろいろあったけど、そんな私もようやく小学三年生。

本来なら魔法使いだけが参加する魔法戦技《アンデューラ》って競技に、家のごたごたのせいで参加させられたりしたけど、それもいい経験になりました。

アンデューラに関わるいろんな騒動が終わり、私の生活にもすっかり日常が戻っていた。

あのあとシーシェさまの命令で家でも侍女ごっこをしていたら、それを聞いたお父さまが私が侍女になりたがっていると勘違いして、侍女学校へ入学させようとした騒動があったんだけど、それはまあ置いておこう。

今は友達のリリーシィちゃんと一緒に、ポムチョム小学校で授業を受けている。

「普通のべんきょうは退屈だよ〜。冒険のべんきょうしたーい！」

先生が教材を取りに行った休憩時間、リリーシィちゃんが叫ぶ。

「まあまあ、あと三十分で今日の授業は終わりだし」

「エトワちゃんはいいよね。テストもいつも花マルだし」

「そこらへんは年の功ですから」

ポムチョム小学校の授業は小学生レベルの問題ばかりなので、簡単に解けてしまう。

「むーエトワちゃんも私と同じ年でしょー」

リリーシィちゃんと話をしながら、先生の帰りを待ってるけど、妙に遅い気がした。

社会担当のバーバラ先生は、まだ若い先生でいろいろと手際はわるいけど、冒険者を引退したばかりで動きの俊敏《しゅんびん》さには定評がある。冒険者時代はレンジャーをやっていたらしい。先生なら教材を取りに戻るぐらいすぐに済ませてしまいそうなのに、と私は首をかしげていた。

それから十分ほど経ったころ、ようやく先生の声が聞こえた。

「だ、だから、困ります！　子供たちは授業中なんですよ！」

「いやいや、お時間は取らせませんよ、すぐに済みますから、なにとぞお願いします」

誰かともめてるようで、その声はどんどんこちらへ近づいてくる。

「ちょっと失礼しますよ」

そんな声と共に、教室の扉が開き、一人の男性が姿を現した。

でっぷりと太った、ちょっと成金趣味っぽい服装の男性だ。指や首にじゃらじゃらと、金色のアクセサリーをつけている。その後ろに、困ってる表情のバーバラ先生が見えた。

「勝手に教室に入らないでください！　ウィークマン先生とボルゲェイ先生を呼びますよ！」

「いやー、本当にすぐに済みますから！　どうかご容赦《ようしゃ》ください！」

男性は言葉は低姿勢だけど、やってることは強引だった。

押し負けたバーバラ先生は、ちょっと涙目になっている。新任の先生の経験不足が出てしまった感じだ。元冒険者の腕っ節を発揮するわけにもいかないし大人は大変だ。

それにしても教室に部外者、一体どういう用件かと、みんなと一緒に見ていると……

「エトワちゃんという子はいるかな？」

急に名前を呼ばれた。

「はいー？」

「返事しなくていいですよ、エトワさん！」

そう言われても反射的に答えちゃったので、時すでにおそ寿司。

私の返事に男性は喜色の笑みを浮かべ、ダダダと床を鳴らし走ってきた。

「君か！」

一体なんなんだろうと思っていると、その男性の右手に握られたものに気づく。銀色のひらひらした一切れの紙。

これ、私がクリュートくんに作ってもらったアルミホイルだ！

男性は私を値踏みするような目で見たあと、見え見えの愛想笑いを浮かべた。

「なるほど、君がエトワちゃんなんだね。おや、その額の落書きは自分で書いたのかな？なかなかチャーミングな子だね。はは」

「はいはい～。ところでどちらさまですか～？」

失格の印を落書きと勘違いしたらしい。

でも、間違いを指摘すると話が長引きそうなので放っておいた。先生も困っているし。

「あーあー、私はロールベンツという者なんだ。この国ではなかなか名の知れた商人なんだけどね。君も名前を聞いたことぐらいはあるかもね」

聞いたことなかった。

他の子も同じ反応だ。そんな周りの反応は気にならないようで、ロールベンツさんはその手にあるアルミホイルを私に差し出してきた。

「これを君が作ったって、本当かい⁉」

「えっと、そのアルミホイルは私が友達に作ってとお願いしたものです。だから作ったのは友達です」

「アルミホイルというのか。つまり考えたのは君なんだね！」

「えっ……えっと……まあ……。そうなのかもしれません」

ごめんなさい、もとの世界でアルミホイルを考えてくれた人。まさかもとの世界にあったものを作ってもらった、なんて説明できないからそう言うしかない。

それを聞くと、ロールベンツさんは私の肩をガシッと掴んで、喜びの表情を浮かべる。

「素晴らしい！　素晴らしい発明だよ、これは！　何を隠そう、私はこのアルミホイルをぜひ商品化したいと思っているんだよ！　早速、作り方を教えてくれないかな？」

なんですと、商品化！

つまりアルミホイルが商品になって、この世界に流通するってこと⁉　それはすごい！

私もクリュートくんを煩《わずら》わせずにお店からアルミホイルが買えるようになるし、この世界の奥さん方もアルミホイルのおかげで家事がちょっと楽に！

子供たちもアルミホイルのおかげで、大好きなグラタンがいつでも手軽に！

素晴らしい、素晴らしい話ではないですか！

「構いませんよ！」

アルミホイルをこの世界に普及するためなら、私も助けになりたい。

実際はクリュートくんがすごいだけで、私は何もしてないも同然だけど、それでも、アルミホイルの普及に貢献できるならお手伝いしたかった。クリュートくんもいちいち私に付き合わされなくてよくなるから、賛成してくれるんじゃないだろうか。

快いお返事を伝えると、ロールベンツさんはニコニコして懐からお財布を取り出す。

「そうかい、そうかい。これはほんのお礼だよ、受け取ってくれないかい？」

そして子供にあげるには結構な大金を私に渡そうとしてきた。

日本円で言うと二万円ぐらい。子供たちの目が丸くなる。

「エトワちゃんすごい！」

「お金持ち！」

私は慌てて首を振った。

「いえいえ、そんなお金、受け取れません！」

「いやいや、遠慮しなくていいんだよ。ほんのお礼なんだから」

「でしたらお父さんとちょっと相談してきます！」

なぜかぐいぐいとお金を押し付けようとしてくるので、咄嗟《とっさ》にそう言ってしまった。

まあ今はお父さまが家にいるから、本当に相談すればいいか。

それを聞くと、ロールベンツさんの顔が一瞬ぴくりと真顔になった。でもすぐに笑顔に戻る。

「そうだねー、親御《おやご》さんにも相談しないといけないよねー。私もご挨拶したいからついていってもいいかな？」

「構いませんけど、学校が終わるまで待ってもらえないでしょうか」

なんか結局、ロールベンツさんが家に挨拶に来る話になってしまった。

「うんうん、構わないよ。それではお騒がせしました」

ロールベンツさんはそう言うと、ようやく教室から出ていってくれた。

バーバラ先生が泣き出す前でよかった。

「じゃあねー、リリーシィちゃん」

「うん、またねー、エトワちゃん！」

学校が終わり、玄関でリリーシィちゃんと別れる。

ロールベンツさんの姿を探すと、運動場の遊具に腰掛け、俯《うつむ》いてぶつぶつと呟いている。考えごとをしているようだった。

「まあこんなボロ学校に子供を通わせている親だ。十万リシスも渡せばすぐに頷くだろう」

「ロールベンツさ〜ん」

「うおおっ」

私が声をかけると、やたら驚いた顔で飛び退いた。

それから私の姿を見ると、笑顔を作って言う。

「やあ、君か。もう学校はいいのかな」

「はい、行きましょう」

私はロールベンツさんと一緒に、家への道を歩き始める。

ふと気づいたように、ロールベンツさんが私の服をしげしげと見た。

「そういえば君、ずいぶんと高級な服を着ているね」

「あ、友達からのプレゼントなんです」

今日着てきた服はソフィアちゃんからプレゼントされたものだった。ソフィアちゃんは後継者候補で唯一の女の子。そのおかげか一番に仲良くさせてもらっている。

「なるほど、貰い物か。ちょっとお高いものをもらうこともあるよねぇ」

合点がいったようにロールベンツさんはうんうんと頷く。

そんなやり取りをしていると、前方から不貞腐《ふてくさ》れた表情をしている黒髪の少年が歩いてくる。クリュートくんだ。後継者候補の一人で、風と水、土と三つの魔法を使える多彩な才能の持ち主だ。ちょっとひねくれ者だけどいい子。どうやら私を迎えに来てくれたみたいだ。

「クリュートくん、珍しいね～」

「別にいいでしょ、来てあげたんだから感謝してくださいよ」

どうやらお家にお父さまがいるからしぶしぶながら迎えに来てくれたようだった。

「誰ですか、その男は」

「あ、ロールベンツさんだよ。商人をやってるんだって、お父さまに挨拶したいってー」

「ふーん、なるほど」

クリュートくんは興味なさそうに相槌《あいづち》をうった。

一方、ロールベンツさんは戸惑うように、私にこそこそと話しかける。

「えっと、この子も友達なのかい？　ずいぶんと育ちがよさそうだけど……？」

「はい、貴族のお家の子ですから」

私は頷く。

すると、なぜか焦ったようにロールベンツさんが言う。

「き、君は違うよね？　ほら、冒険者学校に通ってるし」

「そうですね。そんな感じです」

実際のところ、よくわからない立場だけど、廃嫡《はいちゃく》されてるってことだから、平民扱いが妥当だろう。いろいろと取り扱いがめんどくさい存在ではあります。申し訳ございません。

「うんうん、貴族学校がある街だ。平民の子が貴族の子と友達になることもあるよな……」

ロールベンツさんはまたぶつぶつと呟く。

しばらく歩いていくと、貴族たちの家が立ち並ぶ区画にたどり着く。私たちの家があるのも、この区画だ。なぜかロールベンツさんが、汗をだらだらかき始める。

「えっと、お友達の家に遊びにいくのかな？　それは用事が済んでからにしてほしいんだけど。それともここらへんに君の家もあったり？」

「いいえ、ここを通り過ぎたところです。もうちょっと歩きます」

一般的な貴族たちの家があるのはこの区画だけど、お父さまの別邸は結構な広さなので、同じ区画でももうちょっと離れてるのだ。

「そうなんだ、通り道なんだね。そういうこともあるよねきっと。貴族と平民が一緒に暮らす街なんだから」

ほっとした顔でロールベンツさんが頷く。

そうして歩いてしばらく。

「ずいぶんと広いお屋敷だねぇ。さぞ名のある貴族が住んでるんだろうねぇ」

私たちはようやく家の前にたどり着き、でも入り口はもう少し先なので、そこに向かって歩いているところだった。

ロールベンツさんは観光客気分で、きょろきょろと我が家の庭を覗き見している。

「ところで、君の家はまだまだ時間がかかりそうなのかい？」

そう聞かれたとき、ちょうど私たちは家の正門にたどり着いた。

「着きました」

「へ？」

私たちが門の前に立ってると、庭で働いていた使用人さんが挨拶してくれる。

「エトワさま、クリュートさま、お帰りなさいませ」

「いつもおつかれさまです」

私もぺこりと頭を下げる。それから、なぜか全身から滝のように汗を流し、真っ青な顔をしているロールベンツさんに声をかけた。

「あのー、着きましたけど、入らないんですか？」

「き、君……ここは……その……だれの、いやどなたの……お家なんでしょうかかか？」

私はロールベンツさんのおかしな反応に首をかしげる。

「私たちが今住んでるシルフィール家の別邸ですけど？」

失格

「よ、四大公爵家《よんだいこうしゃくけ》っ……!?」

ロールベンツさんの顔色が青から白に近づいていく。

「大丈夫ですか？　家で休んでいきますか？」

ちょうど家に着いたし、気分がわるいならと思って提案する。

するとロールベンツさんに尋ねられた。

「えっと、エトワちゃんは、ここの使用人の娘さんなのかな？」

「違いますけど？」

みんな優しくしてくれるけど、残念ながら血縁関係はない。

「す、すみません。気分がわるくなってきたので今日は帰らせていただいてよろしいでしょうか」

「家で休んでいってもいいですよ？」

「家!?　いえいえいえ！　お家の方のお手を煩《わずら》わせるほどではありません！　帰ってゆっくり休めば大丈夫です！　本当です。本当ですとも！」

「そうですか？　わかりました」

確かに気分がわるそうだった。慣れない人の家より、一人でゆっくり休みたいのかもしれない。

「じゃあ、また今度ですね」

まだアルミホイルの商品化のお話は済んでいない。

アルミホイル普及のためにも、ちゃんとお話ししなければ。

「はい、それでは失礼させていただきます！」

ロールベンツさんは体調を崩した人にしてはとてつもない猛ダッシュで、私たちの前から去っていった。

「なんなんですか？　あの男」

クリュートくんが不審げな表情でロールベンツさんが去っていった方向を見る。

「ロールベンツっていう商人さんだよ。アルミホイルを商品化したいんだって！　クリュートくんのおかげだね！」

そう言うとクリュートくんはめちゃくちゃ嫌そうに顔をしかめて、ただ一言だけ呟いた。

「あんなものを……？」


一応、今日の件をお父さまに報告する。

アルミホイルというものをクリュートくんに頼んで作ってもらっていたこと。それをロールベンツさんが商品化したいと話してきたこと。二万リシスというお金を渡そうとしてきたこと。お金が絡むことだから、きちんと保護者に伝えないといけないよね。私偉い！

「そういうわけで、ロールベンツさんは体調を崩して帰っていきました」

私が事の顛末《てんまつ》まで説明すると、お父さまは書斎《しょさい》の机に座ったまま、一言呟いた。

「レメテンスを呼べ」

「かしこまりました」

お父さまの指示を聞いて、お付きの人たちが外に出ていく。

なにごと、と思ってたんだけど、ソファに座らされて待つこと二十分。さわやか風のイケメンな青年が部屋に入ってきた。

「クロスウェルさま、お呼びいただいてありがとうございます」

青年はお父さまに深々と頭を下げると、私のほうを見て微笑《ほほえ》みながら言った。

「はじめましてエトワさま。シルフィール家に仕えております弁理士《べんりし》のレメテンスです。エトワさまの大切な知的財産権は私どもがしっかりと守ります」

えええ、弁理士《べんりし》!?　なんかすごく大げさな話になってきたぞぉ……

変な方向に転がっていきそうな予感がして、今度は私の額からだらだらと汗が流れてくる。

「いえ、知的財産権とか、そんな大した話じゃ……。ないと思うんです……けどぉ……」

もとの世界にあったものを流用しただけだし、作ってくれたのはクリュートくんだし……

「いえ、お聞きしたところによると、素晴らしい発明品だと思います。つきましては特許申請の準備を始めたいと思うので、アルミホイルというものを拝見させていただけますでしょうか」

とっきょ……とっきょ……とうきょうととっきょきょかきょくきょ……

その日はレメテンスさんにアルミホイルを見せて終わった。


次の日、お父さまに呼び出されて書斎《しょさい》に行く。

書斎《しょさい》に入ってみると、クリュートくんとレメテンスさん以外にもロールベンツさんの姿があった。もしかしてアルミホイルの商品化の話をしに来てくれたのだろうか。でも、昨日よりも顔色がわるい。とても心配になるレベルだ。

「大丈夫ですか?」

ロールベンツさんにそう尋ねると「は、はい……」とか細い声で返事が返ってきた。

私が席に着くと、お父さまが話を始める。

「さてロールベンツ、お前の噂は少しだけ聞いたことがある。最近、急激に業績を伸ばしている商人だと……少々強引な方法でな」

商売の話をしに来ただけなのに、お父さまの口調はまるで尋問《じんもん》するかのようだった。

ロールベンツさん、確かに学校に来たときも強引だったなぁ。まあ商売をやっていくには、そういう強引さも多少は必要なのかもしれない。

「今回はエトワの発明品に目をつけたようだが、二万リシスというお金を渡そうとしたそうだな」

「い……え……は、はい……」

なんだろう、めちゃくちゃ空気が重い。

まるで処刑台で死刑を執行するかのような……そんな空気を、お父さまが放っていた。

「よもや子供の無知《むち》に付け込んで、二束三文《にそくさんもん》で買い叩こうとしたわけではないだろうな」

私はお父さまの言葉に心の中で突っ込みを入れる。いやいや、アルミホイルの作り方を教えるだけなんだから、お金をもらうこと自体申し訳ないぐらいだったんですけど……。そう言いたかったけど、お父さまの放つプレッシャーが尋常《じんじょう》じゃないので口を挟めませんでした。

ロールベンツさんは、お父さまの灰色の瞳でじっと見られ、ガクガク震えて滝のような汗を流しながら首をブンブンと振る。

「め、めっそうもございません！　お嬢さまにはしかるべき報酬をのちほど支払わせていただく予定でした！　二万リシスはあくまで、私の話を聞いてくれたお礼です！」

「その言葉に偽りはありませんね」

レメテンスさんがロールベンツさんに尋ねる。

「もちろんでございます！　エトワさまとは極めて誠実な取引をさせていただく予定でございました！」

「そうか……」

ロールベンツさんの言葉を聞き、お父さまが頷く。

「この際だ。過去にどういった心持ちで取引をしようとしていたかは問わない。今述べた心境が、今の本心であるかが大切だ」

「は、はい……！　エトワさまとは今後、一切の嘘偽りなく、誠実な取引をすると約束させていただきます……！」

ロールベンツさんは頭を下げて、お父さまにそう言った。お父さまがそれに対して言う。

「エトワが発明した品を商品化するためには、商売の知識に長けた者の誠実な助力が必要だ。そういう存在になると誓えるか？」

「はい！　エトワさまのためにもアルミホイルの商品化を成功させてみせます！　この命に替えましても！」

「そうか、ではよろしく頼むぞ」

「はいぃぃ！」

ロールベンツさんが裏返りそうな声で返事をした。

一方、レメテンスさんが場の空気に合わない、さわやかな笑顔で言う。

「私も微力ながら助力させていただきます」

お父さまは最後にクリュートくんのほうを見て言う。

「クリュート、このアルミホイルの発明には君も関わっているらしいな。できればエトワに、力を貸してやってほしい。しかるべき報酬は我が家から払うつもりだ。頼めるだろうか？」

「わ、わかりました！」

あのクリュートくんもお父さまの迫力に押されてこくこくと頷く。

「エトワ、今回用意したメンバーでお前の考えたアルミホイルの商品化をしてみるといい。何か必要なものがあれば、シルフィール家の代表として相談に乗る」

「は、はい！　ありがとうございましゅ！」

私もこくこくと頷く。ちょっと噛んだ。だって怖いんだもん、お父さま。

こうしてよくわからないうちに、アルミホイル商品化チームが結成されてしまった。

私の言いたいことといえばひとつ。兎《と》にも角《かく》にも——

おおげさすぎるよ!!


お父さまのお話のあと、ロールベンツさんと相談することになった。

ロールベンツさんは初対面のときとは違い、とても恐縮《きょうしゅく》した様子で私に話しかけてくる。

「え、エトワお嬢さま、このたびは大変なご無礼をお許しください」

「いえいえ、私のほうこそなんかごめんなさい！」

私の妙な立場がロールベンツさんに迷惑をかけてしまった気がする。

「特許関係のことはレメテンスさんが準備してくれています。若手の弁理士《べんりし》ですが腕がいいと評判の方なので、任せておいて大丈夫でしょう」

「そうなんですか」

そうなのかー。

公爵家のお抱えになるぐらいだから、そりゃ優秀だよね。この世界に特許制度があるなんて昨日まで知らなかった私は、レメテンスさんの仕事については何の助けにもなれない。なのでロールベンツさんとアルミホイルの話をと思ったけど、こちらも準備が必要なようだった。

「私たちの目標はアルミホイルの製造とその販路《はんろ》を作り上げることなのですが、販路《はんろ》の確保には商会が必要です。製造だけを担当するより、直営の商会で販売したほうが儲けも大きいでしょう。エトワお嬢さまには私が経営するゴールデン＆スマイリー商会の幹部になっていただこうかと」

「ええっ、そんな!?」

何もしてないのにいきなり商会の幹部だなんて申し訳ないですよ、と返そうとしたら、その前に慌てた様子でロールベンツさんが言葉を被せてきた。

「そうですよね、ええ、その通りです！　エトワお嬢さまとしては幹部などという立場では、甚《はなは》だご不満であることと思います！　私もその点に大きな疑問を感じていました！　先ほどから！　ずっと！　感じておりました！　アルミホイルの発明者であるお嬢さまにはもっと輝かしい役職についていただかなければなりません！　こうなりましたらエトワさまが代表を務める商会を立てましょう！　ああ素晴らしい！　早速手続きをしてまいります！　お父さまにはくれぐれもよろしくお願いします！　このロールベンツ、お嬢さまのために誠意を尽くし必死にがんばっていると！」

切羽詰《せっぱ》まった表情でそう言い切ったあと、ロールベンツさんは、屋敷の外へずだだだと走っていった。私はその姿を呆然と見送る。

それから二日後、ロールベンツさんから新たな商会を立ち上げたという連絡があった。

私の手元に書類が届く。

名前はエトワ商会。アルミホイルの製造と販売をする会社らしい。

代表者、私。それ以外に、ロールベンツさん、クリュートくん、レメテンスさんが役員に名を連ねている。資本金は九百万リシス。こんな短期間でとか、資本金は誰が出したんだろうとか、いろいろ気になったけど、一番強く印象に残ったのは、公爵家の権力怖いだった。


日曜日、ついにロールベンツさんにアルミホイルの製造法を教えることになった。といっても、教えるのはクリュートくんなんだけど。お父さまのお願いもあってか、今回はクリュートくんもあっさり協力してくれる感じだ。

「なんで僕がこんなくだらないことに……はぁ……」

不満たらたらだけど。

ロールベンツさんと私たちでお家の庭を歩きながら、作り方について話す。

目標は、クリュートくんの助けなしで、アルミホイルを作れるようになることだ。アルミホイルを商品として販売していく以上、クリュートくん頼みではやっていけない。

私はざっとした作り方をロールベンツさんに話した。クリュートくんからの受け売りだけど、土系統の魔法で鉱物を探して、それを分離して、最後に成型してアルミホイルを作る。

「なるほど、今までまったく見たことがないものだと思っていたら、魔法で作っていたんですね」

「はい。今のところ魔法でしか作れないんですけど、大丈夫ですか？」

ロールベンツさんとしては、もっと職人ちっくな製法を想像していたのかもしれない。でも、残念ながらそこまで本格的な製法の知識はないのだ。

魔法頼りのこの状況で、商品としてちゃんと販売していけるのだろうか。

だけど意外なことに、ロールベンツさんの反応は好感触だった。

「市井《しせい》の魔法使いたちは魔石に魔力をこめるなどの製造業についている者が意外と多いのですよ。彼らを雇えば大丈夫でしょう。特に土系統の魔力をもつ者は平民に多いですから。多すぎて仕事からあぶれる者が出てきて、ちょっとした社会問題になってるぐらいです。安定した仕事があると聞けば、喜んで集まってくるでしょう」

ロールベンツさんはさすが商人というか、そういう情報に詳しかった。

でも、アルミホイルって工場で一気に作られるイメージだったけど、この世界だとミシンで洋服を作る工場みたいに、ひとつひとつ手作りになっていくのか。ちょっと不思議な感じがする。

作る方法が魔法でも大丈夫そうなので、早速、クリュートくんに実演してもらう。

「クリュートくん、お願い〜」

「はいはい」

クリュートくんは慣れた様子で探知《たんち》の魔法を発動させ、まずアルミニウムの原料になる赤い土を探し当てる。それから魔法で土を集め、私たちの前に浮かせた。

ロールベンツさんが興味津々といった感じで、その土を触る。

「こ、これがあの銀色の金属になるのですか？　意外とどこにでもある土のようですが」

実際、アルミニウムは意外とどこにでもある金属らしい。アルミニウムを含んでいる鉱石といえばボーキサイトが有名だけど、他の鉱石にもよく含まれているとか。ただいろんなものと混ざりやすいから、金属の状態で取り出すのが難しいというだけだ。

この世界が地球と同じなら、その埋蔵量《まいぞうりょう》は鉄よりも多いということになる。

「まあ見ててください」

クリュートくんは少し得意げな顔で、次の魔法を発動させる。作らされるのを嫌がってたわりには、やってみせる段階になると誇らしげになるのがクリュートくんらしい。

クリュートくんが目を瞑《つむ》り集中すると、土が光を放ち銀色の金属と残りに分かれる。

「おおっ……！」

ロールベンツさんが感嘆《かんたん》の声をあげる。

その反応をクリュートくんは満足げな表情でちらっと見たあと、ちょいちょいっと指を動かして、分離した金属を引き伸ばし丸めてアルミホイルを作ってみせた。

「終わりです」

最後は安定のどや顔だ。

一方、ロールベンツさんはアルミホイルを製造する魔法に圧倒された表情で、完成品を手に取りまじまじと見つめる。それからクリュートくんに質問した。

「あっさりと分離していましたが、コツなどはありますか？」

「うーん、分離したこれをアルミニウムって言うんですが、最初はそのアルミニウムをよく見てイメージしましたね。使ってる魔法は砂鉄《さてつ》を集めて槍を生み出す魔法と同じで、対象を変えてもっと細かく内部へって感じで発動させてます」

「なるほど、あの魔法ですね。私も何度か見たことがあります。それでは実際に何人か魔法使いを募集して、試しに作らせてみようと思います。アルミホイルが製造できたらまた連絡します」

「よろしくお願いします」

私はぺこりと頭を下げて、その背中を見送った。

しかし、後日来たのは、アルミホイルの製造の成功を伝える連絡ではなかった。

シルフィール家の別邸にやってきたロールベンツさんはかなり苦悩した様子だった。

「どうもかなり難しいらしく、平民の魔法使いでは何度やっても成功しませんでした……」

やっぱりクリュートくんは天才だったみたいだ。


平民の出の魔法使いでは、赤い土からアルミニウムを分離できなかったらしい。半月の間、雇った魔法使いの人に、クリュートくんから聞いたやり方を話して挑戦してもらったけど、一度も成功しなかったんだそうな。ロールベンツさんは落ち込んだ様子で、事の経過を報告してくれた。

「無理でしたかぁー」

「申し訳ありません……」

クリュートくん、無意識にすごいことをしていたらしい。ロールベンツさんもこの半月かなり苦心したようで、その顔は少しやつれていた。

しかし、どうしたものか。アルミニウムが作れないことには、アルミホイルも作れない。事業の目的を失い、立ち上げたエトワ商会は早速終了である、ほぼ何もせずに。

「このままではクロスウェルさまになんて報告したらいいか……」

ロールベンツさんが頭を抱える。その様子はかなり追い詰められているようだった。

さすがに私も、最初にロールベンツさんがわるいことを企んでいたことはもうわかっている。

個人的なアルミホイルへの思いは置いといて、子供を騙《だま》して権利を巻き上げようとしたことはかなりひどいと思うけど、今は心を入れ替えがんばろうとしてるのに、これで公爵家からの心証がわるくなるのはかなりかわいそうである。公爵家に嫌われてる奴って噂だけで、商売人としては破滅《はめつ》しかねない。

どうにかしてあげたい。

「クリュートくん、なんかコツはないのかい？」

私たちの話にまったく興味なさげにして、ソファで本を読んでいるクリュートくんに尋ねる。

するとクリュートくんは肩をすくめて言った。

「コツは以前伝えた通りですよ。むしろ僕にはなんでできないのかわかりませんね。使う魔力はそこまで大きいわけでもないですし、腕がわるいんじゃないですか？　腕が」

むー、クリュートくんだって初めてやってって頼んだときは結構戸惑ってたくせに……

まあ、その初めてで成功させたんだけどね。でもおかげで魔力そのものの不足でないことは理解できた。どちらかというと技術力の問題なのだろう。

ようやく本を置いたクリュートくんが私たちのほうを見て話す。

「どうせお金をケチって、ろくでもない魔法使いを雇ったんでしょう。ちゃんと平民でも名の通った魔法使いを使えば、結果は違うんじゃないですか？　大した教育も受けてない魔法使い崩れじゃなくて、爵位を継げない貴族の血縁者や高名な魔法学校を卒業した人間を使うべきですよ」

「しかし、それでは人件費が嵩《かさ》みますし、どうしてもコストが……」

販売する以上、コストは重要な問題だ。

人件費が嵩《かさ》めば、その分、販売時の値段も高くなってしまう。

数万リシスもする調理用の便利グッズは誰も買わない。

生産数を絞って希少価値を前面に押し出せば、物珍しさで買ってくれる好事家《こうずか》もいるかもしれない。けど、それに何の意味があろうか。

台座の上で飾り物になったアルミホイルなんて何の意味もない。ご家庭で使われてこそ、アルミホイルさんは真価《しんか》を発揮できるのだ。私個人の野望としては、どうせなら異世界の奥さまみんなにアルミホイルをお届けしたい。そのためには簡単に雇えるレベルの魔法使いで、なんとか生産する方法を見つけなければならない。そうでなければ需要が増えても増産できないからだ。

「ロールベンツさんの言う通りだねぇ……」

私がそう言うと、クリュートくんがむっとした顔をした。

「じゃあ、知りませんよ。勝手にやってください」

しまった、機嫌を損ねてしまった。意見を否定したのが、プライドに障ってしまったらしい。

「とりあえずエトワさまとクリュートさまも現場を見に来ていただけないでしょうか。クリュートさまには直接ご指導いただければもしかしたら……」

「そ、そうだね！　クリュートくん！」

「僕はしばらくパーティーなどがあって忙しいです」

クリュートくんは明らかにやる気をなくした様子で言った。

ソファに寝そべって本を読むさまは、まったく忙しそうでない。

「じゃあ私が行きます！」

ソファの裏からソフィアちゃんがぴょんっと飛び出してきて立候補した。

私たちの会話の邪魔にならないよう、ずっとソファの陰に隠れて、静かに傍にいてくれたのだ。いや隠れる意味はわからないのだけど。

「いやいや、気持ちはありがたいけど、ソフィアちゃん土系統の魔法使えないでしょ」

「むぅー……」

ソフィアちゃんはその場でしゃがみこみ、地面に手を向けて、そよ風を起こしたり、風の渦巻きを作ったりし始めた。どうやら土系統の魔法を練習しているらしい。

いや、さすがのソフィアちゃんでも、もってない系統の魔法を使えるわけもなし。

……ちょっとできそうで怖いけど。

クリュートくんはてこでも動きそうにない。

「とりあえず私だけでも行ってみます」

「はい……」

ロールベンツさんは心細そうだった。私もそう思う。

私とロールベンツさんだけでアルミホイル製造の実験をしている場所に行くことになった。

ロールベンツさんの商会が所有している廃屋でやってるらしい。ルヴェンドの端にあり、土地と建物がセットで売られていて値段が安く、何かに使えると買っておいたのだが、今まで使い道は見つからなかったそうだ。

行ってみると廃屋というわりにはしっかりとした建物だった。もとはレストランか何かをやってたらしい。中のテーブルや椅子は取り除かれていて広々としていた。ただちょっと埃臭《ほこり》い。

建物の中には大人の人が五人ぐらいいた。たぶん雇った魔法使いの人たちだろう。

私の姿を見ると、きょとんとした表情で「子供？」と呟いた。

「こちらが我らがエトワ商会の代表を務めるエトワさまだ。シルフィール公爵家のご息女でもある。失礼のないように」

ロールベンツさんが紹介してくれた。

「いえいえ、失格者で爵位を継げるわけではないので、お気軽に話しかけてください」

「よ、よろしくお願いします……」

気軽に話しかけてね、と言ったけどあんまり効果なかった。

それは置いておいて、早速実践してもらう。

すでに実験場所にはボーキサイトがドサッと置いてあった。赤い土とは違うコロコロした石の塊。土地によって取れるものが違うのかもしれないけど、探知《たんち》の魔法は成功したらしい。

「それではいきます」

緊張した表情で魔法使いの人が、呪文の詠唱《えいしょう》を始める。

結構時間がかかる。クリュートくんは難易度は低いと言っていたけど、民間の魔法使いにとってはそれなりの難易度の魔法なんだと思う。

呪文の詠唱が終わり、発動すると、ボーキサイトが動き出した。

震えながら集まって、三十センチぐらいの小さな槍を形成する。

確かに魔法は成功している。でもアルミニウムの槍ではなく、ボーキサイトのままの槍だ。

しかも、魔法使いの人が魔法を解くと、ばらばらになった。

「うーん……だめみたいですね」

「すみません……」

魔法使いの人もうなだれる。やっぱり失敗してしまうみたいだ。

「いえいえ、成功させるために実験するわけですから！　失敗なんて気にしないでください！」

失敗は成功のもとって言うしね！

とはいっても、このままの状態を続けても成功しそうにないのも事実だ。

一応、中のアルミニウムは引き付けられてるんだけどなぁ。ボーキサイトから分離することができていない。パワーが問題なんだろうか。

「何人かで力を合わせてやってみるのはだめでしょうか？」

ソフィアちゃんたちも複数人で同じ魔法を唱えて、規模を大きくしたりなんてたまにやる。

そう聞くと、落ち込んだ表情のロールベンツさんから答えが返ってきた。

「すでに試してもらってるんですが……」

実際にやってもらったけど、六十センチぐらいのボーキサイトの槍ができただけだった。魔法使いさんたちが五人いたのもその実験のためだったらしい。パワーをあげていってもボーキサイトの槍が大きくなっていくだけ。ボーキサイトからアルミニウムへの分離は起きない。

それを起こすには何かとっかかりがいるのだと思う。

天才のクリュートくんならなんとなくでできてしまうのだけど、私たちが雇えるレベルの人たちにそれを望むのは求めすぎだろう。

話を聞くと、どうやらこの人たちは土の魔法使いの供給過多により仕事にあぶれ、冒険者になるか、魔法と関係ない仕事につくかといった状況で、今回の求人に飛びついてきたらしい。

安定した職を求めてやってきたこの人たちのためにも成功させたいけど。

「う～ん、これは手詰《てづ》まりですね」

ぶっちゃけ何も思いつかない！

これ以上、何か方策《ほうさく》を見つけるには、もっとアルミニウムに対する知識が必要っぽい。

「私たちはクビでしょうか……」

落ち込んだ表情で魔法使いの人たちが言う。

「いえいえ、まだ諦めるつもりはありません！　アルミホイルの製造ができれば土の魔法使いの人たちにもいい職場になるはずです！　主婦の人たちも大助かり！　みんなが幸せです！　なんとかみんなで知恵を絞ってがんばりましょう！　七人揃えば超文殊《もんじゅ》の知恵！」

「エトワさまのおっしゃる通りです。私の命のために……ごほんっ、みんなの幸せのためにもう少しがんばってみましょう」

「はい」

それを聞いて、ロールベンツさんの雇った魔法使いの人たちはほっとした表情をした。

とりあえずやることがなくなった彼らに言う。

「とりあえず今日はみなさん」

「何か思いついたのですか！　エトワさま!?」

ロールベンツさんに、私は建物の端に立てかけてあった箒《ほうき》を手に取り言った。

「ここの掃除をしましょう～」

食品に関係する商品を扱う場所が汚いのはちょっとね。まあこの世界ではボーキサイトから扱わなきゃいけないから、そんなことも言ってられないんだけど。

その日は、魔法使いの人たちとロールベンツさんと私で廃屋の掃除を一日かけてやった。

アルミホイルさん、アルミホイルさん。

あなたのことがもっと知りたいな～。

なんて言ってみても、アルミホイルさんはぎんぎらと光るだけで、何も教えてくれない。

掃除を終え、今日は解散と帰ってきた私の部屋。

ベッドの縁《ふち》に座って私は頭を悩ませる。

みんなで考えてみようと言ったけど、正直言って、アルミニウムというものについて多少でも知識があるのは私だけだ。だから私がなんとかしなければならないだろう。

でも、そのためには知識が足りない。もっとアルミニウムに関する知識が欲しい！

ただそれを得るにはこの世界ではなく、もとの世界に戻らなければならない。この世界ではアルミニウムなんてまったく認知されていない金属なのだから。見つかっているのは、地球でもごくわずかに発見される単体のアルミニウムの状態のもの。それも偽物の銀と勘違いされている。

そんな状態でアルミニウムの抽出法《ちゅうしゅつほう》にたどり着く知識を得るなんて絶望的すぎる。

ああ、せめてもっと授業をまじめに聞いていれば……もしくは私が雑学博士だったなら。

なんとかないのかな、アルミニウムに関する知識を得る方法は。

『あるではないか』

するると私の頭の中から声が聞こえてきた。私が神様にもらった力を封印する剣。その剣に宿って私をいろいろサポートしてくれる人格、それが天輝《てんき》さんだ。ちなみに男性っぽい。

「えっ？」

あ、あるの……？

そう尋ねると、天輝さんは呆れたようにため息を吐いた。

『可能性だけだが。知り合いにかつてお前のいた世界「異界」に詳しい者たちがいるだろうが』

「あっ……」

ハナコー！

私には魔族の知り合いがいる。自称魔王の娘ハナコだ。実はこの自称が自称じゃなくて、本物の魔王さまともお知り合いになってしまった。ハナコとはだいたい月二回ぐらいの頻度《ひんど》で会っている。

最近はアンデューラで忙しくてご無沙汰《ぶさた》だったけど。

連絡係はハチというハナコの護衛の魔族がやってくれている。ハチは言葉足らずでなにかとトラブルを巻き起こすとんでもない奴で、人間の街、しかも魔族と天敵同士の貴族がいる街にも、ひょいひょい気軽に侵入してくれていた。

そんなハチを捕まえて三日後に会う約束を取り付けてもらった。

街から離れた人気のない野原がハナコとの待ち合わせ場所だ。ソフィアちゃんもついてきた。

「ハナコと会うのも久しぶりですね」

「そうだね～」

ソフィアちゃんはハナコと会えるのが嬉しそうだった。妹みたいな存在だと思ってるしね。

約束の野原までやってくると、紫色の髪に金色の瞳、頭に角が生えた少女がいた。ハナコだ。人気がない場所とはいえ無防備だなぁっと、私はちょっと呆れた。

「ハナコー！」

ハナコを見て、ソフィアちゃんが手を振りながら駆け寄っていく。

「おお、ソフィアか、久しぶりだな！」

「うん、元気にしてました？」

「もちろん、元気だぞ！」

ハナコはソフィアちゃんと仲むつまじく挨拶を交わしたあと、きょろきょろとあたりを見回して、それから私のほうを見て尋ねてきた。

「アルセルさまはいないのかー？」

私への挨拶はなしかい。

王族であるアルセルさまに敬称をつけてくれるようになった分、成長してるんだろうけど。アルセルさまと会ったのは一年以上も前だけど、まだハナコはアルセルさまに懸《け》想《そう》していた。

「アルセルさまは忙しいの。私たちみたいな下々の人間に会いに来る時間なんてそうそうないんだから」

「オレは魔族だぞー！　なんだよー、せっかくお洒落《しゃれ》してきたのに」

そういえばハナコは、人間の女の子のようなワンピース姿だった。容姿はソフィアちゃんにも負けず劣らずの美少女なハナコだから、そういう姿をしていると普通に可愛い。

「確かに。その服どうしたの？」

魔族の国にも、人間と同じような洋服を売っている店があるのだろうか。

あらためて考えて見ると、体格が同じだからあってもおかしくない。でも、流行とか、文化の違いで、少しは違うものにならないだろうか。ヨーロッパとアジアみたいに。

ハナコの服は、私が普段暮らすルヴェンドでも、よく見かけるようなドレスだった。

「ハチに買ってもらった！」

しゃらーんと、見せびらかすように腕を広げハナコが言う。

あの魔族、たびたびルヴェンドに侵入するだけじゃなく、買い物までしていたのか……。

どれだけ潜伏《せんぷく》スキルが高いのか……。それとも無謀《むぼう》なだけだろうか……

野原でソフィアちゃんとハナコが遊ぶのを見学したあと——私は見学していたの
だ——持ってきたお弁当を食べながら、私はハナコに今日の用件を話す。

「ハナコ、お父さまに異界の資料を見せてもらえるようにお願いできないかなぁ」

「ん、なんだー？　エトワは異界に興味があるのか？」

「エトワさま、そうだったんですか!?」

異界というか、私がもといた世界なんだけどね。

でも私が持ってるアルミニウムの知識がまんま異界の知識だということを話すわけに
もいかない。別に隠す理由はないけど、下手したら心の病院に連れてかれそうだし。

「いやぁー、今考えてるアルミニウムの作り方の、少しでもヒントがないかなぁっとね」

「なるほど、私からもお願いします！　ハナコ！」

ソフィアちゃんはすぐに納得してくれた。

素直な子は好きだよ、ソフィアちゃん。

ハナコは私たちのお願いに「う～ん」と何か考える仕草をしたあと言った。

「別にいいけど……」

了承が取れてほっとしていると、ハナコが続ける。

「アルセルさまとのデートを取り持ってくれるなら」

恋をすると女の子は少しだけ悪どくなる。

「……デートじゃなくて、会う約束だけなら。その交渉だけなら」

さすがにデート確約は、アルセルさまを利用するみたいで不敬である。いや、交渉する時点でかなり不敬なんだけど……。これなら私が自分を誤魔化せるぎりぎりのラインだ。

「それでいいぞ！」

ハナコは嬉しそうに返事した。

ハナコへの頼み事の返事はすぐに返ってきた。遊んだ次の日、一人で歩いていると、ハチが文字通り地面から生えてきて、私に告げていった。

「赤目の騎士よ。くだんの要請、魔王さまから許可が出た。魔王城に来てくれてもいいし、そちらに欲しい物を転送してもいいということだ」

「さすがに送ってもらうだけなのは失礼だし、こちらから伺《うかが》うことにするよ」

「そうか、伝えておく」

ハチは出てくるときは地面から生えてきたのに、去るときはスタスタと歩いていった。

私は漫画の忍者みたいなことができるわけではないんだと、少し残念に思った。


その週の土日、私は魔王城にお伺《うかが》いすることになった。

周りの人には心配かけないように、リリーシィちゃんの家に泊まりに行くことにしておく。

魔王城はこの国を出てずっと北に行ったとこにあるらしい。

早朝、野原でハチたちと合流する。ハナコはいなかったけど、三人ほど見知らぬ魔族が来ていた。みんな仮面とフード付きローブの格好だから、会ったことがあってもわからないんだけどね。

「天輝く金烏《きんか》の剣」

徒歩で行く予定なので、力を解放しておく。

「おお、それがハチさまを倒したお力……」

「相対するだけで凄まじいプレッシャーを感じるわ……」

どうやら初対面だったのは二人だけらしい。しきりと感動した様子で私を見てくる。

というか、ハチさまって結構偉いのか、こいつ……

鳥の面をつけた、不本意ながらそれなりの付き合いになってしまった魔族を見て思う。

「それじゃあ行ってくるねー」

「はい！　お気をつけて！」

ここまでついてきてくれたソフィアちゃんに手を振る。

私が早速走り出すと、後ろから焦った声がした。

「待ってくれ！　その速度では我らがついていけない！」

後ろを振り返ると、ハチ以外の魔族がかなり離れた位置にいた。

どうやら飛ばしすぎてしまったらしい。

「ごめんなさい」

スピードを落として、魔族の人たちと合流する。

よく考えると道もわからないしね。適当に北へ走ってしまっていた。

それから八時間ほどかかって魔王城に着いた。

魔王城は白い雪に包まれた大地にあった。ずっと向こうまで雪原が続き、針葉樹《しんようじゅ》がまばらに生えるだけの寒々しい土地。その中心のくぼんだ場所に、城壁に囲まれた街がある。

街の真ん中には背の低い城が見えた。そこが魔王城って感じだけど、魔族たちは街全体を魔王城と呼んでるらしい。なんでもすべて魔王さまの所有物だからだそうだ。

私が城門まで近づくと、人狼《じんろう》の姿をした二人の魔族が警戒心をあらわに槍を突きつけてきた。

「何だ、お前は！」

「見たことのない魔族だな。城内に住みたいなら魔王さまの許可がいる。そこの小屋でしばらく過ごし沙汰《さた》を待て」

「暴れるなら容赦《ようしゃ》しないぞ！」

どうしたものかと困っていると、背中からハチの声がした。

「やめろ、コロ、ヘイハチ、お前たちの勝てる相手ではない」

「ハチさま！」

コロとヘイハチが驚いた顔をする。もう名前には突っ込まない。だって突っ込んでいったら、この城の魔族全員に突っ込むことになりそうだし。それではきりがないし。

コロとヘイハチは少し怯えた表情で私を見る。

「こいつ。じゃなくて、こ、この方は……？」

「魔王さまの客人だ」

コロとヘイハチはガバッと私に頭を下げた。

「失礼しました！」

「知らなかったとはいえ申し訳ありません！」

「いえいえ、気にしないでください。私のほうこそ急に来ちゃってごめんなさい」

私もなんか申し訳なくなって謝る。

お互いに頭をぺこぺこ下げ合う私たちを見てハチが言った。

「気にするな。私が客人が来るのを伝え忘れてただけだ。強いていえば私がわるい」

いや、それはまじでお前がわるい。むしろお前が気にしろ！

「そ、それはちゃんと伝えてほしかったような……」

「ハチさまはいつも肝心な連絡を忘れてます……」

ほら、コロとヘイハチもこう言ってるじゃないか。

門から中に入ると、石造りの街が広がっていた。

雪に覆われているせいか、人間の街に比べると静かだった。

ルヴェンドの繁華街のような、商人の声が路地裏まで響き、学生たちの笑い声がそこかしこから聞こえてくるような、活気がある雰囲気ではない。

でも、親子が手を繋いで道を歩いている光景は人間の街と変わらない。

活気があるというよりは、落ち着いているという感じ。ハナコが娯楽がないと愚痴《ぐち》っていたこともわからないではないけど、私は好きな雰囲気だった。

なんというか、心が穏やかになる街だ。

「どうですか？　魔族の街は」

「そうですね、落ち着いてて私は好きです」

ハチのお仲間さんに尋ねられて、私は正直に答えた。

魔族の人が仮面の奥で少し嬉しそうに笑ったのがわかった。

「よかったです」

「あ、そういえば、これお土産《みやげ》です」

手ぶらじゃわるいと思ったので、ルヴェンドのお菓子を持ってきた。保存の利く焼き菓子だ。すると……

「わぁー！」

ハチの仲間の魔族たちは急に浮ついた声を出すと、箱を三人で掴んで囲みその場で嬉しそうにくるくる回りだした。仮面にローブで顔を隠した人たちが回り踊るさまはちょっと不気味だ。

「焼き菓子！」

「人間の焼き菓子です！」

「楽しみだ！」

そ、そこまで喜んでもらえるものだったろうか。反応の良さに少しびっくりする。

「人間の食品は人気があるのだ。我らが作る料理より遥かにしつこい味で若い者ほどよく好む」

ハチ、お前は少しは言葉を選べ。

焼き菓子一箱だけでこの喜びよう……もう少し持ってきてあげればよかったと思った。

雪が降り積もる街を歩いて、お城へと向かう。

ハナコたちの街は、人間の街と同じように平和的で、質素だけどそこかしこに心が和む魔族たちの営みがあった。歩いているとたまに子供に不思議そうな顔で見られた。

「この城ではほとんどの者が顔見知りだ。見慣れぬ顔は珍しいのだ」

そうハチが説明してくれた。

しばらく歩いて着いたお城は、背は低く横に大きくてがっしりした建物だ。無骨《ぶこつ》なお城の造りに似合う、大きくてごつごつとした扉から入ると、これまたシンプルな内装が目に入る。

でも丁寧に手入れされてるせいか、年月を重ねた独特の美しさみたいなのがあった。

城に入ってすぐ、向こうからぱたぱたと足音が聞こえてくる。

「エトワー！　よく来てくれたなー！」

ハナコが嬉しそうに手を振ってこちらに歩いてきた。

「お邪魔してます」

「邪魔なものか！　お前はオレの友達だからな！」

ぺこりと頭を下げると、えっへんとふんぞり返ってハナコが言う。

ハナコがやってくると私と一緒に来てくれた魔族は、膝《ひざ》をついて頭を下げた。やっぱり偉いのかハナコ。魔族のお姫さまだもんね。あんまり実感ないけど。最初に目撃したのが、人間の街で飢えて通行人相手に恐喝《きょうかつ》しようとしていた姿だけに、まったくそんな感覚がない。

「食事ができているぞー。食べていくといいぞー」

「ありがとう」

ハナコたちの歓迎にお礼を言いながら、私はきょろきょろと魔王さまの姿を探す。

「ハナコ、お父さまは？」

大切な異界のアイテムを借りなきゃいけないし、お邪魔してるから挨拶もしなきゃいけない。

「お父さまは遺跡の管理で忙しいんだ。でも、晩御飯のあとには会いに来るって言ってたぞ」

「そっかー、ごめんね。忙しいのに無理なお願いしちゃって」

「別に構わないぞ。お前は北の城の魔族たちにとっては盟友だからな」

いつの間にかそんな立場になってたらしい。

「でも遺跡の管理って、部下に任せたりしないんだね」

学者っぽいしゃべり方をする人だったから、好きでやってそうだけど。

「たまに暴れだす奴がいるからな。お父さまが管理するのが一番安全なんだ」

「え、なにそれ」

なにそれ……

「ここらへんの遺跡や遺物はまだ生きがいいんだ」

さ、さいですか……。どうやら私が考えている管理とはちょっと趣《おもむき》が違うらしい……

そのあとは、ハナコやハチとテーブルを囲んで食事をした。

ハナコも配下の魔族たちもみんな一緒のテーブルで食べる。上下関係や身分の差はもちろんあるけど、食事や行動する場所は一緒で、王族と臣下の距離がとても近い感じだった。

出てきた料理はシンプルに塩で味付けした鶏肉や、ピリッとした味付けの野菜のスープ、それから平べったいナンみたいなパン。

確かに薄味中心で、若い人には物足りない味かもしれないけど、これはこれで美味しかった。

歓迎してくれたハナコたちにお礼を言い、食事を終えると、ついに魔王さまと対面する。

配下の魔族たちに案内された奥の間、その扉を開くと赤い絨毯《じゅうたん》が遠くまで敷いてあり、その先に玉座に座る魔王の姿があった、とかそういうノリは一切なく、ハナコと同じく廊下の向こうからいそいそとやってきた。しかも小走りで。

「いやいやいやいや、せっかく来てくださったのに歓迎できず申し訳ありませんでした」

「いえ、ハナコさんたちにはとてもよくしていただきました。突然申し訳ありません」

お互い頭を下げる。

話しぶりはとても穏やかだけど、その犬の面をつけた巨体はとても迫力がある。それ以上に対面しただけで、その底知れない強さが感じられる。一体どれほどの強さなのだろう。

そしてこの人が管理しないと危ないという遺物は、とても危険なものだということもわかる。

「いえいえ、赤目どのは我らが北の城の魔族たちの盟友ですから。いつでも遊びに来てください」

いつの間にかそういうことになったらしい、パート2。

「それではお約束のものです。どうぞ自由に使ってください」

そう言うと魔王さまは軽いノリで、私に◯◯パッドPROを渡そうとしてきた。

私のほうが逆に焦る。

◯◯パッドPROはあの◯ッ◯ル社が世界に送るタブレットの最上位機種。すんごいものなのだ。それだけで触るのに緊張するというのに、この世界では神《かみ》の石版《せきばん》と呼ばれる貴重なアイテム。

「い、いいんですか？　とても貴重なものなんですよね」

すると魔王さまはニコニコと笑いながら私に言う。

「赤目どのならばまったく構いませんよ。それだけの実力をもちながら、人の世を乱すことなく平穏に暮らしていらっしゃる。言葉よりも行動こそが何よりも信頼できることの実証なのですよ」

そ、そういうものだろうか……

毎日適当に楽しんで暮らしてただけなんだけど……

「それではお借りします」

私は深々と頭を下げてから、早速〇〇パッドをいじりだした。

まず指で触ってみるけど、確かに前に聞いた通りタッチでは反応しない箇所があった。

それになんとなく反応も鈍い。

さくさく調べ物をしたいので、あのお方を召喚する。

〇ッ〇ルペンシルさーん！

〇ッ〇ルペンシルは天輝さんと同じく私の半身だ。なぜそうなってしまったかは説明が難しい。

その姿を興味深そうに眺めながら魔王さまが言う。

「神の鍵と魂を同化されてるとは本当に不思議な方だ」

「まあいろいろありまして～」

さすがに魔王さまにもあちらの世界から生まれ変わってきたのは秘密だ。

私はまず〇〇パッドのブラウザを開く。

当然だけど、インターネットには接続されてないみたいだ。でも少し仕様が違うのか、

○○パッド内に残っているデータなら見れた。
とりあえず、「アルミニウム」「アルミホイル」なんかの言葉で片っ端から検索してみる。

しかし、そう都合よくヒットするはずもない。

「どうでしたか？」

興味深そうに、ちょっと覗きたそうに、こちらを窺《うかが》って聞いてくる魔王さまに、私はがっくりと肩を落として答える。

「だめでした……」

どうしよう、魔族の異界の資料にもなければ、アルミニウムについて知るチャンスは、この世界にはほとんどない。

落ち込む私を見て、魔王さまが言う。

「気を落とされますな、赤目どの。まだこの城には異界についての資料が存在します。そこで調べれば見つかるかもしれません。ついてきてくだされ」

本当ですか!?

魔王さまについていくと、何かの部屋の前にたどり着いた。部屋と廊下を仕切る扉は木製で、鉄扉ばかりだった魔王城の他の部屋とは違う雰囲気を醸し出している。

扉の隙間から妙に懐かしい匂いが、私の鼻孔《びこう》をくすぐる。

この匂いって……

「さあ、ご覧ください！　異界ではトッショカァーンと呼ばれた部屋です」

魔王さまが扉を開けると、そこにはもとの世界まんまの図書館が広がっていた。しかも置かれてる本の背表紙は、日本語で書かれていた。間違いない、図書館だ。しかも日本の。

「これって……」

「ここの周辺は遺跡があるだけでなく、ごく稀《まれ》に異界の遺物がどこからともなく落ちてくるのですよ。これはその中でも最大級のものになります。部屋ごと残っていたので倒壊する前に、城に入れるスペースを作って転送したのですよ」

「なるほど……」

私の存在自体が、私のいた世界とこの世界の繋がりがある証拠だけど、こんなものまでやってきてるなんてびっくりだ。

私はあることが気になって尋ねる。

「な、中に人がいたりはしなかったですか？」

「いえ、部屋と書物だけでしたな」

うーん、働いてる人もいない夜の時間帯にこちらの世界にトリップしてしまったんだろうか。

もとの世界では一体どんなことになってるんだろう……非常に気になる……。でも。

「ありがとうございます！　これなら探してる知識が見つかるかもしれません！」

これだけの本があれば、アルミニウムについて書かれた物が見つかる可能性が高い。

「それはよかった。私がいては調べ物の邪魔でしょうし、しばらくお暇《いとま》させていただきますね」

魔王さまの犬の頭骨の間から覗く目がにっこりと笑ってみせる。

「本当にありがとうございます」

私はあらためてぺこりと頭を下げた。

「いえいえ、それではまたのちほど」

魔王さまは巨体に似合わず、ささささ、とした足取りで廊下の向こうへ去っていった。

私は早速、たくさんある本棚を調べ始めた。

懐かしい……。いろんな本がある。

一度も読んだことのないようなお堅い本から、当時読んでみたかった流行の本、文学の名作に、雑誌まで。何冊か開いて読んでみたくなったけど、今はだめだ、目的があるのだから。

私はアルミニウムについて書かれてそうな本を探す。

「どなたですか？」

すると、図書室の奥から声が聞こえた。

誰かがこちらに来る足音が聞こえて、まもなく私の前にその姿を現す。

それは魔族の女性だった。

薄い紫色のセミロングの髪に黒縁のメガネをかけている。頭には魔族によくあるように二本の角があり、背中には蝙蝠《こうもり》みたいな羽があった。

「えっと、私はエトワというものです。魔王さまに許可をいただいて、ここで調べ物をさせてもらってます」

すると、合点がいったように、女性は手を打ち合わせてにっこりと笑う。

「ああ、赤目の騎士さまですね。ハナコさまやハチからよくお話を聞いています。私はこの遺物の管理を任されているタマです。お見知りおきを」

誰だ、犬の名前リストに猫の名前混入した奴は。

「はい、急に来てすみません。こちらこそよろしくお願いします」

管理者さんとも挨拶を終えて、調べ物を再開する。

司書さんがいないので見つかるか不安だったけど、科学の棚にビンゴな本を見つけた。

『よくわかる　アルミニウム入門』。

おおおお、これなら私でもアルミニウムの知識を深めることができるはずだ。

私は図書館の机に座って、早速、その本を読んでみる。

ふんふん、なるほどなるほど、こうなっていたのか。

てるみっと。そんな利用法まであったのか。アルミニウムさんは奥深いなぁ。

そこには私の求めてたアルミニウムの精錬《せいれん》の知識から、それ以外のことまで、アルミニウムについてのいろんなことが書いてあった。

そして読むこと一時間ほど、私は求めていた知識をだいたい手に入れることができた。

まず知りたかった、ボーキサイトからアルミニウムへの精錬《せいれん》方法。

これには精錬《せいれん》までに、ふたつの過程を辿らなければならないらしい。

初めに、ボーキサイトから酸化アルミニウム、別名「アルミナ」を取り出す作業。

これにはボーキサイトを水酸化ナトリウムに溶かして液体を作る。このとき酸化アルミニウムはイオンになって、水の中に混じってる状態らしい。

そこに水を大量に入れると、今度は水酸化アルミニウムという、アルミナのもとになる分子になって水の底にたくさん沈んでくれるらしい。

この水酸化アルミニウムを千度ぐらいでファイアーすると、最初の目標のアルミナが完成！

ここからが二段階目。

作り出したアルミナに氷晶石というものを混ぜて、炎で溶けやすくして、今度は千度でどろどろの液体にする。

そこからは電気分解。

炭素を使った電極で、アルミナ（酸化アルミニウム）を電気の力で酸素とアルミニウムに分けていく。マイナス極にアルミニウムが、プラス極に酸素が集まっていく。

これでアルミニウムが完成だ！

ホールさんとエルーさんが発明した方法で、ホール・エルー法というらしい。

アルミニウムでもっともポピュラーな精錬《せいれん》方法だとか。

こう考えるとボーキサイトからアルミナを取り出し、アルミナからアルミニウムを取り出す。このふたつの工程を一気にやってしまっていたのは、難易度を上げていたかもしれない。

やり方は違っても、まずボーキサイトからアルミナを抽出したほうがいい気がする。

それからボーキサイトからアルミナを取り出すのは、余計なものが混じってる状態から抽出するだけだから比較的簡単そうだけど、アルミナからアルミニウムを作るのは、原子や分子の状態での変化が起きてるので難易度が高そうだった。

　これを一気にやっちゃったクリュートくんって本当にすごい……

　そんなことを考えてると、後ろからじーっとタマさんが覗き込んでることに気づいた。

　え、なになに⁉　本の扱いとか荒かったですか？

　そう思ってたら、タマさんは感心した表情で言う。

「赤目さまは異界の文字を読むことができるんですね。資料もなしにすらすらと」

　ぎくっ。そういえば読めるのはおかしいんだっけ。この世界では。

　魔王さまも〇〇パッドに表示されてる文字を読むのに、いろいろ苦労していたようだし……

「まあ、いろいろとありまして……ははは……」

　私は冷汗を垂らしながら、曖昧に答える。

　するとタマさんは笑顔でぴょんとその場で飛び……

「魔王さまでも資料なしでは読めないのにすごいです！」

　単純に感心してくれた。

　よかった。魔族の人たちが素直な人たちで。というか、これって魔王さまには異界の文字が読めることもうばればれだよね。よく考えたら図書館に案内されたのもそういうことだろう。

全然気づいてなかった……

まあ何も尋ねてくれないのはありがたい……

タマさんは私が異界の文字、日本語を読めるとわかると、どこかに走っていって、一冊の本を持ってきて言った。

「あとで私にこの本を読んでくださいませんか？　可愛い絵でお話が気になってたんです」

「構いませんよ」

それぐらいならいいですよー。そう思いながら本の表紙を見ると、『かちかち山』の絵本だった。

かちかち山、日本人ならほとんどの人が知ってる物語だろう。

ただ読んだ世代によっては、畑を荒らしおばあさんをいたずらで寝込ませたたぬきが、うさぎに背中に火をつけられ、火傷《やけど》の治療と称して劇物を塗りこまれ、最後は泥の船で溺死させられ、ひたすらオーバーキルされる話を読んだ人もいるだろう。

うさぎの行為にふと疑問を覚えた人も多いのではないだろうか。

これには事情があったのだ。

たぬきが本当にやった行為は、おばあさんを殺したあと、おじいさんを騙《だま》して食べさせるという鬼畜の所業なのだ。

これに全力でもって復讐を代行したうさぎは義の人なのである。

さすがに子供向けの絵本でそんな描写はできないという大人の事情の犠牲者なのだ。

あ、話がそれた。

タマさんに調べ物が終わったらいくつかの絵本を読んであげる約束をして、また調べ物を再開した。それから二十分ほど経ったころ、ドォーンという何かが爆発する音が聞こえてきた。


何だろうと顔をあげてみると、タマさんの姿がない。書庫の奥にでも行ってしまったのだろうか。何も情報が得られないので、三階の窓から外を眺める。

すると、魔族の人たちが焦ったような顔で走り回っている。

「天輝さん」

『ああ、わかってる』

天輝さんに聴覚を強化してもらう。

「野良魔族が攻めてきた！」

「ハチさまに連絡だ！」

「だめだ！　ハチさまは今、北の城を出てるぞ！」

「魔王さまは？」

「今は危険遺物の管理中だ。邪魔できない」

「仕方ない、ここはタマさまに」

お困りのようだったので、私は三階から飛び降り、彼らの傍に着地して声をかける。

「私が出ましょうか？」

ここの魔族さんたちにはお世話になっている。少しは恩返ししなければなるまい。

魔族の人たちが戸惑った表情で私を見る。

「でも、魔王さまのお客さまにそういうことは……」

「いえいえ、こういうことでもないと恩返しできませんから」

いずれ魔王さまやハチたちが来て解決できる事案なのかもしれない。

でも、魔王城の中に暮らす人たちは不安そうな顔だった。彼らのほとんどは日頃から平和に暮らす、私たちの街に住んでる人たちと変わらないのだ。なら早く解決してあげたほうがいい。

私はそう断って、城門のほうへ歩いていく。

城門は閉まっていたので、その上を飛び越えて外に出る。

飛び上がったとき、一瞬、城の外の様子が見えた。

大量の魔物に包囲されていた。そしてその魔物の軍団の後ろに、二人の魔族の姿が見える。

「ははは、魔王軍だかなんだか知らねーが、ただの北の城に引きこもってるだけの脆弱《ぜいじゃく》な奴らだろ！　俺らがぶったおして、独占している遺跡を有効活用してやるよ！」

「そうだぜ！　兄者こそ魔族たちの真の王になる人間だ！」

「いいこと言うじゃねぇか弟よ！　でも王になるのは兄弟でだ。俺たち魔物使い兄弟が新時代の魔王になる。見ろ、この魔物二千体による最強の軍団を！　降伏するなら今のうちだぜ！」

門の外では門番をやっていたコロとヘイハチが、彼らと睨み合ってる。

「ふざけんな、俺たちの王はいつだって魔王さまだ！」

「お前らなんて魔王さまが来てくれたら一瞬で全滅なんだからな！」

グルルル、と威勢はいいけど、内心ビビッてるのかお尻の尻尾は縮こまっていた。それとさっきから後ろで、城の人たちが「早く中に入れ！」「逃げろ！」と大声で言っている。

「さっきからうっせぇな、犬っころの下等魔族が！」

攻めてきた魔族の弟らしき魔物が、赤い光線を放つ。

発動が速い上に、なかなか強力なエネルギーを感じる魔法だ。

「ひぃっ！」

「きゃんっ！」

コロとヘイハチが反応できずに悲鳴をあげて硬直する。

私は彼らの前に出て、右手で光線を受け止めかき消した。といっても、単純に高い防御力で受け止めただけだが。

「おっ、お前は！」

「昼にうちに来た！」

「お城の中に早く入って」

驚く彼らに私は言った。

門番と言っていたけど、明らかに戦い慣れてなかった。たぶん、魔王さまやハチたちを除けば、普通の人たちなのだろう。怪我でもしたら危ない。

「で、でも……」

コロとヘイハチはためらう。門番をやってるぐらいだ。城を守りたい気持ちは強いのだろう。

「尻尾が焦げても知らないよ」

私はため息を吐きながらこのまま戦うことにした。

というか、彼らが操る魔物たちが動き出した。応戦するしかあるまい。

「ふん、多少は戦える奴もいるみたいだが、この数相手にどうするつもりだ？」

「もうやっちまおうぜ兄者！　いけ、魔物ども！　城を蹂躙《じゅうりん》しろ！」

二千体近くの魔物が一気に、城の壁へと突撃してくる。壁自体はとても強固な構造だが、さすがに乗り越えられる可能性がある。

『光波《こうは》、爆塵《ばくじん》、同時軌道《どうじきどう》』

私たちは一太刀で殲滅《せんめつ》することにした。

天輝さんの発動してくれたスキルのまま、私が剣を振る。

すると、光の斬撃《ざんげき》が城壁を一周するように円を描き、魔物たちを斬り殺す。

そして両断された魔物の体が爆発し、撃ちもらした小さな魔物を焼き尽くした。

彼ら自慢の二千体の魔物は、一撃でほぼ壊滅する。生き残ったのもいたけど逃げてった。

「えっ、えっ……？」

「わ、わう？」

魔物たちが全滅した光景を見て、コロとヘイハチがよくわからない声を漏らす。

魔物使いの兄弟も、魔物が一瞬で消え去った城の周りを呆然と眺めていた。

「あ、あれっ……？」

「俺たちの魔物軍団は……？」

そんな彼らに私は歩いて近づいていく。

魔物軍団が一瞬で壊滅したことを、ようやく認識した彼らが選んだのは逃走だった。

「あ、兄者、やばいよ、こいつ」

「に、逃げるぞ！」

逃がさない。

私は地面を蹴り、回り込むように跳躍《ちょうやく》した。

「しゅ、瞬間移動!?」

いいえ、ただ速く移動しただけですけど。

私はまず兄の鳩尾《みぞおち》にこぶしをぶち込む。

「ぐえぇっ」

兄のほうが一撃で昏倒《こんとう》した。

「あ、あにじゃ……！」

さすがに家族は見捨てないらしい。

ただ勝てる気はしないのか、攻撃も逃走もせずにその場に棒立ちだった。

そんな弟のほうにも一撃を浴びせ、気絶させた。

そして意識を失った彼らをずるずると、引きずって城へと戻る。一応、生け捕りにしておいた。城へ近づくと、魔族の人たちが城壁や壁の隙間から私のことを見ていた。

「本当にハチさま以上の実力者だ……」

「すごい……魔王さまみたいだ……」

コロや、ヘイハチや、子供なんかはきらきらした目で見つめてる。

いや……、ここまで派手に立ち回るつもりはなかったんだけどね……数が多かったから……

「すみません、一応生かしておいちゃいました。好きに処分してください」

私は攻めてきた兄弟を現場の責任者らしき人に渡すと、城のほうへ戻っていった。

戻るとき、子供や若い魔族がぞろぞろついてきてちょっと大変だった。

魔王城での調べ物を終えて私はルヴェンドに戻ってきていた。

家に泊まったことにしてくれたリリーシィちゃんにお礼を言って、公爵家の別邸に帰る。

「どうでしたか?」

門をくぐるとソフィアちゃんが気になった様子で尋ねてきた。

アルミホイルが製造できるかなんて、ソフィアちゃんにはほとんど関係ないのに、心配してくれるなんて本当にいい子だ。

「うん、必要な知識は得られたかな。あとは私のがんばり次第だよ」

とりあえず、科学的製法の知識は得られた。

あとはこれを応用して、どうやってこの魔法の世界でアルミニウムを製造していくかだ。

「そうですか、できることがあったらなんでも言ってくださいね!」

「うん、ありがとう」

応援してくれている子たちのためにもがんばらなければなるまい。

まず私の計画の第一段階としては、ボーキサイトからアルミナを分離してみようと思っている。

もとの世界で行われているように、二段階の工程をとって、難易度を下げるという方針だ。

そのためにはアルミナのサンプルが必要だった。

アルミナは、酸化アルミニウムとも呼ばれわりと簡単に手に入るものだ。

たとえばアルミホイルの表面も、空気中の酸素に酸化されて、すぐにアルミナの薄い膜ができたりしている。でも、実際に魔法使いの人たちにイメージ用として渡すには、もうちょっとはっきりした形の、多量のアルミナが必要だと思う。

クリュートくんにお願いしたいところだけど、さすがのクリュートくんでもサンプルがあったアルミニウムはともかく、その途中の物質であるアルミナを取り出すなんて無理な気がする。

そもそも最近、家の中でも会ってない。避けられてるのかなぁ。

酸化というぐらいだから燃やせば手に入ると思うんだけど、どれくらいの温度なら燃えるのか、ちゃんと手に入るのか、いまいちよくわからない。

知識不足の悲しさだ。

じゃあ、もとの世界と同じ方法をってなると、水酸化ナトリウムという薬品が必要だ。危ない薬品だし、手に入れる方法がわからない。

そこで私は本に書いてあったテルミットという方法を使ってみることにした。

これはアルミニウムの利用法のひとつで、酸化鉄から純粋な鉄を取り出したりできる方法なんだけど、副産物としてアルミナができるのだ。

そういうわけで準備を始めようと思う。

私はまずロールベンツさんたちが実験している廃屋に行って、使われてない倉庫の鍵を開けてもらった。すると、想像通り赤く錆《さ》びてぼろぼろになった鍋や包丁があった。

あったあった！

「な、何をされてるのですか？」

嬉しそうに錆びた調理道具から錆《さび》を取って、器に集めていく私を見て、戸惑った顔でロールベンツさんが聞いてきた。

「ふっふっふ、できてからのお楽しみです」

この錆《さび》集めが私たちがアルミニウムを作り出すための、大切な第一歩になるはずなのだ。

テルミット法に必要な酸化鉄、それは鉄の赤錆《あかさび》のことだ。

空気中で酸化された鉄が、酸化鉄に変化して赤錆《あかさび》となる。これを集めて、アルミニウムの粉末と混ぜて燃やせば、純粋な鉄と酸化アルミニウムに変化するのだ。

さすがに不純物も混じってるかもしれないけど、たぶん大丈夫だから気にしない！

さて赤錆《あかさび》をとり終えたら、次は粉末状のアルミニウムの入手だ！

と勢いよく言ってみたものの、これはどうしよう。

家に帰ったあと、よく考えると粉末状のアルミニウムを入手する方法がないことに気づいた。

アルミニウムそのものはクリュートくんが作ってくれたのがあるけど、これを細かく裁断する方法がない。悩んだ末、結局、ソフィアちゃんのもとへ持ち込んでみた。

「このアルミニウムを風の魔法で細かく裁断《さいだん》できないかな。できれば粉みたいに」

無理かなー、無理だよねー。

「わかりました！」

大変良い返事でアルミニウムを部屋へと持ち帰ったソフィアちゃんは、数分後、粉末と化したアルミニウムを渡してきた。

「あ、ありがとう……どうやったの……？　これ……」

「がんばりました！」

そうか、がんばったのか、ありがとう。

そういうわけでテルミットの準備は整ってしまった。あとは混ぜて着火するだけだ。

集めた赤錆《あかさび》とアルミニウムの粉末を混ぜ合わせ器に入れたあと、調理場を訪ねる。

「着火剤ですか？」

「はい、できれば火力の強いやつでお願いしたいです」

本には酸化鉄とアルミニウムの粉末を混ぜ合わせたものに、マグネシウムリボンで着火すると書いてあった。どれだけの熱量が必要かわからないけど、魔石系の着火剤なら足りるだろうか。

調理場の人から、炎の魔法がこもった魔石を分けてもらい、必要な道具を持って庭へと向かう。

すると不満顔のリンクスくんから声をかけられた。

「おい、なんで俺は頼らないいんだよ。火が必要なんだろ」

あ、いや、特に意図はなかったんだけど。

ただアルミニウムを作るのは個人的な用事だから、できるだけ護衛役の子たちの手は煩《わずら》わせないほうがいいかなって……。ソフィアちゃんには結局、頼っちゃったけど。

「じゃ、じゃあ魔石でだめだったときはお願いね？」

「……わかった」

そういうわけで、実験にリンクスくんがついてきてくれることになった。

と思ったら、ソフィアちゃんもミントくんもついてきた。ミントくんは後継者候補の一人で、無口で不思議な男の子だ。女の子みたいに可愛いお人形さんみたいな子だけど性格は独特。

なんか見世物《みせもの》みたいになってきたな。

「それでは今からテルミット法の実験を開始します！」

火を扱うから子供たちには離れてもらって、早速、テルミット法でアルミナを作り出す実験を始める。わー、ぱちぱちとちょっと離れた場所に座った子供たちが拍手してくれた。

赤錆《あかさび》とアルミニウムの粉末を混ぜ合わせたものを、陶器製《とうきせい》の容器の中に入れて、準備は完了。

これに魔石をセットして、あとは炎の魔法を解放する呪文を唱えればオッケー。

「いきます！」

容器の隣に立ち、私が魔石を発動させた瞬間。

あたりは白い閃光《せんこう》に包まれた。

「あぎゃー！」

勢いよく閃光を食らった私に、さらに陶器から飛び出た火花が追撃する。

「んぎゃぎゃぎゃぎゃぎゃぎゃぎゃ！」

熱い、熱い。

「エトワさまー！」

ソフィアちゃんの悲鳴が聞こえた。

「落ち着け！　容器を遠くに飛ばせ！　大丈夫か！　エトワさま！」

「ぐへぇっ……」

熱さが遠ざかる。

「くそ！　ミント！　早く回復魔法を！」

「わかってる」

「うわーん、エトワさまー！」

遠のく意識の中で子供たちががんばって私を助けてくれたのが聞こえていた。

ごめんね……


次の日、私はベッドの上にいた。

まさかテルミット法があんな危険なものだったとは……

流し読みじゃなくてちゃんと読んでおくべきだった……

火傷《やけど》はミントくんが治してくれたけど、一日安静にしてろと言われた。学校もお休みだ。

手の中には、容器に残った鉄とアルミナの混合物があった。

陶器製《とうきせい》の容器がテルミット法で発生した高熱で一部ガラス化してたりしてるけど、なんとか無事、アルミナを手に入れることができた。混ざっちゃってる鉄は、魔法で取り除いてもらえば大丈夫だ。早く実験場所まで行って、アルミナの分離ができるか試したくてうずうずしてきた。

もどかしい気持ちで、アルミナの入った容器を眺めていると、こんこんと扉が鳴った。

「はいー」

子供たちは学校に行ってるし、侍女さんかなと思っていた私は、扉が開いてからびっくりした。

入ってきたのはお父さまだったからだ。

いつも書斎《しょさい》で会ってたはずだから、私の部屋に来たのは初めてかもしれない。

お父さまはベッドの傍に立つと、いつもと変わらない感情を見せない顔で尋ねてくる。

「怪我の調子は大丈夫か？」

「はい、ミントくんのおかげですっかり治りました」

「そうか……。アルミホイルの商品化のためにがんばれと言ったが、危険を顧《かえり》みず無理をしろと言ったわけではない」

「はい、ごめんなさい……」

怒られてしまった、そりゃそうだよね、危うくソフィアちゃんたちまで火傷《やけど》させてしまうところだった。距離が離れていて本当によかったと思う。

「……いや、私の言葉が焦らせる原因になっていたのなら、そういう意味ではないと言いに来ただけだ。謝罪する必要はない。ただ何をするにも安全性は大切だ。十分に注意して行動しなさい」

「はい、気をつけます」

お父さまの言う通りだった。

仮にもエトワ商会のリーダーになったのだから、もっと周りの安全に気を配らなければならない。今回は被害が私だけだからよかったけど、これからはもっと注意しようと思う。

「わかってくれればいい。今日は安静にしていなさい」

大人しくしていることを念を押され、それからお父さまはベッドの脇の机に何かを置いて去っていった。お父さまが立ち去ってから見てみると、お菓子の箱だった。しっとり焼かれたタルトにクリームとフルーツが載ったもので美味しそうだった。

ほどよく空いたお腹がぐーっと鳴る。

お見舞いだろうか。なら食べていいよね。

私はタルトをひとつ取って口に運んだ。

しっとりさくっと焼かれた程よい甘さのタルトと、クリームとフルーツの味が口に広がる。

あま～い。


ベッドで安静にしていろという命令が解けた私は、早速、実験場所の廃屋にやってきた。

魔法使いの人たちやロールベンツさんと顔を合わせる。

私が持ってきた器を見て、みんな不思議そうな顔をする。

「それはなんですかな、エトワさま」

「アルミナです。ちょっと鉄なんかも混じってますけど」

「アルミナ……？」

「エトワさまが作ろうとしているアルミニウムとは違うのですか？」

アルミナという言葉に首をかしげる人たちに、私はふっふっふと笑いながら告げる。

「アルミニウムになる一段階前の物質です。これを使って、今日は分離作業を二段階に分けてやってみようと思います」

まず持ってきたアルミナから鉄を除いてもらう。これは基本の魔法のせいか、簡単にできた。

「かなり純度の高い鉄ですね、これはこれで売れそうなんですが……」

分離された鉄をしげしげと見てロールベンツさんが言う。

でも、残念ながら今回は鉄は関係ない。大切なのはアルミナの分離である。

器の中には白い粉状の物質が残っていた。

「これがアルミナですか……」

「はい、その赤い石の中に含まれているのがこれです。そしてそこから酸素を取り除くことでアルミニウムになるんです」

「サンソ……？」

「え、えっと空気みたいなものです……」

正確には違うんだけど、感覚的にはそれが一番近いはず。

「は、はあ……」

わかってなさそうに、魔法使いの人たちは頷いた。

でもこれ以上説明するのは難しい。とにかくやってみてもらうしかない。

「じゃあ、まずはそこの赤い石の中から、このアルミナを取り出してみてくれませんか」

今までは一足飛びにアルミニウムを取り出してもらおうとしていたから難易度が高かった。でも直で含まれているアルミナを取り出すなら、難易度が一段下がるはずだ。

「少し見させていただいていいでしょうか」

魔法使いの人が戸惑いながらも、しげしげと私が掲げた器の中を覗き込む。

「はい、触っていただいても構いませんよ」

イメージが湧くなら自由に使ってくれて構わない。

魔法使いの人たちはアルミナを触って「ざらざらしてますね」と感想を呟く。それから赤い石と白い粉のアルミナを見比べて「本当に入ってるんでしょうか……」とも不安そうに言った。

「信じてください」

私は彼らになるべく力強く声をかける。

魔法のことはあまりわからないけれど、取り出すためには魔法を使うとき強くイメージしてもらうのが必要なんじゃないだろうか。ここは信じてもらうしかない。

「わかりました」

魔法使いの人は頷いて、赤い石にいつもの魔法をかけ始めた。いつもならここでボーキサイトがそのまま集まるだけなんだけど、今日は違った。赤い石がその場で細かく震えてる。

　これはいけるかも……！

「むっ……くっ……」

　魔法使いの人が難しそうな顔で目を瞑《つむ》り、何度か苦心する声をあげたあと、ふわりと赤い石の中から白い塊が浮かび上がってきた。

「これは……！」

　ロールベンツさんも驚きの声をあげる。

　そう、アルミナが分離できたのだ！　ボーキサイトから！

「やりましたよ！　できましたよ！」

　魔法使いの人に喜びの声をかける。

　魔法使いの人も目を開け、白い塊が宙に浮かび上がっているのを見て驚きの声をあげた。

「おおっ……」

　ボーキサイトからアルミナを分離するのは大成功である。

　他の魔法使いの人たちにもやってもらってみたところ、コツを掴むのに多少の時間の差異はあったけど、全員成功した。テーブルの上には白い塊が大量に載せられている。

ただ、ついに成果が出たことは嬉しいけど、とても嬉しいんだけど、まだアルミニウムが完成したわけじゃない。

ここからが本番なのだ。

アルミナからアルミニウムを分離しなければならない。

「それじゃあこのアルミナからアルミニウムを分離するイメージで魔法をお願いできますか？」

「わかりました」

少し自信のついた表情で、魔法使いの人が頷く。

しかし、イメージしやすいようにアルミホイルを持ちながら彼が使った魔法は、ボーキサイトのときと同じようにアルミナの槍を作り出しただけだった。

「あ、あれ……」

「やっぱりまだちょっと難しいみたいですね……」

なるべく気を落とさないように、私もなるべくポジティブな言葉で失敗を告げる。そのあと、他の人に試してもらっても、人数を増やしても、結果は変わらなかった。

やっぱり違う物質が混ざっている中からアルミナを取り出せばいい第一段階とは違い、酸素原子とアルミニウム原子が結合した状態を切り離す必要がある第二段階の難易度は段違いなのだ。

なんとか分離させるには、余計な酸素原子を取り除くイメージを持ってもらうしかないけど、どうやったらそんなイメージを持ってもらえるのか、とても難しい……

「ロールベンツさん、電気の魔法を使える魔法使いっていないんですか？」

私は腹案《ふくあん》として考えていた、もとの世界の方法でアルミニウムを作り出す方法を提案してみた。

アルミナの分離ができるなら土系統の魔法使いの人たちも職を失うことはないだろうし、電気の魔法が使える人を雇えれば、電気分解でアルミニウムを作ることができるはず。

「いないことはないですが、かなり珍しいですね。魔法は火、水、風、土が主系統となってますし、この国の貴族はそこに属する方ばかりですから。電気系統の魔法を扱えるのは、今ですと十三騎士《じゅうさんきし》のロッスラントさまぐらいでしょうか」

「そうですか～」

そこまで珍しいのか。じゃあ、無理だなぁ。土系統の人たちにどうにかして、原子を分離させる感覚を掴んでもらうしかないっぽい。

ボーキサイトからアルミナを分離することができてしばらく。

結局、アルミナからアルミニウムを作り出す過程で行き詰まっていた。

クリュートくんの言うことが本当なら魔法のパワーは足りているはず。必要なのは何かのとっかかりなのだと思う。酸素原子とアルミニウムを分離するとっかかり。

でも、それが何なのか思いつかない。

「う〜〜〜ん」

「エトワさま、そのままではミルクをこぼしてしまいますよ」

朝食の時間も悩んでいたら、スリゼルくんに指摘されてしまった。スリゼルくんは後継者候補の一人で、とても丁寧な性格の子だ。背が高くて大人びた性格をしている。

「おわあっ、ごめんねー」

実際、飲みかけのミルクの入ったコップが傾いていた。慌てて私はコップの角度を修正する。

私が謝ると、スリゼルくんはにこっと笑って言った。

「いえ、エトワさまに火傷《やけど》などなくてよかったです」

ふう、確かに火傷《やけど》には気をつけなければならない。ちょっと前にもやらかしたばかりだし。

せっかく魔法使いの人たちにも働いてもらうわけだから、できるだけ安全には気を使

いたい。その点、ボーキサイトからアルミナへの分離は、危険な薬品を使わずに済んでいるのでいい感じだ。

化学的製法に比べて、魔法を使うことの大きなメリットだと思う。

「う～～～～～ん」

「エトワさま、危ないです」

「はあっ、ごめんごめん」

今度はソフィアちゃんに注意されてしまった。

アルミニウムの精錬《せいれん》まであと一歩、その分、悩む時間が増えてしまった私にソフィアちゃんが息抜きを提案してきた。

「ルヴェンドから少し離れたところに綺麗な湖があるんです。行ってみませんか？」

「へぇー、いいねぇ。行ってみようかー」

私もその提案にのることにする。こういうときは意識して休憩を取らないと堂々めぐりだ。

実際に行ってみると、本当に綺麗な湖だった。

青く澄んでいて、水底まで見えていて、名前は知らないけど綺麗な魚が泳いでるのが見えた。

「いやぁ、綺麗な場所だねぇ。誘ってくれてありがとうね、ソフィアちゃん」

「えへへっ」

お礼を言うとソフィアちゃんは嬉しそうに笑う。

そのまま布のシートを敷いて、ゆっくりピクニックしようと思っていたら、ソフィアちゃんが湖のほうを向いてうずうずしたように体を揺らし始めた。

どうしたんだろう、トイレかな？

そんなことを考えてたら、ソフィアちゃんが振り返って言った。

「エトワさま、この湖で泳いでみませんか？」

「ええっ」

泳ぎたかったのか。

確かに泳いでも問題なさそうな綺麗な水質だ。お昼の日差しは、日なたに出るとちょっと暑いぐらい。ちょうどいい天気で、この綺麗な湖で泳いだらさぞかし気持ちよさそうだ。でも人気がない僻地《へきち》とはいえ、貴族のお嬢さまがこんな屋外で肌を晒《さら》すのはいかがなものか。もとの世界みたいな水着もないし、ここは止めてあげるべきだろう。

「そうだね、泳ごっか！」

ソフィアちゃんの純真な期待のこもった目に、私は思考とは真逆の答えを出していた。

いいんだ、誰も見てないし。いざとなったら私が庇えばいい！

お出かけ用のドレスを脱いで、ソフィアちゃんがまず勢いよく水に飛び込む。元気な子だからこういうの好きだよねぇ。

「エトワさま！　冷たくて気持ちいいですよー！　はやくはやく！」

「はいはーい」

私はプールの授業でやったように、水をぱしゃぱしゃと自分にかけて慣らしてから入っていく。

確かにひんやりしてて気持ちよかった。

でもこの湖、何気に底は深い。

私が立ってる浅瀬《あさせ》は足がつくけど、ソフィアちゃんの泳いでる場所なんかは、大人でも絶対に足がつかないぐらいの深さだった。さらに深いところだと水深五メートルぐらいはあると思う。

そんな場所をソフィアちゃんは持ち前の運動神経で自由に泳ぎまわっている。その姿はまるで子供の人魚のようだった。それほど泳ぎに自信がない私は、お風呂みたいに水に浸かりながら、その姿を眺めるだけにしておいた。

すると、ソフィアちゃんが私のほうにばしゃばしゃと泳いでくる。

かなりテンションがあがってるようで、頰が紅潮《こうちょう》していた。いつも元気なソフィアちゃんだけど、ここまでテンションが高いのは珍しいかもしれない。

なんだかんだ女の子だし、水浴びなんて周りに気を使わないとできないから、こういう状況でテンションがあがりすぎてしまってるのかもしれない。

そう思っていると、ぐいっと腕を引っ張られる。

「水底にいる魚がとっても綺麗ですよ！　エトワさまも見に行きましょう！」

えっ、えっ？　ちょっ……

私の手を持ったまま、ソフィアちゃんはイルカのように水の深い場所を目指し潜水《せんすい》を始める。

当然、私も水底のほうに引っ張られていく。

日差しの差し込む綺麗な水面が遥か上のほうに見える。

ぎゅっと腕を掴まれたまま肩を叩かれ、ソフィアちゃんを見ると、にこにこ笑顔で綺麗な魚の群れを指差している。

いや、あのね、ちょっと、ソフィアさん、息がね……

私、息がね……

ただ水底でそれを伝えるすべはない。しゃべっても無駄に酸素を失うだけなのは確実だった。

運動神経抜群のソフィアちゃんは肺活量も並外れてるらしく、余裕そうに水底を観光している。そういえば泳いでるときも全然休憩を取ってなかった。

一方、一般人レベルの運動神経で、いきなり水底に引き込まれて息継ぎをミスった私は、もうほぼ限界に近かった。いつもよりハイになってるせいか、私のそんな様子にはまったく気づいてくれないソフィアちゃんは、天使の笑顔で私の腕をがっしり掴んで水底を遊泳《ゆうえい》する。

私は美しい歌と容姿で船人を誘い込み、海の底に引きずり込み命を奪ってしまうセイレーンの伝説を、なぜか思い起こしていた。

ついに限界が訪れる。

「ごぼぼぼぼ」

息苦しさについに水底で泡を吐き始めた私に、さすがのソフィアちゃんも気づく。

慌てたような顔をすると、すぐに私の口元に手を当て、短く魔法を詠唱した。

『水人魚《マルメイド》』

すっと、水底なのに空気を吸ってる感触がした。

気のせいじゃない。

水の中で私が息を吸うと、ちゃんと空気が肺に入ってきている。その空気が出ているのは、ソフィアちゃんの手のひらからだった。

ソフィアちゃんはそのまま私を抱きかかえると、水面へと浮上した。

それから大変しょんぼりした様子で謝ってくる。

「ごめんなさい、まさかエトワさまを溺《おぼ》れさせてしまうなんて……」

「いやいや、私ももっとうまく伝えられたらよかったね」

本気でちょっとやばかったけど、助かったからそれでよしというか、そんな顔されると怒るに怒れない。ソフィアちゃんなら、怒らなくても、二度と同じミスはしないだろうし。

それに私は別に気になったことがあった。

「ソフィアちゃん、さっきの魔法について教えてくれない？」

「水人魚《マルメイド》のことですか？」

「うん、それ！　水の中に空気ができてたよね。どういう魔法なのかわかる？」

私の様子に戸惑いながらもソフィアちゃんは説明してくれる。

「えっと、水から空気を作り出す魔法らしいです……。不思議ですけど、水を風に変えることができるんです」

水から空気を……それって……

「その水人魚《マルメイド》って難しい魔法なのかな？」

「いえ、初級の魔法だと思います」

これだ！　必要だったのはこの魔法なのだ！

私は興奮してソフィアちゃんに抱きついた。

「ありがとう！　ソフィアちゃん！　なんとかなるかもしれないよ！」

「え、えっと、エトワさま、あんまり動くと危ないですよ」

急にハイテンションになった私に、今度はソフィアちゃんが戸惑いながら言った。

そして次のロールベンツさんとの会議の日、私は言った。

「風の魔法使いを雇いましょう！」

第二章　解決への道

ロールベンツさんと魔法使いの人たちが集まった会議。

「か、風の魔法使いですか……？」

私の発言にざわざわとなるロールベンツさんと魔法使いの人たち。

当然だと思う。彼らの常識であれば、鉱物系の物質は土系統の魔法で取り扱うものだと決まっているからだ。でも、あのときソフィアちゃんが使った水人魚《マルメイド》という魔法。

あれは水を水素と酸素に分離する魔法だと思う。

そして魔法の目的が酸素を取り出すのに主眼が置かれている以上、アルミニウムと酸素が合わさった状態であるアルミナから、酸素を取るのに役に立つ可能性があるのだ。

「あ、あのその場合は私たちはどうなるんでしょうか……」

ロールベンツさんの雇った魔法使いの人たちが不安そうに尋ねてくる。

「安心してください。土系統の魔法使いの人たちにも、一緒に作業をしてもらいます。そのほうがパワーがあがって絶対に効率がいいはずです！」

今回の作戦は風系統の魔法使いの人たちに、水人魚《マルメイド》でアルミニウムと結合している酸素原子を引っ張ってもらい、土系統の魔法使いの人たちにまだうまく感覚を掴めないアルミニウムをがんばって引っ張ってもらう。

つまり両側から引っ張る作戦だ！

原子同士の結合を引っ張る力は二倍！

さらに、事業を立ち上げた当初にはなかった目的だけど、エトワ商会はできれば土系統の魔法使いの人たちの安定した職場になりたいという思いもある。

そのためにはやっぱり、要所要所で土系統の魔法使いの人たちが絡む場所を用意しておきたい。

それから一週間後、ロールベンツさんはしっかりと風系統の魔法使いを準備してくれた。

新人の風の魔法使いさんは謎の赤い石と白い粉が散らばる廃屋に招かれ戸惑った顔をしている。

「えっと……私はどうすればいいんでしょうか……」

「エトワさま、ご説明いただけますでしょうか」

ロールベンツさんからも問われる。

そういえば具体的な方法はまだ話してなかった。

「えっと、風の魔法使いの人はこの白い粉末に水人魚《マルメイド》の魔法をかけてください。土の魔法使いの人たちは従来通り、アルミナからアルミニウムを引っ張る作業をがんばってください」

「マ、マルメイドですか？　ですが、あれは水にかけるもので……」

「そこらへんはとりあえず一度やっていただくしかないですね」

この白い粉末にも水のように酸素が含まれてるんだけど、原子の概念がないこの世界では、説明してもいまいち納得してもらえないだろう。

とにかく疑いながらでもやってもらうしかない。

土の魔法使いの人と、風の魔法使いの人が、テーブルの上のアルミナを挟んで立つ。

特にすることがない私たちはそれをどきどきしながら見守る。

「違う種類の魔法ですが、できるだけ息を合わせるようにお願いします」

「は、はい……」

「やってみます……」

この魔法で土系統の魔法使いの人たちには、酸素とアルミニウムを分離する感覚みたいなものを掴んでもらわなければならない。

二人が詠唱を始める。

水人魚《マルメイド》のほうが簡単なのか、詠唱が先に終わって、残りの魔法を待っていた。

それから少し経って、魔法が完成する。

『水人魚《マルメイド》』

『鋼鉄槍《エントランス》』

魔法が発動する。

ひとつは本来なら水から酸素を取り出す魔法だけど、今回は対象をアルミナに変えてある。

もうひとつは鉄を集めて槍へと変える魔法だけど、今回はアルミニウムを集めて槍の形にするようにアレンジしてもらっている。ふたつの魔法の影響を受けて、アルミナの粉が輝き始める。

いけるか……!?

そう思って観察してしばらく、急にひとつだったアルミナの塊が、ふたつの光に分離していった。土の魔法を使っていた魔法使いさんたちが驚いた顔をする。

ふたつの光の一方は、空気中に拡散して消えていく。

そしてもう一方には……なんと銀色の金属の塊が残っていた！

「おおおおおっ！　こ、これは！」

「で、できたのか⁉　まさか」

「できてますよ、これ！　やった！」

今までアルミニウムを取り出そうとがんばってきたメンバーが大喜びで飛び上がる。

風系統の魔法使いの人だけが取り残されて、喜ぶ私たちを戸惑ったように見ていた。

「こ、これでいいんでしょうか……？」

「はい！　これでなんとかなります！　ですよね、ロールベンツさん！」

「ええ、これならば商品化も可能です！」

アルミニウムの精錬《せいれん》の一番の難所は乗り切った。

この世界で、魔法の力を借りて、手工業的にアルミニウムを生み出す方法が完成したのだ。

そしてアルミニウムさえ生み出すことができるなら、アルミホイルを作ることができる！

そのあとのアルミニウムの加工は、土の魔法使いの人たちの専門だけあってあっさりとできた。

「この街の大工に頼んで作ってもらいました」

そう言ってロールベンツさんが筒状の軽い木の棒を持ってきてくれて、それに紙状に加工したアルミニウムを魔法で巻きつけていく。

「うーん、熟練すれば厚みもどんどん均一になっていきますよね」

「は、はい。なんとかなると思います」

初めてやったせいか、厚みがちょっと不揃いだったけど、アルミホイルが無事完成した。

「エトワさま！　あなたのおかげで最大の問題が解決しました。あとは私たちで精度をあげていけば、必ず商品化できるものが量産できるようになると思います」

「はい、よろしくお願いします」

あとは商売の専門家であるロールベンツさんのお仕事だった。

雇った魔法使いの人たちと精度をあげて、流通にのせて、商品としてお客さんに販売する。

「私も今回のエトワさまの編み出した製法を特許として申請しようと思います」

レメテンスさんもアルミホイル完成の一報を聞いて駆けつけてくれた。

アルミホイルの普及のためには、この技術は自由に解放されたほうがいいとは思ったけど、エトワ商会にも守らなければいけない社員さんたちができたのだ。

のんきなことばかりも言ってられない。アドバンテージはきちんと押さえて、良心的に振舞うにしても、悪徳に振舞うにしても、賢くやっていかなければならない。

それから三日後、ロールベンツさんのお店に初めてアルミホイルの商品化第一号が並んだという報告が届いた。

異世界でも売れるといいなぁ〜。

＊＊＊

エトワがアルミニウムの製法を完成させた日、クリュートは自室でお茶を飲んでいた。

魔法の研究書を読みながらゆっくり時間を過ごしていると、騒がしい女の声が聞こえてきた。

「クリュートくん！　クリュートくーん！」

公爵家の別邸にふさわしくない、鼻にかかった間の抜けた声。

いつもなら、うるさい、迷惑と感じるその声だったが、今日だけはクリュートは上機嫌になった。

（やれやれ、ようやく頼りに来たか。まったく遅いんだよ）

だいたいあの女は自分の立場ってやつがわかってないと思う。

確かに自分たちの中から公爵家の後継者を決めるために、これまでの慣例を真似て、シルウェストレの仮の主《あるじ》という立場に収まってはいるけど、本来なら平民として扱われるべき立場なのだ。

風の派閥の名家、レオナルド侯爵家の嫡子である自分とは天と地ほどの身分の違いがある。

なのに友達みたいなノリで話しかけてくるわ、変な頼み事はしてくるわ、いまいち自分と対面して話せるありがたみというものを理解していないのだ。

（そう、もっとあの女は感謝すべきなんだよ。このクリュート・レオナルドという、ルーヴ・ロゼの子息女たちですらこぞって繋がりを持とうと群がってくる僕と、もちろんこちらとしては仕方なくではあるけれど、交流を持てたことを。まあその付き合いも、あいつが仮の当主としていられる間だけだけど。それなのにあのデブの商人のほうの意見を支持しやがって……）

クリュートとしても、仕方なく、本当に仕方なくだけど、手伝ってやろうとは思っていたのだ。

でも、よりによってあの女は、あの冴えない商人の肩を持ち、こちらのアドバイスを否定してきたのだ。どうせ困ったら泣きついてくることはわかってたから、わざと予定を埋めて放置していたのである。ちゃんとあの女が、ありがたさを実感して、泣いて謝ってくるなら許してやらないこともない。公爵閣下直々の頼みでもあるし。

（さて、どんな泣きっ面で、頭を下げてくるかな）

そう思って扉を開けたクリュートの目に飛び込んできたのは、喜色満面のエトワの顔だった。

「やったよ！　クリュートくん！　アルミニウムの製造に成功したよ！」

興奮した調子でぴょんぴょん飛びながら話すエトワ。

公爵家の別邸に勤める家人たちも、どこか嬉しそうな表情でエトワを見守る。

「やりましたね、エトワさま！」

「ここしばらくはずっと、そのことで悩み通しでしたもんね」

そのやり取りを理解できずクリュートは呆然と呟く。

「えっ……」

嘘だ、そんな思いがクリュートの胸に浮かび上がる。

あれは自分のような才能溢れる人間だからこそ、いきなりできたことなのだ。もちろん消費する魔力は大きくなかったから、何度も教えれば、平民の魔法使いにもできる可能性はあった。

でもそれは自分みたいな天才の魔法使いが教え導くからで、教わる側の平民の魔法使いにもある程度の質が必要で、ましてこんな魔法の才能を一切持たない女が実現できることではなかった。

なのに……

「工程を分解し、別の属性の魔法を組み合わせて難易度を下げる。素晴らしい発想です。この方法なら、きっと大量生産にも耐えられるでしょう」

公爵家に雇われた弁理士《べんりし》のレメテンスまでもが、エトワのことを褒め称える。信じざるを得ない。この女が、自分なしで、アルミニウムの精錬《せいれん》を成功させてしまったことを。

「いやいや、そんなに褒められても～」

エトワはみんなから褒められてでれでれとしまりのない顔で笑っている。

それからエトワはクリュートのほうを見た。

ぎくりとする。

(もしかして単独で成功させて、僕の力なんていらなかったと馬鹿にするつもりか？)

そう身構えたクリュートに、いつも通り細い目を、にこっと笑顔に変えて言った。

「でも、本当にすごいのはクリュートくんだよ。最初にアルミホイルを作ってくれたのはクリュートくんだし、商品化の話がきたのもそのおかげだし、精錬《せいれん》の工程を分けるときもクリュートくんが作ってくれたアルミニウムがなかったらできなかったもん。今回、アルミホイルを作ることができるようになったのはやっぱりクリュートくんのおかげだよ！　本当にありがとう！」

クリュートはその言葉に何も言い返せなかった……

「それではささやかですけど、今日はエトワさまのアルミニウムの精錬《せいれん》成功を祝って小さなパーティーを開きましょうか。エトワさまのお好きなメニューを作りますよ」

みんながエトワを祝福する中、調理担当のコックがそう言う。

それを聞いてエトワが嬉しそうに悩みだした。

「わーい、ありがとうございます！　えっと、どうしようかなー、みんなが好きなものがいいよね。ソフィアちゃんは甘いのが好きだし、リンクスくんは辛いものが好き。ミントくんはお魚、スリゼルくんは鶏肉だっけ、うーん、どんな料理がいいかなぁ」

「イメージが湧かないなら、調理場に来てみますか？」

「お願いします」

まだ呆然とするクリュートを置いて、エトワはコックと一緒に調理場のほうに向かっていく。

けれど、姿が見えなくなる寸前で振り返って言った。

「あ、クリュートくんはハンバーグが好きだよね！　ちゃんと用意してもらうよ！」

そう言って笑顔で去っていった。

その日のディナーは、家の者だけの小さなパーティーが開かれた。

クロスウェルは屋敷にいたが、仕事があるらしく、参加はしなかった。ただ二十分ほど仕事から抜け出し、小さなパーティーの開かれている部屋にやってきて、エトワと何か話していた。

クリュートはどきっとした。

クロスウェルは平等な人間ではあるが、アルミニウムの精錬《せいれん》の研究にまったく参加しなかったことが知られたら、心証は確実にわるくなるだろう。

クリュートは不安に思いながらパーティーの時間を過ごした。

パーティーが終わり、しばらく時間が経ったころ、クロスウェルがクリュートに話しかけてきた。

「エトワから聞いている。君の協力によってエトワはアルミニウムの製造に成功したようだ。この件には私個人としてとても感謝している。後継者レースに加点することはできないが、必ず礼はしよう」

それだけ言うと、公爵は去っていった。

公爵の去った部屋で、クリュートは赤面して俯《うつむ》き、唇を噛みしめた。
(同情された……! 子供扱いされた……! この僕が……! あの女に……!)

第三章　貴族の闇、冒険者の闇

アルミホイルの件が解決して、今日はパイシェン先輩とちょっと遠くへお出かけ中だ。

パイシェン先輩は貴族学校の先輩で、ニンフィーユ侯爵家のお嬢さま。

そんな先輩とお出かけしてるんだけど、というのも……

「貴族を狙った襲撃事件ですか？」

「ええ、ここ一ヵ月ぐらいの間に、もう二十人ほどが犠牲になったと聞いたわ」

なんでも馬車で移動中の貴族が襲われて、犠牲が出たらしい。場所はある街と街を繋ぐ交通の要所。そんな場所で何人も襲われる事件が起きてたら大騒ぎになりそうなもんだけど。

「貴族が誰ともわからない奴に襲われてやられたなんて知られたら面目《めんぼく》が丸つぶれでしょ。だから、表ざたにしたがらなかったのよ」

確かにこの国において貴族が民衆の上に立ってるのは力のおかげだ。

そんな貴族が襲われてやられましたってなったら、立つ瀬がないのかもしれない。

「もうすぐうちの四年生と五年生と、別の都市の学校との交流会があるのよ。目的の学校まではその道を通らなきゃ移動できないわ。冒険者ギルドが対処していたんだけど、相手が誰かすら特定できなかったらしいわ。もう交流会まで時間もないし、私も生徒会の代表として一度現場を見に行くことになったの。まあ実質貴族の力で解決してくださいっていう救助要請ね」

「なるほど～」

今年も引き続きパイシェン先輩が、生徒会長をやっていた。

「それであと一人ぐらい生徒会メンバーを連れてこうと思うんだけど、あんたが来てくれない？」

「ええっ、私ですか⁉」

驚く私にパイシェン先輩は困った顔で頷く。

「正直、今回の件は相手の力が未知数なのよ。確かにやられた貴族は今のところ下位貴族ばかりだけど、家格程度には力をもった人間ばかりよ。もしかしたら魔族の可能性もあるわ。だからその……あんたがいてくれると……助かるんだけど……」

最後はちょっと赤面してパイシェン先輩は言った。

確かに優れた魔法使いである貴族を倒す力をもった相手だ。男爵家、子爵家といっても、一般の魔法使いに比べたら遥かに優れた力を持っているらしい。それを倒した相手なのだ。用心するに越したことはない。

パイシェン先輩も侯爵家の人間だから、魔法使いとしては相当のクラスなのだけど、本人から言わせると戦闘は苦手らしい。未知の相手だとちょっと怖いのかもしれない。

それに頼ってもらえたのがとっても嬉しい。

「お任せください！」

「ありがと……」

私は大船に『なった』つもりで、パイシェン先輩を守ることにした。

「パイシェン先輩との旅行楽しみです！」

「遊びじゃないんだからね」

「はーい」

そんなわけで学校をお休みしてパイシェン先輩と、キヴェルゲという街まで馬車で来ている。

ニンフィーユ家の馬車はすごく豪華で、籠の中は小さな部屋みたいになっていて、お付きの人までいる。もといた世界で言うと、リムジンみたいなものだろうか。

道中はとても優雅な旅だった。

ここまでで一番大変だったのは家を出るときだろう。一緒に行くと言い張るソフィアちゃん、リンクスくん、ミントくんをパイシェン先輩が引き剥がし、なんとか馬車に乗り込んだのだ。三人は生徒会じゃないから連れていけないし、そもそも学校を私のせいでサボってほしくない。

心を鬼にしてソフィアちゃんたちを置いてきて、この街にやってきたのである。

街にはついたけど、まだ襲撃者の現れる森には行かない。まずは街の冒険者ギルドで情報をもらうことになっていた。

私とパイシェン先輩は馬車を降りて、冒険者ギルドに向かう。

目の前にある酒場のような外観の建物がそれらしい。看板には冒険者ギルド兼キヴェルゲの大酒場と書いてあった。本当に酒場だったようだ。中からはお酒のいい匂いがしてくる。

その匂いにパイシェン先輩はむしろ顔を歪《ゆが》めた。

「はぁ……酒場が併設されたギルドなんてとっくに絶滅してるべきなのにまだあるのね」

パイシェン先輩はそう言うけど、私としてはこれぞ冒険者ギルドって感じの建物だ。冒険者学校には入っているけど、冒険者ギルドにはまだ入ったことがないのでちょっとわくわく。

扉を開けて中に入ると、椅子とテーブルがあって、大人たちがお昼から酒を飲んでいた。

その横にはギルドのカウンターがあって、受付の人が、冒険者とやり取りしている。

漫画やアニメで見た世界がそこにはあった。

「おいおい、なんだこのガキどもは。誰の許可をもらって冒険者ギルドに入ってきてるんだ？」

これもある意味テンプレ。入っていきなり、冒険者の大人が私たちに絡んでくる。

どう見てもお酒に酔っている真っ赤っかの顔で、案の定、右手には泡酒のジョッキがあった。

酔っ払いかどうしよう、って思っていたら、パイシェン先輩が静かに相手に向かって指を突きつける。するとジョッキに入っていたお酒が、刃のように変わって、酔っ払いさんの首もとに突きつけられた。

「なっ……!?」

固まる酔っ払いさんに、パイシェン先輩は子供ながら迫力ある声で言う。

「私はパイシェン・ニンフィーユよ。ニンフィーユ家は冒険者ギルドにも多額の寄付をしていて、ギルドの良きスポンサーとして認められているわ。それなのに、立ち入るのにあなたのような人間の許可がいるのかしら。それとも、もしかしてあなたは私たち相手に権力闘争を挑もうとしていたのかしら。それならあなたの決死の行動を誤解してしまったことを謝罪するわ。ニンフィーユ家として全力で相手をしてあげる」

先輩の名前を聞いて、冒険者ギルドの人たちがざわつきだす。

「ニ、ニンフィーユ家……？　あの水の派閥、ナンバー2の侯爵家……!?」

「お、俺、無詠唱魔法なんて初めて見たぞ……」

「なんて魔力だ……」

パイシェン先輩の言葉を聞いて、真っ赤だった酔っ払いさんの顔が真っ青になっていた。

「とんだご無礼を……！　知らなかったんです！　ど、どうかお許しください……！」

「ニンフィーユ家は寛大よ。許してあげるわ。次からはむやみに相手に絡むのはやめなさい」

「はい……」

膝をつき地面に頭をすりつけて謝罪する絡んできた人を、パイシェン先輩はあっさりと許すと、興味もないという風に、受付のほうに向かう。

その堂々とした姿は、さすがは貴族のご令嬢という感じだった。

先輩かっこいい～。

騒ぎを聞いて、受付のほうから慌てて一人の女性が走り出てくる。

「パイシェンさま、ようこそ当ギルドへお越しくださいました。私は今回問題となっている事件を担当している受付係のルフィーユ・ニルンと申します。よろしくお願いします」

ルフィーユと名乗ったメガネの女性は、そう言ってパイシェン先輩に頭を下げた。

私とパイシェン先輩は冒険者ギルドの奥に案内された。大きなテーブルのある部屋に、いろんな資料が散らばっていた。ルフィーユさんが、口頭で私たちに事件の概要を説明してくれる。

「事件は一ヵ月ほど前から起きています。この街の南西には森を横断する大きな道がありまして、そこを通らなければ馬車ではペルーニャ地方には行けません。普段から貴族の方も平民も、その道を利用しているのですが、ある日、貴族の方の馬車だけが何者かに襲われてしまったんです」

ルフィーユさんはそこで言葉を止めて、悲痛な表情で首を振る。

「襲われた馬車に乗っていた貴族の方はご家族も含め悲惨《ひさん》な姿で発見されました……」

ルフィーユさんはため息を吐き、説明を続けた。

「それからも事件は続き、その道を貴族の方の馬車が通るたびに襲われるようになりました。冒険者ギルドとしても事態を重く見て冒険者を送り込んだのですが、犯人は貴族以外は襲わないらしく、足取りすら掴めずに時間だけが過ぎていきました。途中からは貴族の方にも協力を要請したのですが、助力をいただけず、そこで……」

「私たちのほうに要請がきたわけね」

「はい……、ルーヴ・ロゼのみなさま方もあの道を使われるということで、なんとかこの事件の解決にお力を貸していただけないかと……」

パイシェン先輩が腕を組んで尋ねる。

「騎士たちには連絡したの？」

この国の騎士たちには、魔法を使える者たちがいる。騎士には貴族やその血縁者が多いから当然かもしれない。

ちなみに有名な王家十三騎士は、その騎士団の中の一団だが、騎士団本体とはあまり円満な関係とは言いがたいらしい。貴族の次男や三男だけでなく、当主が副業としてやってることもある騎士団の主流派と、平民も貴族も関係ない実力主義の十三騎士は犬猿の仲なのだとか。

権力面でも平時は主流派のほうが役職的に上なのだが、魔法使いとしての実力は十三騎士のほうが圧倒的に上であり、王家のご下命があれば指揮権は一気に十三騎士に移る。ギスギスする仕組みだけど、騎士の大半が貴族である以上、仕方がないらしい。

そんな騎士たちだが、平民からするとそんなにわるい存在でもない。貴族は力で民を支配する代わり、民の安全をその力で守る。騎士団に勤める貴族は、そのお題目を体現する存在である。

態度や言動に多少の問題こそあれ、市民が通報すれば解決に動いてくれるはずなのだ。

「それが……」

しかし、騎士たちの名前が出るとルフィーユさんは、途端に歯切れがわるくなる。

パイシェン先輩はそれを察していたという顔で、ルフィーユさんたちの意図を言い当てた。

「貴族たちから圧力がかかってるのね。周りには広めないようにって。騎士に通報すれば、国に話が上がって、国中に広がるのは時間の問題だものね。そこで貴族たちの反感を買わずに騎士に連絡するために私を後ろ盾にしたかったと」

「は、はい、そ、そのつもりでした……！　申し訳ございません……！」

どうやら冒険者ギルドの人たちは私たちに解決を求めてきたわけじゃないらしい。

パイシェン先輩を、貴族の圧力を避けて、騎士に通報するための足がかりにしたかったらしい。

実際、部屋の奥は、鎧を着た大人たちが待機していることを、天輝さんが教えてくれた。

「まあ、それはいいわ。私たちにとっては解決すればいい話だもの」

パイシェン先輩はあくまで穏やかな様子で肩をすくめる。

しかし、そのあとに鋭い視線でルフィーユさんを見る。

「ただ今回の問題は、騎士が出てきたからといって簡単に解決する問題ではないことはわかってるわね」

「は、はい……」

パイシェン先輩の言う通りだった。貴族たちがやられたのだ。同じ貴族の魔法使いで構成される騎士もやられてしまう可能性は十分にあった。

「それなら私たちも行くわ。だから事件の資料を見せなさい」

「かしこまりました」

ルフィーユさんはあらためて私たちに今回の事件の資料を見せてくれる。

「これが襲われた場所、そしてこれが被害者の写真です」

ルフィーユさんは事件のあった場所がマークされた地図と、被害者の写真を私たちの前に出してくれた。写真はこの世界ではとても高価なものだ。

原理はわからないけど、光の魔石の力を使って実現しているものらしい。できあがるものは、もといた世界のポラロイド写真とそっくりのものだ。

でもどうしよう。スプラッターなのとか、ホラーなのとか苦手なんだよね。

そう思いながら、恐る恐る被害者の写真を覗き込んだ私は、思わず「うぇっ？」っと変な声で叫んでしまった。パイシェン先輩も呟く。

「なによこれ……」

私たちの反応にルフィーユさんが悲痛な表情で首を振った。

「被害者の方々の写真です。お痛わしい」

その被害者の方々が写っている写真には、額にアホ貴族とかバカ貴族とかマヌケとか落書きされた貴族の男性や女性の姿があった。全員、さめざめと、または悔しそうに涙を流している。

美男美女が多かったが、落書きされた髭とか、ほっぺのぐるぐるのせいで台無しだった。

うん、これ全員、誰も亡くなられていませんね。

「みなさん気絶させられたあと、顔に油性のインクで落書きをされてしまったのです」

犠牲者ってこのことかよ！

パイシェン先輩も引きつった顔をしていた。犠牲者って聞いたからてっきり誤解してたのだ。よく考えると、ギルドから伝達された依頼にある言葉も犠牲者だけだった。

どうりで貴族側が表ざたにしたくないわけだよ……

やたらと貴族の茶々入《ちゃちゃい》れが入るのも納得だ。関係者とかじゃなく、犠牲になった本人たちが差し止めようとしてるのだから。そういえば遺族とかそういう単語一度も出てきてなかったね……

というか、若干、貴族たちの写真を見て、私は親近感を抱いてしまった。

特に額に文字を書かれてる人。

「パイシェン先輩……これなんか思ってたのと」

「その先は言わないでいいわエトワ。生徒会として解決すべき問題には変わりないもの……」

パイシェン先輩も冷静に振舞おうとしてるけどかなり動揺している。

そういうわけで、私たちは貴族落顔《らくがお》事件にわざわざ遠出して挑むことになってしまった。

まず最初に犯人を捕まえようと向かっていったのは、冒険者ギルドの要請をすでに受けていた騎士の人たちだった。

「ニンフィーユ家のお嬢さまが出るまでもありません」

「落書き犯なんぞ、我々がすぐに捕まえてやります」

「身分の上にあぐらをかくばかりの貴族と違い、私たちは常日頃から鍛えていますからね」

　そんな盛大なフラグを立てて襲撃者が出る森へ突撃していった騎士の人たちが、気絶した姿で発見されたと報告を受けたのは一日後だった。もちろん全員、顔に落書きをされていた。

「うっうっうっ、面目《めんぼく》ないです」

　本当に面目《めんぼく》ない状態で悔しそうに泣く騎士の人たち。

「こうなったら私たちが行くわよ、エトワ」

「はい！」

　アホらしい事件だけど、この件を解決しなきゃ、学校交流のイベントができないのだ。やるしかない。パイシェン先輩が腕を組んで呆れながら、すごすごと帰ってきた騎士たちに尋ねる。

「犯人の姿は見なかったの？」

「それがいきなり攻撃を受けて気絶してしまいまして……」

「情けないわね」

「不甲斐《ふがい》なくて申し訳ないです……」

　結局、直接向かう以外、対処法はなさそうだった。

「それじゃあ、行くわよ、エトワ」

また先輩は私の名を呼ぶ。でもなかなか椅子から立たない。もしかして……

「ちょっとびびってらっしゃる？」

そんな指摘をした私は先輩にアイアンクローされた。

「いだだだだ」

「はぁ!?　ニンフィーユ家の娘である私がまさかびびるわけないでしょ。落書き犯ごときに！」

怒ってるけど、その声は震えていて、意外と図星だったんだなぁ……っと得心した。

落書き攻撃、結構効くらしい、貴族の人たちには。

「大丈夫ですよ、先輩。何かあったら私が守りますから！」

そう言って励ますと、ちょっと照れた様子で、アイアンクローを外してくれた。

「そ、そうね……」

「それに負けてもしばらく私とおそろいになるだけですよ、ぷぷぷっ……」

顔に落書きされたパイシェン先輩の顔を思い浮かべて、私は思わず笑ってしまった。

「何が面白いってのよ！　このバカ！」

「いだだだだ」

またアイアンクローの枷が私の頭に嵌《は》められた。

そんな風にやり取りしていると、ルフィーユさんが心配そうに私たちに言う。

「本当に行かれるんですか、パイシェンさま。ここは増援を呼んだほうが……」

「そうです、相手の強さは本物です。ニンフィーユ家の方とはいえ、その年頃では危険です」

やられて戻ってきた騎士の人もそれに賛同した。どうも私たち、というかパイシェン先輩に望まれていたのは、貴族たちの妨害を避ける名義貸しだけのようだった。

パイシェン先輩は子供ながら堂々とした態度で言う。

「ふざけないで。私はルーヴ・ロゼの生徒の代表として、ニンフィーユ家の娘として、要請を受けたのよ。どう解決するかは自分で決めるわ。そして今回の件は、私たちで解決する！」

力強く宣言するパイシェン先輩。

「わかりました。そこまで言うならばお供します。私たちも今一度、落書き犯と戦いましょう！」

顔に落書きをされた騎士の人たちが感銘を受けたようにそう宣言した。

「私も担当者としてついていくことにします」

ルフィーユさんもそう言った。

意外な展開に、パイシェン先輩は汗を浮かべる。

「は、はぁ？　そんなのいらないわよ！」

「いえ！　お供します!!」

「冒険者ギルドも責任を果たさせていただきます！」

パイシェン先輩の貴族のカリスマみたいなのに当てられた騎士と冒険者ギルドの人たちは、先輩自身がなんといってもついてきそうだった。ちょっと説得は無理そうだ。

困った展開に顔を見合わせた私たち。

パイシェン先輩がこそこそと私に耳打ちする。

「仕方ないわね。最悪、周りがやられてから、私たちが動くわよ」

「はい」

まあ相手は気絶以上のことをしてこないみたいだし、なんとかなるだろうと、私とパイシェン先輩は見積もった。

この街に来るときに使った馬車で、私たちは森へ乗り込むことにした。

明らかに貴族仕立の豪華馬車、格好の標的になるだろう。

その中にパイシェン先輩と私、それからルフィーユさんが乗って、周囲を騎士の人たちが護衛するように取り巻く。そんな形で、森の中に突入する。

馬車が森の中を移動していく。

「襲撃者ってどんな奴なんでしょうね」

襲われるまでは何もすることがないので女子三人でお話しする。

「わからないわ。でも、騎士五人を相手にして姿も見られずに倒すなんて、相当の強さであることは間違いないわ。魔法使いか、魔族か。でも、魔法使いなら貴族相手にあんなことするかしら」

相手に対する情報は少ない。

でも、この世界で強い存在といえば、魔法が使える存在ばかりだ。ただ優れた魔法使いなら、なんで貴族の顔に落書きしてまわるのかわからない。

というのも基本的に、優れた魔法使いは貴族勢力に与《くみ》することが多いからだ。

貴族たちだって自分たちの力だけにあぐらをかいてるわけじゃない。平民でも才能がある者がいれば、積極的に部下に招き入れ、身内に取り込んでいっているのである。

そんな貴族たちと同じように、人材を集めているのが国であり、民間に残る魔法使いといえば国と貴族のスカウトから漏れた人たちが多い。だから、冒険者や民間の魔法使いは、貴族や王族に拾われた者に比べると一歩劣る者ばかりだといわれている。

つまり貴族や騎士相手にここまで立ち回れる魔法使いが、こんなアホな事件を起こすことは考えがたいのだ。それなら魔族かという話になるけど、いきなり人間を襲って顔に落書きする意味不明な行動をする魔族なんて……

私は一瞬、知り合いの北の城の魔族たちを思い浮かべて、ありえるかもと思いかけたけど、いやさすがにそこまで意味のないことはしないだろうと、最終的に否定した。

「だからって魔族が今回の事件を起こしてるとしたらさらに意味不明だわ」

パイシェン先輩も似たような結論っぽい。

そんなとき口に手を当て、何かを思いついたようにルフィーユさんが呟いた。

「魔法使いでも魔族でもないというと、もしかしたら……」

その言葉にパイシェン先輩の目が鋭くなる。

「何か心当たりがあるの？」

そのとき天輝さんが呟いた。

『敵意だ。誰かがこの馬車を狙ってる』

まさか、犯人か。

実際、もう今回の犯人が現れてもおかしくない地点だった。

「パイシェン先輩、もう敵に狙われてるみたいです！」

私の言葉を聞いてパイシェン先輩は、周囲の騎士たちにすぐに指示を出す。

「敵に狙われてるわ！　すぐに防御障壁を張って周囲を警戒しなさい！」

その声が響いてまもなく、馬車を強い衝撃が襲った。

おっきな風の刃みたいなのが森の向こうから走ってきて、私たちの馬車にぶつかったのだ。騎士の人たちが張った魔法障壁のおかげで馬車への直撃は避けられたけど、衝撃で馬車が横転《おうてん》する。

「きゃぁあああああ！」

ルフィーユさんが悲鳴をあげる。

「ルフィーユさん！　大丈夫ですか？」

「は、はい！」

「あなたは馬車の中にいなさい！」

ルフィーユさんの無事を確認すると、私とパイシェン先輩は馬車から這い出る。

外には魔法障壁を張った騎士たちがいる。でも、五人いたのに立ってるのは二人だけだ。地面で伸びている騎士の人たちは、障壁を破られ攻撃を受けたらしい。

気絶しているだけで、息はあった。

「あれをご覧ください！」

騎士の人が攻撃のきた森の先を指した。

そこには人らしき影が、木の先端に器用に立っていた。身長や体つきからいって、若い青年のようだ。しかし、その顔は覆面を被っているせいで見えない。片手には、抜き身の剣が握られていた。

その剣の周囲には不思議な現象が起きていた。陽炎《かげろう》が立ち昇るように空気が揺らめいてる。

「さっきの攻撃で無事だったか。これまでの相手とは違うようだな」

まだ若々しい声が覆面の奥から漏れる。

実際、天輝さんの警告がなかったら、あの一撃で全員気絶させられてたかもしれない。そして顔に落書きされるのだ。

ちょっと恐ろしい。

青年が剣を振るう。すると陽炎《かげろう》が風の刃を形成して、また私たちに襲いかかってきた。

騎士の人たちとパイシェン先輩が咄嗟《とっさ》に魔法障壁を張ってそれを防ぐ。

「これはまさか魔法剣!?」

パイシェン先輩が苦しそうな顔で攻撃を受け止めながら叫ぶ。

「魔法剣?」

聞きなれない言葉に私は首をかしげた。

すると天輝さんが解説してくれる。

『恐ろしく原始的な魔法だ。いや魔法とすら呼べないものかもしれない。詠唱や魔法陣による補助もなく、脳での構成すらせずに、単純に多量の魔力を注ぎ込みなんらかの事象を起こしている』

はへぇ、そんなことができるのか。

『逆に魔法を学んだ魔法使いたちには、そんなことはできないだろう。魔力の効率の良い使い方を本能的に知ってしまっているからな。感覚的に不可能だ。この力の使い方はそれだけ効率がわるい。恐らく正しい魔法教育を受けられない環境が生んだものだろう。だが――』

『――その分、出力が桁違いだ』

相手の攻撃で、パイシェン先輩も協力して張った三人がかりの魔法障壁が消し飛んだ。

なんて威力。

パイシェン先輩は戦闘は苦手とはいえ、魔法だけならソフィアちゃんたちに引けをとらない。大人の貴族を含めても、かなり高いレベルにいるはずだった。なのに……

パイシェン先輩が防御のために張った水の壁も、風の剣であっさり吹き飛ばされた。

「くっ……！」

たぶん、この攻撃しかできないのだろうけど、その分、天輝さんの言った通り威力が桁違いだ。一点特化の魔法とも呼べない魔法、これが魔法剣。

相手がすごい速さで近づいてくる。距離を詰めて決着をつけるつもりらしい。

一方、さっきの一撃で、こちらの態勢はガタガタだ。

やばい、やられるかもっ……！　かももっ……！

騎士の人がいなければ、私が力を解放して対抗してもよかったんだけど、残念ながら、まだ騎士の二人はがんばってらっしゃる。

「我が騎士道にかけて、ニンフィーユ家のお嬢さまの顔に落書きなどさせぬ！」

そのがんばり、ちょっと迷惑です。自分の顔の落書きはとれてないし。

覆面の男が魔法剣を振りかぶる。

やばいと思ったとき、パイシェン先輩が耳元で囁く。

「エトワ、魔法で霧を作るわ……あとは頼むわよ……！」

くすぐった～い。

言葉通り、パイシェン先輩が魔法を発動させると、周囲に濃い霧が発生した。

「なにっ⁉」

意表をつかれ、覆面の人の攻撃が一旦止まる。

「パイシェンお嬢さま、一体何をなさるんです！」

「これではむしろ敵に有利に！」

視界のわるくなったこの状況は、数の有利を生かすのに向いてない。お互いの位置を把握するためにはその場に止まらなければならず、そうなると敵の攻撃の的になる。

逆に単独の敵は自由に動ける。

普通に考えれば、パイシェン先輩の魔法はこちらを不利にするだけだった。

ただし……

それは私がいなければの話だ。

「天輝く金烏《きんか》の剣！」

全員の視界が奪われ、私はようやく力を解放する。

『捕捉した』

強化した感覚で得た情報を天輝さんが分析して、瞬時に相手の位置を特定してくれる。

その場所へ向けて私は一瞬で距離を詰めた。そして馬車のある位置に、魔法剣を撃とうとしていた相手に急接近すると、その腹に手加減した蹴りを叩き込む。

「ぐはっ……！」

勝負は一瞬でついた。霧が晴れる前に、パイシェン先輩の傍にこそこそ戻る。

霧が晴れると、倒れた覆面の青年の姿がみんなの前に現れた。

「おおっ……なんと……！」

「さすがはニンフィーユ家のご息女さまです……！」

パイシェン先輩が倒したのだと思い、騎士の人たちが褒め称える。

実際パイシェン先輩の機転のおかげだった。いつの間にあんな魔法を覚えたんだろう。

でもパイシェン先輩は自分の力だとは思わなかったのか、騎士たちの言葉を軽く流すと、覆面の人を拘束して、覆面を剥がすように指示を出した。

「わざわざこんな事件を起こすなんて一体何者だったのかしら？」

覆面を外すと、なかなかイケメンな青年の顔が現れた。

その顔を見て、いつの間にか馬車から出てきていたルフィーユさんが叫ぶ。

「やはりチッチョムさま！」

「チッチョム？」

聞きなれない名前に、みんな首をかしげる。

「あの剣の英雄と呼ばれるポムチョムさまの曾曾孫《ひひまご》の方です！　今はソロで冒険者として活躍をされていて、ランク急上昇中だったんですよ」

私はいきなり聞きなれた名前が出てきてびっくりする。

ポムチョムといえば私が通う学校の名前の由来《ゆらい》になっている英雄さんだ。

『恐らくその英雄も魔法剣の使い手だったのだろう。貴族や王族のスカウトを逃れた巨大な魔力の持ち主が、自分で魔力の行使法を身につけた。そして民間から英雄と呼ばれる存在になった』

なるほど～。

「でもなんでそんな立派な人が貴族を襲ってまわったんだろう」

「それは復讐のためさ。お前たち貴族への」

私が疑問を口にすると、拘束されたチッチョム氏のほうから声が聞こえてきた。

もう起きたらしい。

剣を取り上げられ、縛られてるせいか抵抗はしてこない。ルフィーユさんの話によると、剣がなければあの力は発動できないらしい。武器そのものは普通の剣でいいんだけど、それがないと魔力をうまくこめられないんだとか。

「貴族への復讐ってどういうことですか？」

「ふんっ、貴族の子供よ。知らないのか？　お前たち貴族は生まれながらに罪を背負っているんだよ。世のため人のため、時には国のために戦った英雄たちに下した、あまりに残酷な仕打ちへのな」

残酷な仕打ち。い、一体貴族が英雄に何をしたっていうのだろう……。そりゃ、あんまり仲がよくないとは聞いているけど、今はお互い不干渉にしているという話だ。

チッチョム氏は遠い目をして語りだす。

「かつて平民の中にいずれ英雄と呼ばれるようになる者たちがいた。彼らは大きな才能を秘めていたが、誰もそれには気づかず、自身も気づかず、ただ冒険者として困ってる人たちのために働き続けた。そんなある日、彼らの中で大きな力が目覚めた。最上位貴族にすら匹敵しかねない力。彼らはその力を得ても、権力を得ようとはせず、ただ困ってる人々を助け続けた。そしていつしかこう呼ばれるようになっていた、英雄と」

どうやらそれが今の時代まで続く三英雄《さんえいゆう》のはじまりらしかった。

「英雄は何も望まなかった。ただ人々の幸福があればよかった。しかし、貴族たちはその力を恐れた。民の中にいながら自分たちを倒し得る力をもった者を。だが、自分たちから攻撃を仕掛けるのは悪手だと理解していた。自分たちに匹敵する力の持ち主と戦う羽目になるだけでなく、英雄たちを信奉する民の心も失うことになる。そう考えた貴族たちは、とても恐ろしい謀《はかりごと》を企んだ」

恐ろしい計画……？

私はその言葉に生唾《なまつば》をごくりと呑み込んだ。

「あいつらは徒党《ととう》を組んでその権力を乱用し……乱用し……英雄たちに……」

英雄たちに……!?

「英雄たちに変な名前をつけて、改名してまわったんだよー!!」

変な名前に改名してまわったんだよー!!

変な名前に改名してまわったんだよー!!

チッチョム氏の悲痛な叫びが山びこのように森に大きく響き渡った。

まとめると英雄の活躍を恐れた貴族たちは、その名前を改名してまわったとさ。言われてみると、三英雄には変な名前が多い。百年前にグノーム家の当主を倒したのはニョチボン。私が通う冒険者学校に名前が冠されてるポムチョム。

それから現役の三英雄についても、フニフニ、ポッカーン、ザクロス、と三分の二がいわゆる変な名前だ。知った当時は、平民全体が変な名前なのかなって思っていたけど、ポムチョム小学校の子はわりと普通の名前だ。そのまま私は違和感についても忘れちゃってたけど……

ええ、でもいくらなんでも平民が力をもつのが嫌だったとはいえ、そんなことするだろうか。

そう思ってたら、腕を組んでチッチョム氏の話を聞いていたパイシェン先輩が言った。

「それは事実ね」

ええっ、そうなの？

貴族の人たちもずいぶんと下らないことしたなぁ……

「確かに貴族たちが改名院という組織を立ち上げて、英雄たちの名前を勝手に変更したりしてたわ。冒険者ギルドを支援していた貴族は多かったし、役所に圧力かけるなんてそれこそ簡単だったし、まあそういうこともできたんでしょうね」

「そうだ、そのせいで、俺までこんな。こんな変な名前に！　チッチョムって何だよ！」

それは誰にもわからない。

でもなんかキッチョムさんと似てるよね。

血のように涙を流しながら、パイシェン先輩を睨みつけるチッチョムさんに、パイシェン先輩は少し戸惑った表情をして言った。

「でも、その改名院があったのは五百年以上前のことよ？」

「は……？」

「それなりに有力な貴族たちがメンバーにいたから、一時期は猛威《もうい》を振るったけど、さすがにやりすぎではと王家やシルフィール家から咎められて解散させられたわ。それが五百年前の話よ」

え、じゃあ、チッチョムさんの名前って……

「それじゃあなんで俺の名前はこんなおかしなことになってるんだ！」

チッチョムさんも改名院が解散していたことを知らなかったらしい。

驚いた表情でパイシェン先輩に尋ねる。

それにパイシェン先輩は困ったように頬をぽりぽり掻くと答えた。

「さあ……？　純粋に良い名前と思ってつけたとか……？　それか、改名されたことによって、そんな名前が気に入ってしまったのか……。そういえばおかしな話よね、五百年より前の英雄ならいざ知らず、二百年前、百年前の平民の英雄たちもほぼ変な名前だわ……」

パイシェン先輩もこの奇妙な現象に首をかしげる。

しかし、その貴族のパイシェン先輩すらも不思議そうな反応に、その話が事実だと理解したチッチョムさんは、絶望的な表情で呟く。

「じゃ、じゃあ今まで俺がやったことは……」

「ほぼ逆恨みね」

その言葉に、チッチョムさんはがくりとうなだれた。

「そんな……じゃあ、俺は何を憎めばいいんだ……」

貴族の顔落書き事件。そこには変な名前をつけられてしまった青年の悲しみがあった……。

さすがのパイシェン先輩も同情的だ。

「まあ……少なからず大元の原因に、私たち貴族の関与があるのは事実だから、普通の名前に改名したいなら手伝うわよ」

「そんなことできるのか!?」

「え、ええ、貴族たちの改名院が解散させられて、そういう機能は役所に移されたわ。改名するに足る理由は十分にあるようだし、あとは本人の申請と、念のための貴族の後押しがあれば、今回のケースなら通るんじゃないかしら?」

どうやらチッチョムさんの悩みは解決できるようだった。

パイシェン先輩の厚意に、チッチョムさんはぽろぽろと涙をこぼす。

「すまない……こんなにも優しい言葉をかけてもらって……。俺のほうが誤解で君たちを襲っていたというのに……。この罪は甘んじて受けるよ……」

チッチョムさんは、貴族への恨みがほぼ誤解だったことを知り謝罪すると、今までの罪を償《つぐな》うと宣言した。それにパイシェン先輩はため息を吐いて言う。

「それも特になくていいんじゃないかしら。誰も表ざたにはしたがってないことだし。もう貴族を襲わないというのであれば、私たちとしては問題ないわ。英雄の血を引く者が逮捕されたなんてなったら大騒ぎになるだろうしね。私たちだって平民と無駄に摩擦を増やしたいわけじゃないのよ」

それに騎士の人たちもうんうんと同意する。

「パイシェンさまがおっしゃることなら間違いないでしょう」

「なかったことにするほうがいいこともありますな」

冒険者ギルドと私たちにとっては最初から、襲撃者をなんとかして、道を使えるようにするのが目的だった。だからチッチョムさんに罰を受けてほしいわけではない。貴族たちの心境は複雑だろうけど、この事件そのものは表ざたにしたくないだろう。大したことはできないはずだ。

あとは騎士の人たちだけど、結構いい人たちだったみたいで、同意してくれた。若干、パイシェン先輩という風の風見鶏《かざみどり》になってる感は否めないが。

「いや……貴族相手に襲撃を繰り返したのは事実だ……俺こそが罪を犯した恥ずべき人間だ……罰を受けなければ……」

「そんなことはありません!!」

ルフィーユさんの声が力強く響く。

「チッチョムさまは冒険者となってから私たちのために精一杯働いてくれました。その姿はまるで伝説の英雄のようでした。確かに今回は過ちを犯してしまったかもしれません。でもそれ以上に、あなたが今までやってきたことに感謝してる人は多いと思います！こんなことで罰を受けるより、今から貴族の方のためにも平民のためにも働いてくださいませんか！」

冒険者ギルドの受付をやっているルフィーユさんが言うなら間違いないだろう。

今回の件で周りに迷惑をかけたとはいえ、彼はきっとそれ以上にいろんな人を助けてきたのだ。

その言葉にみんなうんうんと頷く。基本、英雄の血縁者と貴族といえば相性が最悪なことが多いけど、パイシェン先輩も、騎士たちも、この場にいる貴族たちは、それなりに平民のことも気にかける仕事をしてきたせいか、シンパシーを感じてるようだった。

「それにその名前も素敵だと思います！」

「えっ？」

「えっ？」

「えっ？」

えっ？

そしてルフィーユさんの次の言葉に、その全員が疑問符を漏らした。

「そ、そうかな……？」

メガネの美人に間近に近づかれながらそう言われて、チッチョムさんの認識が少し揺らいだ。

「はい、チッチョムとは美しく力強い響きだと思います！　かっこいいです！」

そんなわけないだろう、とルフィーユさんの言葉に全員が表情を失った。

あれから、チッチョムさんはお咎めを受けることなく冒険者活動に戻った。

冒険者ギルドとしても内密に処理し、騎士の人たちは犯人の正体を黙っていてくれた。

私たちも二週間、襲撃がなくなったことをもって、この事件は解決したってことにした。

貴族たちも事件そのものが恥ずかしかったのか、だいたいは何も言わずに放置だった。

それでも数人の貴族からは、再調査の要請などをされたけど、パイシェン先輩が交渉したらすぐに黙った。

あの事件をきっかけに、ルフィーユさんとチッチョムさんは付き合うことになったようだ。

私にも手紙が送られてくる。

『気に入らなかった名前だけど、ルフィーユが毎日素晴らしいと言ってくれるから、ちょっと好きになれてきた気がするよ』

事件解決から二週間後にはそんな素朴《そぼく》なメッセージが送られてきていた。

私はといえば、チッチョムさんや英雄たちの名前のことがやっぱり気になっていた。

貴族たちによる改名院があったのは五百年前の話らしい。しかも、その嫌がらせの対象になったのは、英雄本人だけだ。なのに未だに英雄の名前には変なのが多くて、英雄たちの親族にも変な名前がある。これは一体どういうことだろう。

パイシェン先輩が言ってたように、意外と気に入ってしまったのだろうか。

そんな私は、侍女さんからある本を借りた。

「英雄について知りたいのですか？」

「はい～！」

「それならこの本をどうぞ。英雄について記された本は非常に少ないです。貴族たちに基本は嫌われてますからね。でも、すべての貴族がそうではなく細々とですが記録も残されています。かくいう私も、大きな声では言えませんが、英雄のファンでして、この本でいろいろ調べたものです」

そういって渡されたのは『英雄史』という本だった。

『英雄史』には、過去の英雄のデータや、周辺の情報、インタビューから、写真まで載っていた。

五百三十年前の英雄、スリョニョッポ、確かに変な名前だ。貴族の圧力で改名されたのかもしれない。

そして四百年前の英雄がポポポロン。改名院は解散されたはずなのに変な名前が続いている。

英雄ポポポロンのページには、彼の家族の情報も載っていた。

妻の旧名はルフィーユ・クリジット。

ん……？

私はその名前に違和感を覚える。

チッチョムさんの恋人になったギルドの受付嬢さんがルフィーユ・ニルン。

ああ、びっくりした。ただの偶然だ。

だって家名が違うもの。たまたま名前が被ってしまっただけのようだった。でも四百年前の英雄の恋人とチッチョムさんの恋人、名前が一致するなんてすごい偶然だ。

他の英雄を見ていく。

三百年前の英雄、フワサク、そのページにはフワサクから妻へのメッセージが書かれていた。

『妻であるコリンが支えてくれたおかげで私は英雄になれた。また彼女のおかげで名前にも自信が持てた』

ほら、ただの偶然だった。

私はフワサクとその妻が描かれた絵画を見る。

そこには書かれていた。

『フワサクと妻コリン・ルフィーユの肖像』

私の背中にぞわっとしたものが走る。いや、ただの偶然だ。だって今度は家名だもん。

こんなのただの偶然の一致。それ以外ありえない。はず……

私はさらに『英雄史』をめくっていく。

二百年前の英雄、リュシュポン。妻の旧名はエイダ・ローズ。

私はほっとため息を吐く。

ほら、偶然だったじゃないか。あるんだよね、こういう何の関係もない偶然なのに、関係あるように錯覚しちゃうこと。はっはっは。

気のせいだったことを確かめて笑う私の目が、ページの一点に吸い込まれていった。

『母、ル・フィーユからもらった名前が私の誇りだ』

……

百年前の英雄、ポムチョム。

『冒険の支援をしてくれたルフィーユ氏に何よりの感謝をしたい。また彼は素晴らしい名前を私に与えてく……』

英雄、ニョチボン。

『妻ソルフィーユの……』

私はそこでぱたんと本を閉じた。何か恐ろしい歴史の闇に触れそうになってしまった気がしたから……

私はその本で得た情報すべてを忘れることにした。

一ヵ月後、またチッチョムさんから手紙が届いた。

『ルフィーユと婚約しました。また自分の名前にも誇りを持てるようになってきました。なんでこんな素晴らしい名前を嫌がっていたんだろう。それが今では不思議に思います』

洗脳《せんのう》は完了していた。

第四章　問題ばかりのお誕生会

アルミホイルを作ろうとしたり、パイシェン先輩と出かけたり、慌ただしくしていたら、いつの間にかアルセルさまのお兄さまの誕生日が近づいてきていた。

アルセルさまはこの国の第三王子であるお方だ。貴族学校の縁があって私はいろいろよくしてもらっている。そのお兄さま、お名前は確かルース殿下だったっけ。

王子さまの誕生日だから、招かれるのは貴族の人ばかりで私には関係ないかなって思ってたけど、先日アルセルさまにお会いしたときに招待状みたいなのを渡されてしまった。

「ごめんね、本当は貴族用の会場の招待状を渡したかったんだけど、それは主役のルース兄さんしか出せなくて……。これは有名な商家や学者たちが招かれる会場のチケットなんだけど、よかったら来てくれないかな。僕もあとで、そっちに顔を出す予定だから」

アルセルさま、この臣民《しんみん》めにそこまで気を配ってくださるとは……

と、感動した私は参加することにしたのだった。貴族会場に招待されたソフィアちゃんたちとは離れることになるけど、私も王室パーティーのすみっこに初参加である。

ただひとつ問題があって……

その場にアルセルさまと会いたいとダダをこねてついてきたハナコもいたんだけど、ハナコはひょんなことがあってアルセルさまに想いを寄せてるのでわがままを言い出したのだ……

「オレも行きたい！　アルセルさまのパーティー！」

「いや、無理でしょう……」

私はきっぱり断言した。

だって王子さまの誕生日だ。警護の兵士やら、騎士やらがいっぱいいるはずだ。そんな場所に魔族が飛び込むって、自殺する気ですか、としか言えない。

「うん、さすがにそれは承諾できないよ。君の命が危ないしね」

アルセルさまも最初は断った。

「うっ……うっ……うううぅぅ……」

そしたらガチ泣きされた。まさか泣くとは思ってなかった私たちは動揺した。

「ううっ……いきたい……えっく……えっく……」

ハナコのためを思って断ったんだけど、それでも罪悪感みたいなので胸がチクチク

する。

私ですらそうなのだから、アルセルさまの場合はふくよかで血色の良いお顔が青くなる。

「でも本当に危ないんだよ。会場には警護のために十三騎士が周囲に配置されて外敵を警戒するんだ。貴族会場にはたくさんの強い魔力をもった貴族たちがいる。そんな場所で魔族だってばれたら、君の命がどうなるか」

アルセルさまの言うことはとても正しい。

「ちゃんとおとなしくするからぁ……」

でもハナコにはそんな理屈は通じなかった。まだまだ子供だしね、どうしても好きな人の家族のパーティーに参加したいんだろう。アルセルさまはこちらを申し訳なさそうに見てくる。

その視線に、私はま、まさか……と思った。

「エトワちゃん、なんとかしてあげられないかな……。君の力なら、いざというときは、ハナコちゃんを連れて会場の警護を突破《とっぱ》することができるよね……。あとの処理は僕が王子の立場をかけてなんとかするから、緊急時の身の安全の確保だけお願いできないかな」

アルセルさまの表情には、自分の王子としての進退をかける覚悟が宿っていた。ただの子供のわがままに、かけるものじゃないと思うけど……優しすぎることがこのお方の長所であり、短所でもある。

「エトワぁ……」

ハナコもうるうるした瞳で、すがるように私を見てきた。

「僕もすぐそちらの会場に行くし、危ないときもまずは僕がフォローに入るから。でも、どうしてもこの子の命がかかったときだけは君にお願いしたい……それは僕にはできないことだから……」

ハナコにはそのご家族や仲間も含めてアルミニウムの件でお世話になった。アルセルさまには日頃からたくさんお世話になっている。そこまで真剣にお願いされたら私としましても……

「わかりました。お引き受けしましょう。ただし条件があります」

応えなければ武士道に悖《もと》るというもの。ニンニン。

私が今回の件を引き受けるにあたって、付けた条件は、ハナコが人間の社会の常識やマナーを学ぶことだった。そこには良家のお嬢さまとしての礼儀作法やマナーも含まれている。

期限は一週間。少し厳しいけれど、これならハナコの本気度もわかるし、身につけた知識はハナコを守ることにもなる。

一週間後、私とソフィアちゃんが審査員としてハナコの勉強の成果を判定することになった。

「わぁ、すごく良くできてますよ、ハナコ！」

確かに見違える成果だった。どうやら相当まじめに勉強したらしい。食事中のマナーも、パーティーでの挨拶も、一般常識クイズもちゃんと答えられている。

何より、判定を待つ間も、しっかり背筋の伸びた姿勢で、体の前で手を合わせ、可愛らしく立っている。もともと容姿は可愛かっただけに普通に女の子として可愛い。

ソフィアちゃんの評価に、ハナコも笑みをこぼす。

「本当か？　オ……ワタシ超がんばったんだぞ！」

ちょっと言葉遣いは不安だけど、この努力は認めざるを得ない。

……なんなら私のほうが女の子として負けてる感じすら出てきた。

いや、そんなことはない。私はまだ本気を出してないだけ……そう……まだ本気を……

「ど、どうかな？　エトワ？　アルセルさまのパーティーに連れていってもらえるか？」

期待と不安が入り混じった顔。

まだできてない部分だってあるし、その穴をついて不合格にだってできる。でも、できないことよりできるようになったことの数を数えると、それはあまりにも不誠実な対応ではないだろうか。

「これからも精進《しょうじん》するなら可」

満点とはいえないけど合格だった。

「やったー！　ありがとう、エトワ、ソフィア！」

とりあえずあとは髪を染めさせて、目の色がばれないように色つきのグラスをかけさせて、ツノがばれないように帽子を被せたらオッケーだ。

……オッケーだよね。何もトラブルが起きないといいんだけど。

ルース殿下の誕生日当日、私はハナコを連れてパーティー会場に来ていた。

王子さまの誕生パーティーというぐらいだから、立派な建物でやるんだろうなって思ってたけど、なんと会場は屋外だった。

王都近辺にある景色の綺麗な丘で、テーブルや料理を用意して、立食形式で行われるのだ。

ルース殿下は噂によると庶民派の王子らしく、誕生日にあたってこういうラフなパーティーの開催を望んだらしい。でも屋外にわざわざ大量のテーブルと料理を準備してパーティーを開くって、普通のパーティー以上に贅沢でもあるよね。

「うおおぉう、人がいっぱいだなぁ」

「王子さまのパーティーだしねー」

私とハナコは人の多さに驚きながら、パーティー会場に入場するための列に並ぶ。

パーティーの開催は二時間後だけど、会場の入り口にはすでに長蛇《ちょうだ》の列ができていた。

会場は平民と貴族たちで分けられていて、貴族たちの会場はさらに見晴らしのいい丘の上にある。入場もほぼフリーチェックでスムーズらしい。貴族同士は顔を覚えあっているのが当然なのだ。闖入者《ちんにゅうしゃ》がいればすぐにばれてしまう。それと比べて、平民の会場はきっちり兵士たちが入場者をチェックしていく。私たちにとっては、そこが第一関門だ。

列はゆっくりとだが進んでいく。

私たちの前で並んでいる人たちの話し声が聞こえてきた。

「おお、あれはヴァルシールさまではないか⁉」

「なんと王家十三騎士の！」

彼らの見るほうを向くと、騎士の鎧を着た男性が立っていた。

十三騎士の人たちが会場の護衛につくのは、アルセルさまから聞いてあらかじめ知ってたから驚きはしなかったけど、腕を組んで平民たちの列を睨む姿は、外からの襲撃者というより、私たちを警戒しているみたいな様子だった。ハナコを連れている私は正直どきどきする。

でも、周りの人たちも、十三騎士の人も、こちらを注視する様子はない。

この調子なら大丈夫だろうか。

やがて私たちがチェックを受ける番がやってくる。

二人組の兵士が、私たちを見ていぶかしげな顔をする。

「お前たち子供だけなのか？」

「はい、アルセルさまからご招待を受けました」

そう言ってアルセルさまからの招待状を手渡した。それを見て兵士の人たちが驚いた顔をする。

「こ、これは……！」

「本物の王家の印とアルセルさまのサインだ……間違いないぞ……！」

どうやら王子さまのパーティーでも、王族の方から直接招待を受けるのは珍しいことらしい。周りの人たちの視線が私たちに集まった。兵士の人の態度が少し丁寧なものに変わる。

「失礼しました。アルセルさまのお知り合いの方なのですね。ですが、そのメガネはどうされたのでしょう？」

それでも、色つきのメガネをしているハナコへは質問が飛ぶ。

大丈夫、その対策もアルセルさまにやってもらった。

「その手紙に書いている通り、病弱で目や皮膚が弱い子なんです。太陽の光に当たると、悪影響があるので、ご無礼かもしれませんが、このままでお許しください」

私がそう話して、ハナコもこくりと頷く。

しゃべらせたらボロが出るから、初対面の人とはしゃべれない内気《うちき》な女の子のふりだ。

兵士の人がアルセルさまの招待状に目を通すと、そこには私の言った通りのことが書かれている。兵士の人はなんとか招待状をしっかりチェックすると、顔を見合わせて頷いた。

「お通りください」

やった。成功だ。さすがアルセルさま直筆《じきひつ》の招待状だった。

ハナコも嬉しくて飛び上がろうとしかけたけど、なんとかこらえてくれたようだ。大人しいご令嬢のふり、大人しいご令嬢のふり。第二の関門はパーティーの間中である。

ハナコは常に不審がられないように行動しなければならない。

「あ、エトワちゃんだ！」

パーティー会場に入った私たちに声がかかった。そこにいたのは、リリーシィちゃんだった。

「リリーシィちゃんも来てたんだ」

「うん、アルセルさまから招待されたんだ」

古都クラクで助けてもらったご縁で、リリーシィちゃんもアルセルさまとの親交が続いていた。手紙をやり取りしたり、たまに会ったりもしているらしい。

ただそれを聞いて、ハナコは思いっきりリリーシィちゃんを威嚇《いかく》し始めた。

「むー、お前、アルセルさまの何なんだー？」

きしゃーといった感じで、無口な女の子の仮面をかなぐり捨て、リリーシィちゃんを睨みつけるハナコ。リリーシィちゃんは、天然な感じでハナコの威嚇《いかく》をスルーして、私に尋ねる。

「アルセルさまとは友達だよ。この子は、エトワちゃんのお友達？」

「うん。そんな感じかな」

私はそう返事をしながら、ハナコに殺気を送り、その腕を軽くつねって囁く。

「大人しくするって約束したよね、ハナコさん」

「わかった。わるかった。つい……」

ハナコは叩き出される予感がしたのか、涙目になって謝る。

「そっかぁ、じゃあ私とも友達だね！　エトワちゃんの友達だし！」

リリーシィちゃんって本当にいい子だよね。

それからしばらく経って、パーティーが始まった。

パーティー会場に若い青年の声が響く。

『今日はたくさんの貴族や国民の方々が、私の誕生日をお祝いに来てくださってありがとうございます。第二会場にいるみなさんには直接顔を見せて挨拶できないのが残念ですが、あとで必ずそちらにも顔を見せに向かいますね』

魔法でここまで伝達されてるんだと思う。その声に女性たちが色めきたった。

「きゃー！　ルース殿下が来るそうよ！」

「誕生日を少しでも近くの会場で過ごしたいって思いでここに来たのに、実際にお姿を拝見できるなんて幸せすぎるわ！」

「もしかしたら話しかけられたりするかも。あたしお化粧しなおそうかしら」

ものすごい人気だ。さらに女性だけじゃなく、男性たちにもかなりの人気だった。

「第二会場まで来てくださるなんて、ルースさまは本当に気さくでお優しい方だ」

「勉学も魔法も優秀。さらにこの国で有数の美男子。これだけ揃っていれば傲慢《ごうまん》な性格になってもおかしくないのに、常に民のことを思って行動されている。ここまで完璧な人がいるだろうか」

「ゼルさまではなく、ルースさまが第一王子に生まれてくれていたらなぁ……」

「バカ、さすがにそれは言いすぎだ」

「す、すまん……」

どうやらルース殿下の人気は、国民たちの中でダントツに高いらしい。

私はソフィアちゃんやパイシェン先輩とは、そういう話はしないから全然知らなかった。ルース殿下はそれから少し話していたが、冗談めかした口調で短めにスピーチを切り上げる。

『さてあまりに私の話が長くなりすぎて、みなさんも退屈されてしまったのではないでしょうか』

その軽い口調に、会場の人たちがくすくすと笑った。

『今日は私がとても楽しみにしていたパーティーです。みなさんも楽しんでください。それではこの会場にいるすべての人たちとお話しできるのを楽しみにしています！』

スピーチの終わりを、会場にいる人たちは退屈するどころか、名残惜《なごり》しそうに聞いていた。そこからはスタンバイしていた楽団の人たちの演奏が流れてきて、優雅なパーティーのはじまりだ。

「おぉ、うまそうな料理がいっぱいあるぞ～」

「ほんとだー！」

テーブルの上に並べられた料理を見て、ハナコもリリーシィちゃんもはしゃぎだす。

かくいう私も、口の中によだれが溜まっている。早速、給仕の人にお皿をもらってご相伴《しょうばん》。

まずたまねぎのソースがかかった牛肉のたたきみたいな料理を口に入れる。

う～ん、やっぱりお肉は美味しい。

私たちは思い思いに、私は主にお肉方面を、リリーシィちゃんはケーキや焼き菓子などの甘いものを、ハナコは煮込み料理や魚料理などなんでも、テーブルに用意された料理を楽しんでいく。

ただそんな風にがつがつ楽しんでるのは私たちだけで、大人たちは料理もそこそこに、パーティー会場に集まった人たちと話をするのに熱中していた。

そんな中で、兵士の人の声が会場に響いた。

「殿下がこの会場にお越しくださったぞ！　くれぐれもご無礼のないように！」

「ルース殿下が⁉」

「え、どこどこ！」

「おぉ、こんなに早く来てくださるとは！　一言でもお話しできたら！」

一斉にそちらのほうに視線が集まる。ただ、その場所に立っていたのは、ルース殿下ではなく小太りの穏やかそうな王子さまだった。そう我らがアルセルさまだ。

「アルセルさまだー！」とリリーシィちゃんが嬉しそうな顔でぴょんと飛び、「アルセルさま！」とハナコは頬を紅潮《こうちょう》させて満面の笑みになる。

そんな中、アルセルさまはなぜか、集まった視線に申し訳なさそうに頭を掻いている。

会場にいる人間たちからため息が漏れた。

「なんだぁ……アルセルさまか……」

「ルースさまがこんなに早くこの会場に来られるはずないよな……」

明らかにがっかりした表情。

王族に対して不敬な反応なのに、アルセルさまは軽く許して……

「変に期待させちゃったみたいでごめんね」

そう言いながら私たちのほうへ歩いてくる。それから私たちの顔を見てぎょっとした。

「ど、どうしたの？　ごめん、何かわるいことしちゃったかな？　来るのが遅すぎたかい？」

三人揃って、口をへの字にして、すごく不機嫌そうな顔をしている私たち。

「いえ、アルセルさまのせいじゃないです」

「そうだぞ、アルセルさまのせいじゃないー」

「うん、アルセルさまのせいじゃないもん」

私たちが機嫌を損ねたのは、アルセルさまへの国民たちの反応と、失礼な言動だ。アルセルさまは気にしないのかもしれないけど、私たちは気にする。

尊敬する王子殿下を軽んじられて、気分がいいわけがない。

「なんかごめんね……」

「謝らないでください。それより来てくださってありがとうございます」

「うん、ハナコちゃんも無事に会場に入れたようで安心したよ」

「し、心配してくれたんだな」

「うん、もちろんだよ」

アルセルさまの笑顔と、心配していたという言葉に、ハナコは夢見心地《ゆめみごこち》の顔になる。

「リリーシィちゃんも一人で来るって聞いて心配してたけど、ここまで大丈夫だった？」

「うん！　アルセルさまの執事さんがすごく優しくしてくれたから旅行も楽しかったよ！」

「そうか、よかった」

お互いに笑顔でやり取りするリリーシィちゃんとアルセルさまに、ハナコがちょっと嫉妬した顔をする。でも、さっきまでとは違い、我慢してるようだ。

まあアルセルさまの恋人の座を狙うなら、少しずつでもいいから成長してほしいものだ。

「それからエトワちゃん、君にはずっとお世話になりっぱなしだね。今日もハナコちゃんたちを守る役目を引き受けてくれてありがとう。君がいてくれてよかったよ」

「そ、そんな。アルセルさまに褒めていただくような大したことはしてませんよ。えへへ」

いきなりアルセルさまに褒められて、私もてれてれになってしまった。尊敬する人に褒められるって、こそばゆい気持ちになるよね。ハナコがなんかじーっと睨んできたけどスルーした。

それからアルセルさまは第二会場で私たちと一緒に過ごしてくれた。

会場にいるほとんどの人は、ルース殿下にご執心なのか、アルセルさまには話しかけようとしてこなくて、むしろ私たちには好都合だった。普段は忙しいアルセルさまを三人で独占である。

ただごく稀《まれ》に見る目がある輩《やから》がいて、アルセルさまに話しかけてくることがあった。見る目があるのは素晴らしいが、私たちとしてはちょっと複雑である。ただアルセルさまも、ハナコが心配なのか、最小限に話を切り上げて、すぐ私たちのところに戻ってきてくれた。

楽しいパーティーの時間をアルセルさまと過ごした私たちだったけど、開始から一時間ほど経って、急に背中から声をかけられた。

「やあ、アルセル。お前もこっちに来ていたのか」

私たちが振り返ると、そこにはアルセルさまと同じ金色の髪の、二十歳ごろの美青年が立っていた。その声はパーティーのはじまりでスピーチしていた人と同じ声だった。

「ルース兄さん」

アルセルさまが驚いた表情でその名前を呼ぶ。

「ルース殿下!?」

「ルースさまがいらしているの!?　どこどこ？」

その名前に会場の注目が一斉にこちらに集まった。

ルース殿下がいきなり現れたせいで、第二会場は大騒ぎになってしまった。

「そういうことじゃなくて、ちゃんと入らないとみんなが驚いてしまうじゃないですか……」

アルセルさまが言ったのはそういう意味じゃないと思うけど……

ちょっと責めるようなアルセルさまの質問に、ルース殿下は微笑《ほほえ》みながら答える。

「私がここにいたらおかしいかい？」

「兄さん、どうして？」


案の定、そう言われ、ルース殿下もわかっていたように苦笑した。

「あんまり騒ぎにならないように静かに入ろうと思ってさ。兵士にもそう伝えたんだけど、逆に騒ぎになってしまったみたいだね。ごめんよ」

アルセルさまはしょうがないという風にため息を吐いた。

ルース殿下、初めてお目にかかるけど、噂通りの美形だった。アルセルさまと同じ金色の髪、白く透き通った肌、青い瞳。目もとはどこか優しげで、甘いマスクに親しみやすさを加えている。リンクスくんたちも成長したら美男子になると思うけど、それに並ぶくらいの美形だった。

その容姿に会場の女性がみんなうっとりしている。ハナコとリリーシィちゃんは除く。

ルース殿下の青い瞳が私たちのことを捉えて言う。

「可愛らしいレディたちを連れてるね。友達かい？」

「はい、クラクで知り合いになりまして」

「そうか……あの事件の被害者か……」

ルース殿下はクラクと聞いて、痛ましそうな表情を浮かべる。

「ごめんよ、あの事件は私たち王族の不甲斐《ふがい》なさが起こした事件だ。国民には多大な迷惑をかけてしまった……」

その言葉に周りの人たちは感嘆《かんたん》のため息を吐く。

「ルース殿下、なんてお優しい方なんだ」

私は心の中で呟く。アルセルさまはいつもそんな感じだけどっと。

「何か困ったことがあったらアルセルだけじゃなく私にも言ってくれ。必ず君たちの力になるよ」

私はその言葉にぺこりと頭を下げた。

「ありがとうございます。でも、アルセルさまにすでに十分によくしていただいてます。お心だけ受け取らせていただけたらと思います」

リリーシィちゃんとハナコはアルセルさまにぴたっとくっついていた。大人しくしてくれてアルセルさまも私もほっとする。この状況、特にハナコが注目を浴びるのは得策《とくさく》でない。

アルセルさまは、不自然に思われないようにルース殿下に言う。

「すみません、内気《うちき》な子たちなんです」

「はは、そうか。それじゃあ、お前がよく見守ってやってくれ」

ハナコとリリーシィちゃんを見て、ルース殿下は内心の読めない表情で、そう笑った。

そのあとルース殿下は私たちから離れて、会場の人たちと話していた。

ものすごい人気で、人だかりができていたけど、ルース殿下は嫌な顔をせず対応する。

そうしながらも話をする相手をうまく変え、時にはパーティーで孤立している人にも声をかけ、周りの好感度をどんどん稼いでいった。そんなルース殿下を私たちは遠巻きに眺めている。

「すごい人ですねぇ」

「うん、兄さんは国民に人気があるんだ。でも全然それを鼻にかけない本当にすごい人だよ」

アルセルさまの目は本当にお兄さまのことを尊敬しているようだった。

しかし、ハナコとリリーシィちゃんは不満顔だった。

「ワタシは全然好きじゃない」

「私もアルセルさまのほうが優しいから好き」

「なっ、ワ、ワタシもアルセルさまのことが好きなんだからな！」

アルセルさま贔屓《びいき》の二人だから、ルース殿下の人気に嫉妬してるのかもしれない。

私も細かい不満がないわけではない。でもアルセルさまの良いところは、親交ある人ならみんな知っている。だから、それでいいと思う。それにルース殿下のおかげで、ハナコが悪目立ちせずに済んでいる。これなら平穏無事にパーティーを終えられそうだった。

ルース殿下と話そうと慌ただしい人たちを眺めながら、ゆっくり時間を過ごしていると、パーティー会場に貴族らしき服装の少年がやってきた。茶色い髪をしたなんとなく地味な印象の少年だ。

どうやらルース殿下のお知り合いらしく、殿下のもとへ向かっていった。

「ああ、アルフォンスか」

「はい、殿下。そろそろ第一会場にお戻りになる時間なのでお呼びしに参りました」

「そうか、ありがとう」

少年を見て、アルセルさまが言った。

「あれはグノーム公爵家の次男のアルフォンスくんだね。パーティーにはあんまり参加しない子なんだけど、今日は珍しいね」

アルセルさまも王族だけあって、いろんな人の顔を覚えている。

「名残《なごり》惜しいですがお別れのようです。ですが、また必ずお会いしましょう。本日は私の誕生日に来てくださってありがとうございました」

ルース殿下は丁寧に頭を下げて、パーティーの参加者に別れを告げた。会場のみんなは名残《なごり》惜しそうに殿下を見送る。去り際、ルース殿下はアルセルさまに声をかけた。

「アルセル、お前はここに残るのかい？」

「うん、この子たちがちょっと心配だから。しばらくいることにします」

「そうか、でも貴族との交流をおろそかにするのはよくないぞ」

「す、すみません……」

本当に私たちのために大急ぎで駆けつけてくれたらしい。

むしろ私たちにとっては好感度アップだ。ご迷惑をおかけしたのは申し訳ないけど。

「ゼル兄さんと、マリーン姉さんはどうしてる？」

今度は逆にアルセルさまがルース殿下に質問した。

ゼル殿下は第一王子でアルセルさまの一番上のお兄さん、マリーン殿下は話でしか聞いたことがないけどお姉さんらしい。この国の王位は男子しか相続できないので、マリーン殿下はゼル殿下に次いで年長だけど継承権はないらしい。

「兄さまは第一会場にずっといるよ。マリーン姉さんはいつも通りパーティーを抜け出している」

「そっか、じゃあまたベリオルがそれに付き合わされてるんだね」

「はは、その通りだ。だからお前も第一会場に顔を出しに来いよ」

「うん、時間ができたら行くよ」

そう言うと、ルース殿下は第二会場を去っていった。

＊　＊　＊

アルフォンスとルースは、二人っきりで第二会場から第一会場への道を歩く。パーティー会場全体を、十三騎士が護衛しているため、二人には護衛がついていない。

アルフォンスが呟いた。

「わかりませんね」

「どうした、アルフォンス」

ルースは親しげな口調でアルフォンスに聞き返す。

「全部ですよ。なぜあんなボンクラを殺さなきゃいけないのかも。それならなぜすぐに殺さないのかも」

「ふふ、そう見えるか？」

「それ以外にどう見えるんです？　あの太った鈍そうなお坊っちゃまが僕たちの脅威になるっていうんですか？　あれを殺すぐらいなら、第一継承者のゼル殿下を殺したほうがてっとりばやいでしょう」

アルフォンスの言葉に、ルースは第二会場にいたときの優しげな笑みを消し、どこか狂気を感じる、執念《しゅうねん》のこもった光を目に宿し、アルフォンスに言った。

「パーティー中、ずっとあの少女たちはアルセルのもとを離れようとしなかった」

「それがなんだって言うんですか。あなたはもっと多くの人に囲まれてたじゃないですか」

「その通りだ。でも、あの三人だけは私ではなくアルセルのことを信じていた。あいつはそういう奴だ。奴と交流を持った人間のうち何人かは、必ず奴のほうを信頼する、私よりも」

ルースの言葉に、アルフォンスは馬鹿馬鹿しいという表情を崩さなかった。

「そうですか？　きらびやかな蝶より冴えない芋虫を好む人間もたまにはいるでしょう。

それならさっさと殺してしまえばいいのに。この二年、いくらでもチャンスはあったでしょう？　ちょっとぐらい強引でもいいのなら、いつでも殺せますよ、あんな奴」

「それではだめだ。だめなのだよ。父が病死し、兄が斃《たお》れ、さらに弟が誰かに殺される。そうなったら民たちは何を考える。もしかしたら私が殺したのでは、そう疑念を抱き始める。家族殺しの男は信頼されない。それでは盤石《ばんじゃく》な民の支持を得ることができない」

ルースは民たちに見せていた優しい表情をすべて消し、暗い野望のこもった表情で呟く。

「ゼル兄さんは国民に倒させればいい。失態を重ねさせ、民衆の不満が溜まったとき、しかるべき理由と力を与えれば、その手で殺してくれる。私は嘆き悲しむ演技をしながら、一言、民たちの行いを支持すると言えばいい。そして弟は魔族に殺される。私と一切かかわりのない不幸な事故として。民が貴族から権力を奪い返した世界で、民からの支持を一身に受けることができれば、私は真の王となることができる。父が座り、兄がいずれ座るだろう飾り物の王の椅子ではない。本物の王の座だ。そのためにも、お前が開発しているあれの力が必要だ。わかっているな」

その言葉にアルフォンスは空を見上げて答える。

「ええ、テストの準備はできてますよ。今日は晴天、絶交の狩り日和《びより》だ」

第五章　孤立する獲物

十三騎士のディナは隣に立つ筋肉ダルマを見て、嫌そうに言った。

「あんまり近づかないでくださいよ。そこから向こうが先輩の警護範囲じゃないっすか」

筋肉ダルマとは同じ十三騎士の先輩であるガーウィンのことだ。ディナも十三騎士なのでパーティーの警護にあたっている。それぞれの騎士に割り当てられた範囲があるのだが……

なのにガーウィンはその巨体でずずずドドと近づいてくるのだ。

「仕方ないだろう。退屈なのだから。お前は退屈ではないのか？」

「私は退屈なら退屈でいいと思ってますよ。忙しいよりよっぽどいいっす。それに先輩と話してても、退屈なのは変わりません」

「ははは、面白い冗談を言う」

ディナの嘘偽りのない言葉をガーウィンは勝手に冗談と解釈し軽く受け流す。

この脳筋《のうきん》めっ……とディナは心の中で毒づいた。

この男の話といえば、筋肉の話か、自称一番の友人であるロッスラントの話ばかりなのだ。ディナとしてはもっと、何かの得になる話か、うまいステーキ屋の話でもしたい。

こんな男だからせめて肉の話なら合うかと思うが、ひたすら鳥のささ身の素晴らしさを宣伝された。あんなぱさぱさした肉、誰が進んで食べたいと思う。魔法の才能を見出される前の、貧乏暮らしの惨めな記憶が蘇《よみがえ》ってきてそれだけで気分が落ち込んでくる。なのに、この貴族出身で実家が金持ちの男は、進んでそのささ身を毎日食べているのだから、ディナには理解不能な存在だ。

「お前はいまいち筋力が足らんのだ。だから勝負の肝心なところで動き負ける」

ほら、また始まった。

「別に私の魔法に筋力は必要ないっすよ。当てればだいたい勝ちっす」

ディナの魔法は、空間の渦を利用したほぼ防御不能の一撃必殺。当たればどんな相手にも勝てる。発動が遅いのがちょっとした弱点だが……。とにかく距離を詰めて、当てさえすればいい。

「攻撃時、お前は無防備だろう。本体の動きで攻撃を避ける。なんなら反撃する。その選択肢があってこそ、お前の魔法も生きるのだ」

「むっ……」

別にディナは格闘戦が苦手なつもりはない。喧嘩は得意だし、普通の相手ならそれなりに立ち回れるつもりだ。だが、十三騎士の人間には、格闘戦でディナより優れた人間が多いのも事実。

何より、ディナは影呪《えいじゅ》の塔で戦った赤い目の少女のことを思い出してしまっていた。あの化け物じみた動きをする、人間と呼んでいいのか未だわからない少女。あれには再戦しても、勝てる気がしなかった。あの戦いから二年ほどになるだろうか。彼女は今頃何をしてるのだろうと、ディナは思う。

「その点、ロッスラントの奴は素晴らしい。あれだけの魔法を持ちながら、日頃の鍛練も怠《おこた》らない。剣の腕も国で最強クラスだ。さすが我が親友だ」

（その親友に嫌われてるんですけどね……先輩……）

ディナはいつも通り、ロッスラントを褒め称え始めたガーウィンに心の中で突っ込んだ。

「ところでマスターはどうしたんっすか？　警護は十二人みたいっすけど」

ガーウィンにロッスラントの話をさせると長いので、ディナは話をそらす。マスターとは十三騎士のリーダーにして、最強の男と呼ばれるベリオルのことだ。

「ああ、マスターならマリーン王女の散歩に付き合わされてるよ」

「姫にまた付き合わされてるんですか。マスターも大変ですね」

結局、なんだかんだ普通にガーウィンと話してしまうディナだった。

「見て見て、ベリオル。野花で花輪を作ったわ。侍女たちに習ったの。上手でしょう？」

パーティー会場から離れた人目につかない場所。金色の髪をした美しい女性が、どこか子供っぽい笑みで、隣に立つ無骨《ぶこつ》な男に、手作りした花輪を見せた。女性はこの国の王女であるマリーン。そして花畑がとことん似合わない、いかつい無骨《ぶこつ》な男はベリオル、十三騎士最強の男である。

「マリーン殿下、ここは警護の兵がいないので危険です。早く会場にお戻りください」

マリーンとベリオルが並んでる姿は、あまりに馴染《なじ》まなすぎて、美女と野獣のようだった。

「いやよ、パーティーは退屈だもの。それにあなたがいれば安全でしょ。あなたに勝てる魔法使いなんて、この国にはいないんだから」

この国で最強と噂されるのは、風の公爵家のクロスウェル、もしくは十三騎士のベリオルだった。でも、マリーンはベリオルこそが最強だと信じているようである。

ベリオルは静かに首を振った。

「戦いというのは、いつだってどう転ぶかわかりません。最強の称号など何の意味もないのです」

「そんなことないわ。あなたはとても強いもの」

マリーンは唇を尖らせて言う。

二十歳を超える女性としては少々幼い仕草だが、不思議とそういう仕草も似合っていた。

「それにパーティー会場にいると、お見合い話がどんどん舞い込んでくるんだもの。それがいや」

その言葉は彼女の本心なようで、マリーンは心底うんざりした顔をしていた。

ベリオルはその話に相槌《あいづち》をうたなかった。王族の婚姻についてどうこう言うことは、自分の職務の外にあると考えたからかもしれない。マリーンもそんな彼の反応に気を損ねるわけでもない。

すぐ笑顔に戻り、花畑の中から青い花を見つけると、ベリオルに見せる。

「ベリオル、これ、綺麗な野花ね。なんていう名前なのかしら」

「わかりかねます」

無骨《ぶこつ》な見た目の通り、花の名前などわからないのだろうが、素っ気ない答えだ。

「ベリオル、ちょっとユリに似てる気がするわ」

「そうですか」

簡素な相槌《あいづち》だけでいいのか、マリーンはベリオルに話しかけ続けた。ちぐはぐなやり取りだが、十三騎士の人間がいたら、むしろマスターが相槌《あいづち》だけでもうっていることに驚くかもしれない。

そのままマリーンは一時間ほど、その場で花あそびを続けた。ベリオルはまた口を開く。

「王女殿下、やはりここは危険です、お戻りください」

「あと十分！」

その言葉では、十分後にも戻らないことは明白だった。マリーンは何か珍しい花がないか、ウキウキ顔で探し始めている。そのとき、ベリオルの表情がわずかに変化した。

彼は、静かな動作で王女に近づき、その体を手で押さえる。

「力ずくで連れ戻すつもり⁉」

「姿勢を低くしていてください」

ベリオルがそう呟いた瞬間、彼らの周りに三体の人型が出現した。白い布で全体を隠し、その存在がなんであるのかは一目では判別しづらい。

ただその手のひらに、魔法陣が浮かび上がる。魔族の魔法詠唱。

ベリオルと彼が守るマリーンに、風、闇、土、三つの魔法が同時に襲いかかった。花畑の上で四つの魔法がぶつかり合う。衝撃により花々が千切れ、舞い、飛び散っていく。敵を認めた瞬間、瞬時に魔法を発動させたベリオル。初撃の攻防で一体の魔物が落ちた。

だが、ベリオルの表情には珍しい焦りが見える。

（強い……恐らく一体だけでも、都市を崩壊させうる力を持っている……）

それは人々の記憶にまだ残る、クララクを襲った強力な魔族、ヴェムフラムと同格の魔物たちということだった。

「べ、ベリオル!?　大丈夫！」

「私の後ろにお下がりください。危険です」

ベリオルはマリーンを起こし、庇うようにして魔物たちの前に立った。

（なぜ、これだけの力を持った魔族が組んで動いている……？）

普通、このレベルの魔族同士が一緒に行動することはない。彼らはそれぞれが魔族の大集団を束ねていて、お互いに勢力を競っている。国が行う、北の国境外の調査では、魔族同士の抗争が何度か確認されていた。その仲は魔族と人間以上にわるいともいわれている。

なのにその魔族が協力して攻撃を仕掛けてきている。異常事態だった。

最初の攻防で一体を落とせたのは運がよかった。相手に油断があったからと言ってもいい。その隙をついたのは、まさしくベリオルの実力だったが。依然、戦闘は拮抗していた。

（どうする……姫を連れて逃げるべきか）

都市を滅ぼせるクラスの魔族が二体。確実に勝てるとは言いがたい。

いや、それでもベリオルならば、うまく立ち回り勝てる目算はあった。だが、傍にはマリーン王女がいるのだ。ベリオルが思いついたどの勝ち方でも、マリーン王女は死んでしまう。

王女を見捨てることはできない。ベリオルはすぐさま結論を出す。

（ここで私が持ち堪え、救援が来るのを待つしかない）

敵の隙をつき、爆発の魔法を放った。

威力は弱く、ダメージは期待できない。しかし、その音が仲間に伝わるはずだった。

マリーン王女を背中に守りながら、二体の魔物と対峙するベリオル。その額から、汗がこぼれ落ちた。

＊　＊　＊

「ふふふ、すごいな。あのクラスの魔族二体相手に、持ち堪えているなんて。さすがはこの国最強の魔法使いといったところか」

森に隠れたアルフォンスは、含み笑いを漏らした。

彼が今いる場所は、木々に覆われた見通しのわるい丘の上。その眼下で、ベリオルと魔族たちの戦いが繰り広げられている。

それは魔法を使う者としては感心せざるを得ない光景だった。火、水、土、風、四属性の魔法を器用に使い分け、魔族の殺意のこもった攻撃を捌《さば》いていく。それがベリオルの戦い方だ。貴族でもめったにいない四属性の素質者。それを的確に使い分ける能力。とんでもない才能だった。

「まあそれも今日で見納めだろうけどね」

どこか薄っぺらい感傷をこめた声でアルフォンスは呟くと、周りの男たちに声をかけた。

「さてそろそろ君たちの出番だ」

　アルフォンスの周囲には十五人ほど、身なりの汚い男たちがいた。

　その男たちの手には、この世界では見慣れない道具があった。長さ百二十センチほどの鉄の筒。長くまっすぐ伸びた黒鉄で作られており、その先端には小さな穴が空いている。端のほうには奇妙な持ち手がついていた。その筒を握る、彼らの表情は、一様に緊張と戸惑いに満ちていた。

「あ、あれって魔族じゃないですか……？」

　男の一人が言った。それに他の男たちもうんうんと頷く。

「ああ……俺も聞いたことがある。手のひらに魔法陣が見えるのは、魔族の魔法だって……」

　彼らは布で正体を隠した者たちに怯えていた。

　魔族は恐ろしい。それはこの国で暮らす人間なら、本能的に察しているような常識だった。何度も人類の最前線として、北の魔王の侵略を防いできたのが、この国の歴史なのだから。

　アルフォンスは首を振った。

「彼らは魔族ではありません。魔族と人間のハーフですよ。貴方たちと同じく、この国の貴族たちに虐げられてきた存在です。貴方たちの味方です」

嘘である。彼らはまぎれもない魔族だ。この国の北に広がる人の国の存在しない領域。その場所で大きな勢力をもつ魔族のリーダーだった。人間を殺したこともあるだろう。だが、平民たちには魔族とハーフの区別などつくはずもない。外見を隠せば、虚言《きょげん》で誤魔化すのは簡単だった。

「さすがにそのレイヴェーンだけでは、魔法使いたちと戦うのは心許ない。魔法を使える彼らが、最前線に立ち貴方たちを守ってくれます」

アルフォンスは演説のように、身振り手振りを混ぜて、男たちを鼓舞《こぶ》する。

「しかし、彼らの力だけでは、この国を支配する魔法使いたちすべてを倒すことは不可能です。だから貴方たちが助けてあげてください。そのレイヴェーンを使って」

レイヴェーン、それが銃と呼ばれる異世界の武器に、アルフォンスがつけた名前だった。死を運ぶ黒い鉄の鳥。

「彼らが盾、貴方たちが剣。勝負を決めるのは貴方たち、主役は貴方たちなんです。さあ、訓練した通り、動きましょう。魔法使いたちを狩るんです」

男たちはゴクリと唾を呑み込む。どこか戸惑いを残しながらも、森の中で横一列に展開した。

「照準《しょうじゅん》をベリオルへと向けてください。そして引き金を引く。それだけでいい」

男たちは事前に訓練を受けた通り、レイヴェーンの後部にあるボルトを引き、弾をこめると、膝立ちの姿勢で、その筒の先を、遠くに見えるベリオルへと向けた。

ベリオルは姫を守るために、その場から動かずに、魔法で戦っている。絶好の標的だった。

アルフォンスは笑う。

「さあ、この瞬間が歴史の転換点です。貴族に虐げられてきた貴方たちが、国で最強の魔法使いを狩る。そこから新たな歴史が始まる。貴方たちが望む、誰もが幸せに暮らせる国へと」

最初の攻撃の合図は決めていた。アルフォンスは音楽の指揮者のように人差し指を向ける。

「撃て」

木立ちの中で数発、乾いた音が響いた。

＊＊＊

花畑の上を、闇の渦が走り、大気が弾ける。

ベリオルは二体の魔族からの猛攻をしのぎ続けていた。

ひ弱な王女を守りながらのベリオルは、守勢《しゅせい》を維持しながら、仲間が来るのを待つしかない。ここから一番近い騎士はロッスラントだ。雷撃魔法の使い手で、十三騎士の中でも上位に入る実力の男だった。しかし、彼が来る気配はない。

気づいてないという可能性は薄い。彼の位置ならば、爆発音だけでなく、先ほどからの魔法の応酬《おうしゅう》の音も届いてるはずだった。そして彼の速さなら、もうたどり着いていてもおかしくない。

(なぜ来ない……ロッスラント……)

ベリオルの胸中に、ロッスラントへの疑念が浮かぶ。

(無理にでも王女殿下を連れて逃げるか……)

あらためて考える。

(やはり無理だ……)

即死級の魔法を応酬《おうしゅう》し合っているこの戦い。少しでも防御を手薄にすれば、その余波だけでも致命傷になりかねない。わかっていたことだ。覚悟もしていた。だが苦しい結論だった。

「ベリオル……」

彼に守られているマリーンは、心配そうにその名を呟く。

戦いは拮抗していた。このままずっとその状態が続くと思われた。

しかし――

パンッという聞いたことのない短い音がベリオルの耳に響いた。

次の瞬間、その頬に一筋の傷がつき、つっと血が流れ落ちる。

（なんだ、これは……魔法か？　……違うな）

魔力は感じなかった。ならば、物理的な攻撃だ。

当たったのは一個だけだが、いくつかがこちらに向かって放たれたのが見えた。

敵は目の前の魔族二体だけではない。未知の「何か」で複数、こちらを攻撃する者がいる。

（物理障壁を張るか？　いやだめだ）

魔法への防御を手薄にすれば、王女が死にかねない。つまり対策はなかった。

使われた武器は何か小さいものを飛ばすようだった。弓矢、もしくは小型の暗殺用の道具に似ているかもしれない。ただ、その速さと威力は桁違いだった。

また「何か」が放たれ、ベリオルの周囲をかすめていく。

ベリオルはマリーンを庇うため、その射線にわざと自らの体を置いた。

その体にひとつ、「何か」の一撃が直撃する。

「ぐっ……！」

太ももの肉が貫かれ、血が噴き出た。

「ベリオル！」

マリーンの悲鳴が響いた。

一方、林の中には、ほくそ笑むアルフォンスがいた。

最初の号令で撃ったのは十五人中五人だけだった。集めたのは平民ばかりだ。力でも社会階級でも、自分たちの上に立つ存在である魔法使いを攻撃するということにためらいがあったのだろう。

想定していたことだ。アルフォンスは彼らを責めず、あくまで穏やかな口調で声をかける。

「そうそう、その調子。よく狙って撃つんだよ。的は動かないからね。練習には最適だろ」

撃つのに成功した者は、第二射の準備に入る。平民たちは銃に備え付けられたボルトを引き、使用済みの薬莢《やっきょう》を排出させると、空になった薬室に銃弾をセットする。準備完了だ。

アルフォンスが指示を出すと、二撃目にはさっきより多くの人間が参加した。

「当たった！　当たったぞ！」

しかも、そのうちの一発がベリオルに命中した。

撃った男たちは興奮した表情で叫ぶ。それを見て、撃たなかった者も銃を構え始めた。

「俺たちがあの最強の魔法使い、ベリオルを倒せる……」

「すごいぞ、これは……！」

アルフォンスから与えられた銃、レイヴェーンの力に酔いしれる。

その姿を満足げに眺めながらも、実のところアルフォンスはベリオルの力に舌を巻いていた。

（まさか、本当に拮抗するとはね）

今回の作戦、本当ならば魔族のもつ圧倒的な戦力でベリオルを押さえつけ、わざと生かしておいて、平民たちの銃の的にするつもりだった。

彼らに実戦を経験させ、魔法使いに勝てるという満足感を与えさえすればよかったのだ。

だが、この戦いは本気で拮抗していた。ミスを犯せば魔族側が負けてもおかしくないくらいに。

（三体とも魔王を名乗ってもおかしくない魔族だったんだけどね。よくやるよ。ほんと）

常識はずれな力は、兄のことを思い出させる。自分より魔法使いとして遥かに優秀で、お人好しで、バカな兄。アルフォンスは内心、少し苛立ちを覚える。

それを誤魔化すように、自らが作り出したレイヴェーンの性能への満足感に浸った。

アルフォンス自身が、神の小石版から引き出した情報により再現した異界の武器。

アルフォンスには子供のころから不思議な感覚があった。自分が本来いるべきなのはこの世界ではないような。どこにも自分の居場所がないような、そんな感覚。

この世界では見たことも聞いたこともない、記憶、景色、知識の断片。それはうたた寝をした午後に見る夢のように曖昧なもので、何か心の病なのかとアルフォンス自身思っていた。しかし、神の小石版を手にしたとき、それが違うのだと知った。アルフォンスはそこに書かれていた異界の字を読むことができたのだ。そのとき理解した。これこそが運命が自分に与えた力なのだと。

異界の知識から作られた武器、ライフル銃。

それを再現するとき一番苦労したのが、ライフリングと呼ばれる構造だった。

銃を作るためにはまず、まっすぐな鉄の筒を作らなければならなかった。アルフォンスたちはこれにもかなりの苦労を強いられた。一流の鍛冶職人を集め、何度も試作させ、ようやく満足いくものができた。

しかし、まだやるべきことがあった。設計図には、筒の内部に不可思議な螺旋状《らせんじょう》の溝が描かれていたのである。この加工がおかしなほど難易度が高かった。

優秀な職人たちに任せても、百作らせて成功できるのはひとつ、ふたつほど。それほど難易度が高いのに、わざわざ溝を彫る意味は不明だった。最初のひとつは完全に再現するつもりで作ったので、溝を彫らせたが、必要なさそうなので量産のときは外そうと思ってたぐらいだ。

だが、溝のない銃を作ったとき、その理由はすぐに判明した。弾がまっすぐ飛ばないのだ。狙いがつけられない。目標をそれて、あさっての方向に飛んでいく。このライフリングと呼ばれる加工こそが、銃に狙いをつける能力を付加するものであることがわかった。

ライフリング加工は必須だった。銃は魔法使いと戦うために使うのだ。単身で大きな力をもつ魔法使い相手に、狙いをつけられない武器など役に立たない。

現在、ライフリング加工は鍛冶職人にやらせるのを諦め、土の魔法使いたちにさせている。今後、武器を量産するなら、土の魔法使いを大量に雇う必要があった。計画への課題である。

しかし、テストのほうはうまくいっている。

平民たちの腕が低いので、命中精度はいまいちだが、いくつかの弾丸がベリオルを直撃していた。

ベリオルの体にはいくつもの銃弾が当たり、血だらけになっていた。

マリーン王女が涙ぐみながら叫ぶ。

「ベリオル、もう私のことはいいから逃げて！」

ベリオルは掠れた声で呟く。

「下がっていてください……。あなたは……私が守ります……」

ベリオルはその体で魔力で、敵の攻撃のすべてから王女のことを守り続けた。

だが、やがてそれも限界がくる。

魔族の一体が、黒い霧の巨人を出現させ、その腕をベリオルへと振り下ろした。ベリオルが火球を出現させその巨人を焼き払うと、その背後からもう一体の魔族が無数の風の刃を放った
土の槍を飛ばし、風の刃を撃ち落していくが、多量の出血のせいで、一瞬、視界がぶれる。

（しまった……）

二本の風の刃がベリオルの防御をすり抜けた。さらにもう一方の魔族も、次の攻撃を放つ。

（ここまでか……）

ベリオルは最後の力で王女を後ろに突き飛ばし、彼女の周りに障壁を張る。せめて自分を狙う魔法に巻き込まないために。

「きゃあっ」

手加減はできず、王女の体は花畑の中を転がった。王女はすぐに起き上がり、ベリオルのほうを必死に見た。見えた光景は、血だらけのベリオルに凶悪な魔法が迫っていくところだった。

「ベリオルーーー!!」

涙を流しながら、王女が叫ぶ。

ベリオルのいた場所で爆発が起こり、砂塵《さじん》が舞い上がる。マリーンは涙を溜めた瞳で、呆然とその場所を見つめ続けた。ベリオルがどうなったのか予感しつつも、それを信じられず。

砂塵《さじん》が風に流され、やがてマリーンの目に、ベリオルがさっきまでいた場所が見えてくる。

「ベリオル……」

掠れた声で呟く王女の声に、少女の声が重なる。

「やれやれ、平穏にパーティーをしたいだけなのににゃー、あ、噛んだ。なー。こほん、なー。平穏なー」

そこには膝をつくベリオルを守るように、小柄なローブ姿の人影が立っていた。

第六章　どもどもエトワです。

時間は少し戻り、ベリオルとマリーンが襲撃される前のこと。

ディナはガーウィンの話す筋力トレーニングの百八のコツを嫌な顔をしてひたすら聞き流していた。その何のお得感もない情報がようやく五十五個に達しようとしたとき、ガーウィンがしゃべるのをやめ、何もない方角を見て呟いた。

「ん、何か爆発音が聞こえなかったか？」

「気のせいじゃないっすか？」

ディナには何も聞こえなかった。しかし、確信を持った声でガーウィンは言う。

「いや、聞こえた」

気のせい、そう言いたいところだけど、こういうときのガーウィンの言葉は馬鹿にできないとディナは知っていた。そういう感覚は野生児並みなのだ。貴族生まれのくせに。

耳を澄ませるように周囲の気配に集中すると、うん、と頷く。

「やはり魔法による戦闘の音だ。場所はここのちょうど反対側。何もない場所だな」

このパーティーには、とてつもない広さの敷地が押さえられていた。大勢の招待客を招くとしても、必要ないレベルの。王族の権威を示すためとか、パーティーに飽きた人間の余興に使うためとか、理由はいろいろあるのだろうけど、警備する側としては、面倒なことこの上ない。

そんなパーティー会場の何もない場所で戦闘が起きているとすれば、誰が戦っているか、ディナたちには心当たりがあった。王女殿下に付き合わされて、一人警備についていなかったベリオルだ。なぜかマリーン殿下は彼がお気に入りで、パーティーのとき護衛として連れ出すのは恒例になってしまっていた。

「行くぞ、ディナ」

ガーウィンが言う。

「ええ、見張りはどうするんっすか？」

「すでに敵が内部に入ってるのに外を見張ってどうするのだ」

「むぅっ……」

脳筋《のうきん》のくせに、もっともなことを言いやがって、とディナは思った。

「でも、マスターなら大丈夫じゃないですか？」

ベリオルの強さを十三騎士の人間たちは理解していた。彼は、魔力そのものの大きさでは四公爵には劣るが、四属性の魔法を使い分けるその技術によって、国で最強候補にあがる魔法使いだ。

「そうであればいいがな。戦闘が長引いている。いつもならすぐに決着がつくだろう」

「言われてみるとそうっすね……」

ベリオルが苦戦する相手ということか。そんな相手人類では限られすぎて逆に想像がつかない。

「そういうわけだ。行くぞ、ディナ」

ガーウィンは完全に行く気満々らしい。しかも、ディナも一緒に。

巨大な体の筋肉がわくわくするように動いていた。依然、何も情報が確定してないのでディナとしてはこの場を放棄していいのか迷うところなのだが……

「先輩、行くっていっても、会場は広いんっすよ。反対側の私らがどうやって行くんすか。やっぱり他の十三騎士に任せたほうがいいんじゃないですか」

それぞれ魔法といっても得手不得手がある。移動力を上げる魔法といえば、風や雷の得意分野だ。他の魔法でも、できないことはないのだが……。ガーウィンの使う光の魔法には、あまりそういうものは存在しない。これがロッスラントなら、雷の力で加速しすぐに向かえるのだろうが。

しかし、ガーウィンは当然という顔で、さわやかに笑って言った。

「それはもちろん走っていくに決まってるだろう」

やっぱりか……、という感想をディナは抱いた。光の魔法には何かを強化する効果がある。この男は、それを筋肉に極振りして強化してばかりいるのだ。だから、こういう発想になる。

「私はどうすればいいんっすか」

ディナは当然、そんなことはできない。できてもやりたくない。

「お前は空間移動の魔法で行けばいいだろ」

「あれは短距離しかできないんっすよ。そもそも切り札だから連発できないんです」

ディナが空間移動できる範囲は、影呪の塔のように広い部屋の端から端までの距離ぐらいだった。それでも前代未聞《ぜんだいみもん》の高等技術として、魔法の世界では有名になっているのだ。

魔法で中間にあるものを無視して自分の体を転送するのである。そのリスクもでかい。下手をすれば体が消滅してしまう可能性もある。魔力の消費もばかにならない。

使うのはあくまで緊急時の回避のためで、移動のためになんか使えない。

そう答えると、ガーウィンはふむ、と頷いてから巨大な背中を向けて言った。

「それならばおぶってやる。乗るといい」

「ええ……」

ディナとしてはかなりやりたくない移動方法だった。

自殺覚悟で長距離空間転移したほうがマシだったかもしれない。

ルース殿下が去ったあとも、第二会場では和やかにパーティーが行われていた。

ハナコの正体もバレてないし、私は安心して花より団子と洒落《しゃれ》こんでる。王子さまの誕生パーティーだけあって、海の幸に山の幸、いろんなジャンルの料理が並んでいた。

おお、この伊勢えびみたいなおっきな海老のグラタン、大当たりである！

みんなにも教えてあげよう。

そう思ってアルセルさまたちのもとへ戻ったら、ハナコの様子が変なことに気づいた。

「あれ、ハナコは何か食べないの？」

ハナコが何も食べてない。

ハナコみたいな若い魔族は人間の料理が好きなのは知っていた。こんなにたくさん美味しい料理が並んでいるパーティー、いつものハナコなら飛びつきそうなものなのに。

そう尋ねると、ハナコは赤面して、こちらをちょっと睨んで言う。

「だって小食の女の子のほうが可愛いって思われるんだろ……がっつくのは恥ずかしい

し……」

なんとまあ、色気づきおって……恋はここまで魔族《ひと》を変えるものなのだろうか。

魔王さまから聞いてたけど、ハナコって私たちとだいたい同い年なんだよね。前世を加味しちゃうと私のほうが圧倒的に年上。なのにこのアルセルさまに恋してからの変わりようの差……

なんだか私も焦った気分になってきた……

どこか私にも恋が落ちてたりしないだろうか……いやないんだろうね……

「そうかな、僕はよく食べる子も好きだけど」

好きな人の前だからと料理を食べるのを我慢するハナコに、アルセルさまはそういって料理が載った小皿を渡した。さっきから、ハナコが食べたそうにしてたものばかり載った皿だ。

「そ、そうか……。なら、食べる」

ハナコはちょっと照れながら、アルセルさまがわざわざ取ってくれた料理を食べ始めた。

やっぱり、アルセルさまって気遣いやさんだよねぇ。

そういえばアルセルさまって、そんなに食べないよね。

なのになんであんなぽっちゃりしてる感じなんだろう。

もしかしたら人徳がお肉になってるのかもしれない。

だからきっと、あんなにぷにぷにして柔らかいのだ。

なんとなくアルセルさまを見てじっと思索にふけっていたら、天輝さんの声が入ってきた。

『エトワ、爆発音がしたぞ。とても小さな音だ。かなり遠くのようだ』

爆発音……!?　花火とかではなくて？

『解析できた。花火などではない。魔法による戦闘音だ。今も継続している。場所はここから南にある、なにもない場所だな』

パーティー会場の配置は私より天輝さんのほうが把握していた。一瞬、ソフィアちゃんのいる会場でトラブルがと思ったけど、違うようだ。何事なのだろうか。

「エトワちゃん、どうしたんだい？」

天輝さんとのやり取りに集中していた私に、アルセルさまから声がかかる。私はすぐに天輝さんからもらった情報をアルセルさまに報告した。アルセルさまの顔が曇る。

「マリーン姉さんのいる場所かもしれない……。いつも通りならベリオルがついていてくれるから心配はないはずだけど……」

嫌な予感がするとその表情が語っていた。アルセルさまは不安を振り払うように首を振る。

「ごめんよ、きっと大丈夫だ。ベリオルは強いからね。彼がいてくれたら心配することはないよ。それより今は君たちにちゃんとついてないとね」

アルセルさまの表情は明らかに無理をしていた。

どうしよう、行ってあげたい……

私が行けば、アルセルさまの姉君がピンチでも助けることぐらいはできると思う。

でも、そうなるとハナコが……

このパーティーで魔族のハナコを一人残すのはやっぱりためらわれる。

アルセルさまの願いだけじゃなく、お世話になってる魔王さまからお預かりしている大切な娘さんでもあるし、私としてもなんだかんだ大切な友達だし……

そう思ってると、ハナコが言った。

「行きたいなら行ってこいエトワ。ワタシなら大丈夫だ」

その言葉に私もアルセルさまも驚く。

「今日のワタシを見てないのか。完璧だったろ。それにアルセルさまやお前だけ心配事を抱えてパーティーを楽しめないのは嫌だ」

「ハナコ……」

「ちゃんと大人しくしてるから行ってこい」

私やアルセルさまの感情を読み取っただけじゃなく、気遣いまでできるなんて……。

表面的にマナーを身につけただけでなく、中身も成長していたのだ。ちょっと感動してしまった。

今日の振る舞いが完璧とは程遠かったのは置いといて。

ハナコに頷き、私はアルセルさまを見て言った。

「アルセルさま、私行ってきます。もし、アルセルさまのお姉さまやベリオルって人が危なかったら助けてきますね」

「ありがとう……エトワ、ハナコ」

よーし、ちゃちゃっと見てきちゃうぞ。アルセルさまのためにも、ハナコのためにも。

パーティー会場をぬるっと抜け出すと、私は隠し持っていたローブを身につけた。フードがついていて顔も隠せるタイプのローブだ。こんなときのためにいつか用意しようと思っていて、そのことをアルセルさまに話したら、プレゼントしてくれたのだ。

作りもしっかりしてるので、簡単に脱げたりもしない。ちょっとした変身アイテムである。

人目がないのを確認してそれに着替えたら、早速、力を解放する。

「天輝く金烏《きんか》の剣！」

へーんしん！

力を解放したら、何もない草原を駆け抜けて、音がしている方角を目指す。

戦闘は継続しているようだった。戦いの音はやんでない。全速力といきたいところだけど、私が全力で走ると、地面がえぐれて土煙があがってかなり目立つので、そこは抑えなければならない。

でも、できる限りの速度で現場へと向かう。

そんなランニング状態の私だったけど、突然、隣から声がした。

「ふむ、良い走りだ。フォームはめちゃくちゃだが、魂に秘められた力が溢れ出すような躍動感」

横を見ると、いつの間にか筋骨隆々《きんこつりゅうりゅう》の男が、私の隣で同じ速度で走っていた。

なにこれ、怪談とかに出てくるUMA？

いや、でもこんなに大きくて筋骨隆々《きんこつりゅうりゅう》な男が並走してくる怪談なんて聞いたことがない。なぜならこんな男がいたら、走っていなくても、それだけでホラーだからだ。

やたら綺麗な陸上選手みたいなフォームで走るその人は、私と並走しながら話しかけてくる。

「その小柄な体でそのパワー、どういう鍛え方をした？　栄養はどんなものを取っている？　いや、まず人間か？　それとも魔族か？」

それはこっちのセリフです。あなた人間ですか？

角とかないし、肌の色も普通だし、人間なんだろうなぁ……。ちょっと、だいぶ怪しいけど。

「ふむ、答えないか。ならば、組み合えばわかるかな！」

そう言うと、筋骨隆々《きんこつりゅうりゅう》の男の人はいきなり飛びかかってきた。

並走しながら、手を伸ばし私を掴もうとしてくるのだ。なので私も走りながら避けていく。

「素晴らしい俊敏性《しゅんびんせい》だ！　ならばこれはどうだ！」

私のことを褒めながら、男の人はレスリングのタックルの動作でぶつかってきた。予備動作がまったく見えず、これは避けられなかった。相手の体を両手で受け止め、組み合うことになる。

「なんというパワー！　この小さな体に信じられん！　しかも、貴様まだ手加減しているな！　素晴らしい！　一体どういう鍛え方をした！　どういう鍛練を積んできた！」

えーっと、これどうしたらいいの。魔族ならとりあえず倒しちゃえばいいんだけど、人間なんだよね……。何かあったら禍根《かこん》が残りそうだし……

「さあ、ここから何を見せてくれる！　赤い目をした不審者よ！　ぬぬっ⁉」

私は一旦立ち止まって、その巨大な体を持ち上げた。

それからハンマー投げの要領でぐるぐる回し始める。

「ぬぉぉおおおおおおおっ⁉　これはぁあああああ‼　すごいぞぉおおおお‼」

遠心力をびゅんびゅんつけて回している間、男の人が喜んでるんだか悲鳴をあげてるんだかわからない声をあげる。

まあでも気にしない。結論、倒せないなら、どこか遠くに投げ飛ばしちゃえばいい。できるだけ、帰ってこないように遠くに。たぶん、この人なら死なないでしょう、きっと。

十分な遠心力をつけて、あとは声を出して、投げ飛ばすだけ。

えぇ～～～～いっ、と手を離そうとしたとき、私はその背中に見たことのある人が乗っていたことに気がついた。影呪の塔で会ったお姉さんだ。

「ぐぇ～、ちょっ、ただでさえ揺れて気持ちわるかったのに、なんなんっすかこの状況は、戦いなら早く終わらせてって、えっ、ちょっ」

あちらも私の赤い目を見て気づいたらしい。

「先輩、その子、敵じゃないですって、えええぇえええええぇえ⁉」

でも、手を離そうとしたときに気づいたって、もう手遅れだよね。

だって、人間の体ってそう簡単に止まれないもの。

私の手はあっさりと彼らの体を離し、ぽいっと空の向こうに放り捨てていた。

「えええぇえええええええええええ⁉」

「ぬおおぉおおおおおおおおおおおおおおおっ‼」

遠心力により、お姉さんと筋骨隆々《きんこつりゅうりゅう》のお兄さんはどこかへ飛んでいってしまった。

「ふぅ、なんかよくわかんないけど、よくわかんなかったぁ！」

私は一仕事を終え、汗を拭うと、アルセルさまのお姉さまのいる方向へ走る。

『あれだ』

天輝さんの声と同時に心眼に、女性を庇いながら魔族と戦う男の人の姿が見えた。無事だったと一瞬ホッとしたけど、どうやらマズイようだ。男の人の防御を、魔族の攻撃がすり抜ける。

「天輝さん、いくよ！」

『了解』

私は全力で地面を蹴った。

体が一気に加速し、魔族の魔法と男の人の間に割り込む。魔刃を起動する時間もなかったから、体を使っての防御だ。天輝さんが止めなかったってことはこれでいけるはず。

『安心しろ。この程度の攻撃で我らはやられたりしない』

うん。

魔族の攻撃を体で受け止め、戦いの場に立つ。

はい、ここで決め台詞。

「やれやれ、平穏にパーティーをしたいだけなのににゃー」

あ、噛んだ。どうしよう天輝さん。

『アホ』

＊　＊　＊

ベリオルを仕留めたと思った次の瞬間、現れたローブを被った小柄な少女。

その存在にアルフォンスは呆気《あっけ》に取られた。

（なんだ、こいつは……）

攻撃は確かに直撃していたはずだ。障壁で防御された様子も、なんらかの魔法で相殺された様子もない。なのにベリオルは無事で、少女はその攻撃の直撃した場所から、悠々と姿を見せた。

あまりにも計画から外れた存在の出現に、アルフォンスははっきりと苛立つ。

（いやどうでもいい……やってしまえ……）

こちらには最強クラスの魔族二体がいるのだ。あのローブの少女がどんな小細工をしたのか知れないが、ベリオルが倒れた今負けようがない。アルフォンスの思考に呼応するように、魔族二体がローブの少女に攻撃を仕掛ける。しかし、その魔法を少女はあっさりと剣で切り裂いた。

（魔法を切った⁉）

それはどう見ても魔法によるものではなかった。人間の魔法に伴う詠唱も、魔族の魔法に伴う魔法陣も確認できなかったのだから。ただ単純に剣で魔法を切っている。

こんな戦闘法、見たことがない。

動揺しかけたアルフォンスだが、それを必死に押し殺す。

（どんな戦い方だろうが、レイヴェーンによる攻撃なら有効なはずだ）

「撃て！」

乱入してきた少女と魔族の戦いを呆然と見ていた平民たちは、慌てて射撃を開始する。

乾いた音で放たれた音の速さで飛翔すると記されていたそれは、しかし、あっさりと剣で払われる。

（なっ、一体何なんだ……こいつは……）

銃撃を弾かれたあと、特徴的なローブの下から赤く発光して見える瞳がこちらを見た。

そいつが剣を振った瞬間、光の刃が、アルフォンスたちのすぐ傍に着弾する。

木々が吹き飛び、地面が割れた。

「ひ、ひぃ……！」

平民たちが腰を抜かす。

アルフォンスは、その攻撃がわざと外したものだと気づいた。警告なのだ。

そのとき、アルフォンスはふと思い出した、ヴェムフラムの最後の言葉を。

『ちがう……あか……めだ。あかめの……せんしに……やられた……。なん……だ、あ……れは』

あいつは十三騎士の誰かにやられたのだと思っていた。だが……もし……

（あかめ……赤目の戦士！　まさかこいつなのか。ヴェムフラムを倒したのは⁉）

それを悟った瞬間、アルフォンスは叫んだ。

「撤退だ！　ロンベーヌ、フェルーン！　これは計算が違う！」

叫んだ瞬間、魔族のうち一体の腕が肩口から吹き飛んだ。

＊　＊　＊

敵の攻撃を受け止めた私は、決め台詞をミスしてしまった。

どうしたらいいのだろう。挽回の機会はあるのでしょうか。

「なー。こほん、なー。平穏なー」

一応、誤魔化しておく。

私は背後を振り返った。そこにはアルセルさまのお姉さまらしき女性と、その女性を守ろうとしていた男の人がいた。たぶん、女性はマリーン殿下で男性はベリオルって人だろう。

ベリオルさんは血だらけで、今にも倒れそうだけど、それでも二体の魔族だけでなく、私にもちゃんと警戒の視線を向けていた。こんな状態でも、王女さまを守ろうとしているのだ。

強い人だ。

私は二人を庇うように、魔族たちの前に立つ。

『かなり強いがお前なら勝てる相手だ。だが、油断はするな』

うん、わかってるよ、天輝さん。

「なんだ、お前は……」

「邪魔をするなら死ね」

二体の魔族がそれぞれ闇と風の魔法で攻撃してくる。

私ごとベリオルさんや、アルセルさまのお姉さまを殺すつもりだ。

私はふたつの魔法を一太刀で切り裂いた。

「魔法を剣で切っただと⁉」

魔族たちの表情が驚愕に染まる。魔法を切る力というのはそれほど珍しいのだろうか。

まあ私もこの世界で生きていて聞いたことないけど。魔族を相手にこれほど相性のいいスキルはないかもしれない。とりあえず、何事も剣を振っておけばいい。

私はなるべく防御重視で、二匹の魔族の魔法をひたすら切っていった。

後ろに大怪我した人と王女さまが控えているしね。とりあえず安全第一。あとはこの魔族二体が撤退してくれたらいいんだけど。

悩んでいたら、森のほうから何かの攻撃が飛んできた。

ピュンピュン私へ放たれる弾丸っぽいもの。あれ、この世界に銃ってあったっけ。

もしかしたらあったかもしれない。知らなかったけど。何せ、今撃たれてるぐらいだもん。

『森にいるのは人間だな』

魔族と人間が手を組んでるってこと?

なんかものすごく複雑な事態に首を突っ込んでしまったのかもしれない。

私は光の刃を飛ばし、森のほうにいる相手を威嚇《いかく》する。銃撃はすぐ止まった。

それから魔族に向かっても、少し本気をこめて反撃をする。

魔法と斬撃《ざんげき》の攻防のあと、隙を見つけて一撃を入れて、腕を吹き飛ばした。ベリオルさんが怪我してるし、そろそろ撤退してくれないと、命を奪わざるを得ない。

これは警告のつもりだ。

その意図が通じたのかわからないけど、魔族たちが私から距離を取った。

片腕を失った魔族が私を睨んで言う。

「覚えていろ、キサマ。今度会ったときは必ず殺す」

二度と顔を合わさないようにがんばろう。

「無駄話をするな。戻るぞ」

「俺に指図するな」

そんなことを言い合いながら、魔族はこの場から離れていってくれた。仲がわるいのかいいのか。

森にいた人間たちの気配も遠ざかっていったと、天輝さんが教えてくれた。

どうやら守りきれたようだ。

一仕事終えた私はふぅっと息を吐いた。

＊＊＊

エトワがベリオルを助けに向かい、五分ほど経ったころ。

アルセルたちのいる第二会場で悲鳴があがった。周囲で魔法の炸裂音が響く。

「ま、魔族だ！」

「魔族の襲撃だ！」

アルセルは驚く。

「魔族の襲撃!?　十三騎士たちが周囲を守っているはずなのに……」

魔族が外部からこの会場を襲うには、十三騎士のうち少なくとも一人を突破しなければならない。十三騎士はその誰もが最強クラスの魔法使いだ。やすやすと突破されるはずがない。

もし突破されたとしても、そのことは必ず別の十三騎士たちに伝わるように動くはずだった。

こんなあっさり急襲を受けるはずがない。姉さんとベリオルにしてもそうだ。何かがおかしかった。しかし、今はそれを考えてる暇はない。

「落ち着いてください。魔族の襲撃の方向を特定して、逆側から逃げましょう」

悔しいけど、自分には魔族たちと戦う力がない。だからこそ、やれることをしようと思った。アルセルはクラクのときと同じように避難誘導を始める。

「そんなこと言ったって、いろんな方角から音がしてるぞ！」

「もしかしてすべて囲まれてるんじゃないのか⁉　こんな状況じゃ逃げても無駄だ……」

しかし、会場の人間たちはパニック状態だった。普段は頭のいい者たちであるが、思考を放棄してしまっている。恐怖に流されてしまい、助かろうと必死に考える者がいない。

（どうしたらいい……）

アルセルに協力してくれるような人間はいそうにない。アルセルは焦る。

そのお腹にはリリーシィがしがみついている。こんな小さな子だ、怖くないはずがない。

なんとかみんなを救いたかった。

ハナコは大丈夫だろうか、そう思って目を向けたアルセルは、また驚く。

ハナコの目が金色に光り始めていた。

「それはだめだっ！　ハナコ！」

アルセルはハナコの意図を察して止める。

確かにハナコなら魔族と戦う力を持っている。でもこんなところで戦ったら、たとえこの会場にいる人は助かっても、ハナコが人間たちの魔族討伐隊にやられてしまう。

ハナコはアルセルを金色の瞳で見て、少し切なそうに笑う。

「ごめんな、大人しくするって約束してたのに。でもさ、アルセルは守りたいんだろ、ここにいる奴らを。それにワタシもなんだかんだ、そのリリーシィって子とパーティー楽しんだし。そもそも、アルセルがピンチだっていうのに大人しくなんてしてられないっ！」

会場の一角で爆発が起きた。

「ま、魔族が来たぞ！」

「ああ、もうおしまいだー！」

異形の者たちが姿を現し、平民たちは諦めの混じった涙声で震える。みんなの注目が集まった一瞬の間に、アルセルの視界から白い帽子とドレスを着た少女の姿はなくなっていた。

「ミツけたぞ。フェルーンさまのメイレイどおり、コロせ」

人間に襲いかかろうとする魔族たちの前に、美しい紫の髪と、金色の瞳をした魔族の少女が現れる。ハナコはちゃんと成長していた。この状況でみんなの見ている前で正体を明かせば、アルセルに迷惑がかかるときちんと理解していた。

魔族の放った魔法を、ハナコは黒い炎で相殺する。

「ナゼ、ジャマをする」

「お前たちこそ、なぜ罪もない人間たちを襲う」

一瞬睨み合ったあと、魔族とハナコの戦いが始まった。

その光景を、第二会場の人間たちは呆然と見つめる。

「魔族と魔族が戦っている……?」

「どういうことだ?」

＊　＊　＊

貴族たちが集まる第一会場で、ソフィアはそつなくパーティーを過ごしていた。

可憐《かれん》で、可愛く、賢い公爵家の後継者候補。そんな彼女のもとには、たくさんの人が集まってくる。大人の貴族に、その令息たち。気さくな性格のソフィアには、女友達も多い。

でも、ソフィアが一番一緒にいたいのは、いつだって優しく穏やかな自分の主《あるじ》、エトワさまだった。会場が分かれてしまったのが恨めしい。自分も第二会場に行けたらな、なんて思ってた。

そんなソフィアの耳に、警備の兵士の声が聞こえてきた。

「第二会場が魔族たちに襲撃されています！」

平民たちがいる会場への魔族の襲撃。報告する兵士の声は動揺のせいか少し大きすぎた。魔族の襲撃の情報が、会場の参加者たちにも伝わってしまう。

「まあ、怖いですね、ソフィアさま」

「でも、ここなら安全ですわ」

ソフィアの周りを囲む令嬢たちが他人事のように話しだす。

「エトワっ……！　俺が守ってやるからな！」

そんな中、リンクスがあっという間に第二会場へ飛び出してしまった。

制止する間もない。そもそもソフィアは制止する気があったのかと考える。ソフィアだってエトワさまを助けに行きたかった。エトワさまは強いから、こういうとき心配ないことはわかっている。本気を出せばどんな魔族相手でも簡単に蹴《け》散《ち》らしてしまうだろう。

でも、エトワさまは自分の力を隠しておられる。人前では力を振るいたがらない。自分が駆けつけたら、すごく助かるはずだった。行きたい……

けど風の一族としては、国王陛下が御《ご》座《ざ》すこの場所を守ることも大切な役目だった。王家の盾と呼ばれるシルフィール家とシルウェストレと呼ばれる五つの侯爵家。その一族であるソフィアは、この場所に留まるのが正しい答えと知りながら、それでもエトワを助けに行きたいと迷っていた。

そんなソフィアに声がかかった。陛下の傍についていたクロスウェルからだった。

「ソフィア、陛下は私が守っている。もしよかったらだが、第二会場の人たちを守りに行ってくれないか。私はここを動くわけにはいかない」

「はい！」

公爵から背中を押され、ソフィアの迷いが取れる。

「ソフィアさま!?」

驚く周囲の令嬢たちを気にせず、ソフィアは第一会場を飛び出した。

たまたまソフィアたちの近くにいたクリュートも兵士の報告を聞いてしまった。

正直、新たなトラブルが舞い込んできたことにげんなりする。

（僕には……関係ないよな……？）

このパーティーの警備は主催者である国の兵士、十三騎士たちの仕事。招待客であるクリュートがわざわざ手伝ってやるいわれはない。他の貴族たちも、その多くはこの会場に残るようだった。

「襲撃の規模もわかりませんからな」

「ええ、相手にして怪我でもしたらたまりません」

その通りだ。誰も貧乏くじなど引きたがらない。貴族たちが集まるこの場所が一番安全な場所なのだ。第二会場にいる平民たちを助けに行くのは、わざわざ身を危険に晒す愚行《ぐこう》である。

「貴族が平民たちを守るのは義務だ。私たちは行くぞ」

「おう」

しかし、平民たちを助けに行く貴族も中にはいるようだ。人数を集め、戦う準備をしている。

もの好きなことだと思う。

そのもの好きの中でもぶっちぎりに早く会場を飛び出してしまったのが、クリュートの知り合いのリンクスだった。魔族たちの戦力もまだわからないのに、一人だけで行ってしまった。

(あのバカ……)

なぜだかわからないがムカついて、クリュートはリンクスを心の中で罵《ののし》った。

クリュートが動かずにいる間に、ソフィアも会場を飛び出していく。その段になって、クリュートはなぜか自分が焦っていることに気づいた。よくわからない動揺の仕方をしている。そうして周囲を見回してみると、ミントの姿もいつの間にか消えていた。

(あ、あいつ……)

残ったのは、クリュートとスリゼルだけだった。スリゼルに遠慮気味に尋ねてみる。

「お、お前は助けに行かないのか……?」

「ああ、命令は受けてないからな」

その言葉に、そりゃそうだよな、とクリュートはほっと落ち着いた。

そうだ。別に助けに行かなくてもいいんだ。こっちに残るほうが正しい。周りに流されておかしくなるところだった。僕は正常、そう再確認する。心を落ち着かせたクリュートは、なんとなくリンクスたちが助けに向かった仮の主人の姿を思い浮かべる。

何の力もないくせに、自分たちの主人の座に収まっているエトワとかいう女。

正直、クリュートはエトワが嫌いだった。以前まではどうでもよかったけど、今は嫌いだ。

間抜けで、アホで、そのくせお姉さんぶった態度で接してきて、イラッとする。しかも、やたらとトラブルは起こすし、突拍子《とっぴょうし》もないことを始めて、それに自分を巻き込んでくる。おまけに恥までかかされたのだ。嫌いにならないほうがおかしい。

この感情は正当なものだ。クリュートはそう確信する。

（何の力もないくせに……）

エトワのことを考えると、心にイガイガした感情が浮かんできて、クリュートはまたその姿を心に浮かべた。……糸目で、ブサイクで、間抜けなつらをしている。

力もない女だ。魔族になど襲われたらひとたまりもない。もしかしたら今回の襲撃で、ソフィアたちの助けが間に合わなければ、死ぬことになるかもしれない。

そう考えると、血まみれで倒れているエトワの姿が脳裏に浮かぶ。

その瞬間、嫌な感じにクリュートの心臓がドクッと脈打った。

（な、何を焦っているんだ僕は……）

クリュートは自分でも予想しなかった、自身の反応に戸惑う。クリュートにとってエトワは仮の主人だから守ってやってるだけで、本来はどうでもいい存在なはずなのだ。そう、たとえ魔族に襲われたって……。魔族の襲撃の規模はわからない。もしリンクスたちで戦力が足りなければ、さっきの想像が現実になってしまうかもしれない……

よくわからない焦燥感が胸をちりちり焼く。

クリュートは冷汗を垂らしながら周囲を見回した。

もうスリゼルは近くにいなかった。クロスウェルからも指示はない。誰もクリュートに助けに行けなんて言う者はいない。背中を押してくれる者は……。なのに……

「ま、まあ、ここは人数が足りてるようだし、僕も助けに言ってやるか……平民たちをね……へへっ……うん、たまにはこうやってボランティアをするのも、将来のためになるだろうしさ……」

誰も聞いてないのに言い訳するようにそう呟くと、かなり出遅れて第二会場へと走り出した。

ソフィアが空を飛んで、第二会場に向かっていると、地上から魔法が飛んできた。

(こんなところにも魔族がいるの⁉)

どうやら侵入した魔族の数はかなり多いらしい。会場と会場の間にまで隠れている。

華麗な飛行で敵の魔法を避けたソフィアは、そのまま地上に着陸する。

さっきの攻撃は避けられたけど、無理に進めば撃ち落とされかねない。先にこいつらを倒す。

リンクスの姿は見えない。強引に先に行ってしまったのだろうか。

（もう、無茶ばっかりして！）

ソフィアはリンクスの無茶に少しぷんすかしながらも、エトワさまの本当の実力を知らないから仕方ないかと理解した。とりあえず、こんな魔族たちなら束になろうと、エトワさまには敵わない。まずは自分が怪我しないことが大切だ。

「ニンゲンのコドモか」

「マホウ使いだ、ユダンするな」

人と似た姿をしているけど、人間とは違う存在、魔族と向き合う。数は五体ほど。

敵から放たれた魔法を避けると距離を詰める。風の刃で二体を一気に屠《ほふ》った。

「ほんとうにコドモか……!?」

「なんてツヨサだ」

魔族たちがソフィアの実力に驚愕する。

魔族たちは慌てて距離を取ろうとしたが、それも甘かった。相手の動きを読んでいたソフィアは、光の魔法で強化した風の刃を放ち、残った魔族を壊滅させる。

しかし、魔族の増援が十体ほどこちらに向かってくるのが見える。

ソフィアは距離を詰められる間に、魔法で何倍にも強化した大気圧縮弾《エアーボム》を準備する。そして射程に入ったところですぐさま発動した。普通の数倍の爆発が魔族たちを巻き込んで起こる。

一気に半分の魔族を倒すことに成功する。しかし、何体かの魔族がうまく逃れていた。

ソフィアは相手が態勢を立て直す前に、距離を詰めて、攻撃を仕掛ける。

「えいっ！」

光の魔法で身体能力を強化すると、強力な掌底《しょうてい》で一体を吹き飛ばす。てっきり魔法で攻撃してくると思っていた魔族たちは不意をつかれる。ソフィアは体術のセンスも抜群だった。

「やあっ！　とおっ！」

拳術学校の生徒顔負けの動きで、魔法で強化した拳で魔族を倒していく。魔族を相手にしても、ソフィアの強さは圧倒的だった。

敵は残り二体になった。

相手は距離を取り、魔法で攻撃を仕掛けてくる。接近戦では敵わないと見たためだろう。しかし、どの間合いであろうとも、ソフィアの強さは変わらない。

あっさりと障壁で相手の攻撃を防ぐと、反撃の魔法で二体を同時に葬《ほうむ》り去る。

すぐにソフィアの周囲は静かになった。

「ふうっ……」

敵を全滅させ、ソフィアは汗を拭う。実力的にはそこまで苦戦しない相手だった。けど、やっぱり真剣な命のやり取りというのは緊張するものだった。

(これぐらいで疲れてちゃだめ。私はこの国を守る風の一族の一員なんだから)

数回深呼吸して、心を鎮めると、ソフィアはエトワがいる第二会場へ向けて飛び立とうとする。

そのとき……

「シねっ！」

意識してない背後から、魔族の魔法が襲いかかった。まだ何体か隠れていたのだ。

(しまった……)

不意をつかれ、防御が間に合わない。痛みを覚悟して、ソフィアはぎゅっと目を瞑《つむ》る。

『土壁《クリート》』

声が響き、突如出現した土の壁がソフィアを守る。

『略式霊爪《トーラ》』

そして何者かが、ソフィアに不意打ちをした魔族三体のもとへ瞬時に移動し、爪の形をした武器であっさり斬り伏せた。その何者かを見て、ソフィアは驚いた声をあげる。

「あなたはっ……！」

「大丈夫か、光の姫よ」

顔を隠す鳥の仮面に、独特の巨大な爪の武器。ハナコの護衛を務めている魔族。

「ハ、ハチさん？」

「うむ、左様」

ソフィアが口に出した名前に、ハチは頷いた。

「なんでこんなところに」

「無論、ハナコさまをお守りするためだ」

「いえ、そうではなくて……どうやって侵入したんですか……」

確かにハナコを守るのが仕事だし、それ自体はおかしいことではない。でも、この場所は王国の兵士たち、そして十三騎士たちによって守られているのだ。一体、どうやって潜入したのか。もちろん潜入したのは敵の魔族も一緒なのだけど、たぶんハチとは別口だろう。

　侵入方法を尋ねると、ハチは少し自慢げな声音になって、ソフィアに告げた。

「ふっ、そんなの魔王さま一族に仕える近衛騎士の私には造作もないことだ。この場所に警備が敷かれる前から、私はずっとこの場所で隠れていたのだ」

「えぇぇっ……」

　その答えに珍しくソフィアは戸惑った表情をした。

　確かにそれなら警備の人間たちに気づかれずに入れるだろうけど。でも、ここに警備が敷かれたのは二週間ぐらい前なのだ。その間、ずっとここで生活していたのだろうか。

　しかも人間たちに見つからないように、姿を隠しながら。よく見ると、ハチの服には土と、このあたりに生えている植物がくっついていた。ずっと土に伏せて時間を過ごしていた……？

　あまりにも斜め下の潜入技術に、ソフィアは変な汗をかかざるをえなかった。

「ハナコさまが人間たちのパーティーに参加されるという情報を掴んだのが三週間前。この場所で行われると聞き、ずっと隠れて暮らしていたのだ。すると、お前が通りかかって、しかも野良魔族たちに襲われていたようなのでな。お前の主人と魔王さまは盟友だ。助けることにした」

「それは……本当にありがとうございます。でも、大変じゃなかったですか？」

ハチがこの三週間どんな生活を送ってきたのか、ソフィアには想像もできなかった。

「ふっ、ハナコさまの安全を考えれば、これぐらいのこと苦労にも入らん」

ハチは余裕の声音で笑うと、器用に近くの土を持ち上げて、その中に入ろうとし始めた。

「それでは特に異常はないようなので、私は隠密を再開する」

ソフィアは慌てて止めた。

「ちょっとっ！　ちょっと待ってください！　今がその異常事態でしょう！」

魔族が現れて、パーティー会場を襲撃しているのだ。これ以上の異常事態が、どこにあるというのだ。ソフィアの正論にハチは驚いた様子をし、なぜか腕を組んで、ちょっと心配そうな声音でソフィアに問う。

「なんだと、野良魔族に襲われる程度で異常事態とは。そんなことで人間たちは北の大地で生きていけるのか？」

「そんな物騒なところで暮らす人なんていません！」

北の大地、通称、魔族たちの領域とか魔王領とか呼ばれる場所は、魔族に襲われるのが日常茶飯事らしい。でもソフィアたちの生活圏では、魔族が襲ってくるのは異常事態だった。

「とにかく、ハチさんもついてきてください。ハナコも危険な目にあってるかもしれません」

「むぅ、そういうものなのか。カルチャーショック」

そんなことを言いながら、ハチがソフィアについてくる。

＊　＊　＊

どもどもエトワです。

ベリオルさんたちを救出して、そっと第一会場まで送り届けたあと、急いで第二会場まで戻ってきました。助けに来たと言う私を見て、マリーン王女は最初は警戒していたけど、ベリオルさんを治療のできる場所まで送り届けると言ったら信じてくれた。

これでアルセルさまとの約束も果たせて一件落着。

なんて思って第二会場に戻ってきたら、なぜかやたらと騒がしい。みんなパーティーを楽しんでる雰囲気ではない。ざわざわしながら、上空を見上げている会場の人たち。

私もすすーと近づいて、空を見上げてみた。

そこでは魔族の少女と、魔法使いの少年が戦っていた。

一方は黒い炎を放って、もう一方は火と風を組み合わせた魔法で。お祭しの通り私には見覚えのある二人だ。お互い睨み合いながらばちばちと魔法をぶつけ合っている。

「なんだぁ、お前！」

「お前こそ、なんだぁっ！」

性別は違うけど、戦ってるときの二人の性格はよく似ていた。リンクスくんとハナコ。

えっ、ていうか、あの子たちなにしてるの。

特にハナコ。こんな場所で魔族の正体見せて戦うなんて、バカなの？　死ぬの？

＊＊＊

ソフィアとハチは第二会場の近くまで来ていた。

道中の敵は、ハチがほとんど倒してくれた。まったく苦戦せず魔族を切り倒してしまう。

（やっぱりこの人強い……）

戦ったのは二年前、ソフィアも実力を伸ばしたつもりだけど、まだ勝てる気がしなかった。

「あ、あれは……！」

第二会場の上空で、ソフィアが見たのも、戦うハナコとリンクスの姿だった。

ハチが納得したように頷く。

「ふむ、貴殿の言う通りトラブルになっていたようだな。感謝する、光の姫よ」

そう言うとハチはソフィアの傍から離れていく。

「どこに行くんですか!?」

「魔族の近くにいるのを見られるのはまずいだろう。なんとかハナコさまを連れ出す。

貴殿は人間側としてさりげなく協力してくれ」

「あ、そ、そうですね」

ここまで一緒に来たせいで、相手が魔族であることを忘れていた。

「戦ってる男の子は私たちの知り合いです。あんまり手荒なことはやめてください」

「ふむ、赤目の騎士どのの知り合いか。それは傷つけると大変だな。気をつけよう」

二人は別れて、会場へと侵入する。

＊　＊　＊

第二会場に帰ってきたら、リンクスくんとハナコが戦っていた。

一体なんでこんなことに。

リリーシィちゃんが上空で戦う二人に叫ぶ。

「やめて！　その魔族の子は魔族に襲われた私たちを守ってくれたの！」

なるほど、そういうことだったのか。どうやら第二会場も魔族に襲われたらしい。ハナコはみんなを守るために戦ってくれたと。ごめんよ、ハナコ。

二人とも興奮していて、まったく戦いをやめない。お互いの実力が拮抗してるせいか、ムキになってしまっている。私はささっと会場の外に出ると、変身セットに着替える。

「この魔法で決着をつけてやる！」

「こっちこそだ！」

私は二人の戦いの間に割って入った。

魔法で加速したリンクスくんの蹴りと、黒い炎を纏《まと》ったハナコのパンチをぱしっと受け止める。

「なっ⁉」

「むむっ⁉」

渾身の攻撃を受け止められた二人は驚く。

「な、なにをするエっ……ひぅ……」

エトワと言いかけたハナコを睨む。

私が睨むと、ハナコは言葉も動きも止めて固まった。どうやら私の言いたいことはわかってくれるらしい。名前を呼ばれたら困るのもそうだけど、このまま戦いを続けられても困る。二人とも怪我するかもしれないし。お互い怪我はないようだ。よかった、いくらハナコでもリンクスくんたちに怪我を負わせたら、冷静でいられる自信がない。

「新手《あらて》か！」

さて問題はリンクスくんのほうだ。

リンクスくんは猫みたいな仕草でするりと私の手をすり抜けると、今度は私を睨みつける。

どうしよう。困った。声を出したらさすがにバレるよね。逆にリンクスくんに声を聞かれてバレなかったら、それはそれでショックだ。とにかく言葉で説得はできない、どうしたものか。

「くっ、このっ、食らえっ！」

私はリンクスくんの攻撃を捌《さば》きながら考える。

「このっ、舐めやがって！」

とりあえず、実力差がわかるように攻撃を捌《さば》いてみせてるのだけど、リンクスくんは引くつもりはないようだ。リンクスくんの性格だと、こうなるよね……

仕方ない、ここは気絶させるしかないか。リンクスくんを止めるすべがない以上、やむを得ない。

私は抜き手を作ると、コンパクトな動作で振りかぶり、リンクスくんへと足を踏み込んだ。

そして……

やっぱりむりむりむりむり。

攻撃を当てる直前で、足を止め、体を引いた。

こんなことしたら怪我させちゃうかもしれないし、失敗したらすごく痛い思いをさせちゃう。

しかし、効果はあったようだ。

私の攻撃の寸止めを見たリンクスくんは、滝のような汗を流しながらこちらから距離を取った。

怖がられている……辛い……。私がへこんでいると、聞き覚えのある声がかかった。

「引け、少年。実力差はさっきのでわかっただろう」

ハチだ。来てたのか。

鳥の仮面の魔族は私とハナコの隣に降り立った。これは助かったかも。

いろんな前科で交渉を任せるには不安な奴ではあるけど、しゃべれない私よりはマシだろう。

「リンクス、無茶しないで！」

ソフィアちゃんも来てくれたようだ。さりげなく、言葉で援護してくれる。

その後ろにミントくんを発見した。魔獣《まじゅう》に乗って、こちらをじーっと見ている。

どうやら私とわかってくれたようで、攻撃しようとする気配はない。

「ようやく着いたけど、な、なんか妙なことになってないか？」

おや、クリュートくんも来てくれたみたいだ。珍しいけどちょっと嬉しい。

「リンクス、その二体、周辺にいた魔族とはレベルが違うぞ。無理はするな」

「なっ、スリゼル。お前も来たのかよ！」

スリゼルくんも来てくれたみたいだけど、なぜかクリュートくんがスリゼルくんのほうを見て驚いている。どうしたんだろう。

「やはりエトワさまが心配になってな」

「よく言うよ……」

スリゼルくんの返事に、クリュートくんがなぜか顔をしかめた。みんな勢揃いだ。

スリゼルくんにも止められたリンクスくんだけど、まだファイティングポーズを取っている。

「そんなこと言われても引けるかよ。俺には守らなきゃならない奴がいるんだ。ここに」

そんなリンクスくんに、ハチは淡々と話す。

「こちらに敵意はない。我らはこの会場を襲った魔族たちとは別の勢力の魔族だ」

「はぁ？」

「魔族にもいくつかの勢力があることは知っているだろう。この会場を襲った魔族と我らは敵対状態だった。だからこの機に乗《じょう》じて攻撃を仕掛けただけだ。人間たちと争う気はない」

ハチの説明は、まぁまぁ筋が通っていて、わかりやすかった。

ハナコについて説明しても難しいだろうから、多少嘘が混じってもわかりやすい理由で、争う必要がないことを提示する。私は少しハチを見直した。

「そんなこと言われても信用できねぇ！」

ただリンクスくんを説得するには足らなかったようだ。

「ふむ、説得は無理か。ならば別の手段を使おう」

リンクスくんの説得が無理と考えたハチは、どうやら別の方法で解決してくれるつもりのようだった。今日のハチは頼りがいがあるなぁ。安心して任せてられる。

ハチは懐からクリスタルを取り出して会場中に響き渡る声で言った。

「魔王さま、ハナコさまがピンチです。転送をお願いします」

「魔王!?」

リンクスくんが目を見開き、会場中の人間が驚きざわめきだす。

ハチぃい、こいつぅううう！　最後に思いっきりやらかしやがったぁあああ！

魔王という単語の登場に会場はパニック状態になった。

そんな周囲の空気などどこ吹く風で、ハチは私のほうを見て言う。

「三十秒後に転送してくれるようだ。世話になったな、赤目の騎士よ」

その何も問題が起きてないという顔、どうしてやったらいいのかわからない。

「魔王？」「魔王ってどういうことだ、まさか復活したのか」「じゃあああいつらは魔王の配下なのか」、ざわつく周囲を置いて、ハチはなぜかスリゼルくんのほうを見つめ声をかける。

「そこの少年、お前は来なくて大丈夫か」

スリゼルくんはその言葉に、一瞬呆然となると、突然凄まじい形相《ぎょうそう》でハチを睨んだ。

「どういうつもりだ……！」

こんな感情をむき出しにしたスリゼルくんは初めて見た。

ハチはそれに冷静な声音で頷くと、一人だけで納得したように言う。

「ふむ、馴染《なじ》んで暮らせてるならそれでいい」

ちょっと私にはそのやり取りの意味がわからなかった。気になるけどこの状況では聞けない。

そうやってる間に、ハチとハナコの周囲に黒い渦が現れる。

「それではさらばだ」

ハチはその場の全員に別れを告げ、ハナコも大人しく退散するつもりのようで、最後に切なそうな表情でアルセルを見つめたあと、ハチにしがみつく。

「待て！　魔王ってどういうことだ！」

リンクスくんがそう尋ねたけど、次の瞬間にはハチとハナコの姿は消えていた。

最後に残されたのが私なわけだけど。

「おい、お前、魔王ってどういうこ――だから待てぇ、この野郎！」

私はリンクスくんの質問をスルーして、メタルス〇イムみたいにシュバババッと逃走した。

＊　＊　＊

第二王子の誕生会は、魔族の襲撃により中止になってしまった。

「ルースさまおかわいそうに……せっかくの誕生会でしたのに……」

パーティーの参加者からは、ルース殿下に同情する声が漏れていた。

第二会場への魔族襲撃、さらにはマリーン姫が襲われ、護衛をしていた十三騎士のベリオルが重症を負ったという報告が伝わり、襲撃が鎮圧された今も、会場は不穏な空気に包まれている。

国王陛下や王子殿下の傍には、風の公爵家のクロスウェルが常に控えていた。

第一王子ゼルは、弟のルースに尋ねる。

「ルース、マリーンが魔族に襲われたそうだ。お前の魔法感知には引っかからなかったのか？」

ルースは王族随一の魔法の素質だけでなく、かなりレアなスキルも所持していた。

魔法感知。自分の周囲で使われた魔法の存在を、感覚的に感知できる。このスキルがあれば、魔族の襲撃に気づけていた可能性が高い。ルースは痛ましい表情をして答える。

「ごめんよ。この能力には調子の波があるんだ。今日は調子がわるくて気づけなかったよ……僕がもっとうまく使いこなせてたら……ベリオルも怪我を負わなかったかもしれない……」

スキルのない者はそう言われると納得するしかない。むしろルースには周囲の同情が集まる。

「ご家族が襲われたのに、ゼル殿下も責めるような言い方をしなくても」そんな囁きが貴族の間で交わされた。実際のところ、ゼルの言葉はそれほど責めるような口調ではなかったのだが。

「ゼルさま、日が暮れてきて寒くなってきました。お体が冷えます。この上着をお羽織り下さい」

ゼルの後ろから気が弱そうで地味な印象の女性が上着を持ってきた。ゼルの妻で名はヘスタという。血筋は良いのだが、何もかも地味すぎて、社交界からは忘れられがちな存在だった。

「いらん……」

それをゼルは鬱陶《うっとう》しそうに払う。ゼルはヘスタのような地味な女性が自分の妻であることにあまり納得してなかったのだ。若いころから素行《そこう》に問題があったゼルを落ち着かせようと、周囲が早めに相手を見つけて結婚させたのだが、あんまりうまくいっているとは言いがたい。

ゼルはもっと派手な女性が好みだった。例えばウンディーネ家の血を引く麗《うるわ》しき美貌《びぼう》の女たち。

ヘスタが国王となるべき自分にふさわしい女性だとも思ってなかった。

ヘスタは献身的《けんしんてき》にゼルに尽くしていたが、その気持ちはまだ伝わっていなかった。

その日の夜、パーティーが中止になり、貴族たちは馬車で帰り始めた。

その馬車の一台に第二王子、ルースが乗っていた。王子が乗るにしては目立たない、地味な外観の馬車。しかし、籠の中は広く、かなりこだわりを持って作られていた。

その馬車に乗っているのはルースだけではなかった。アルフォンスと、他にふたつの人影。

「すみません、ベリオルを殺すことには失敗してしまいました」

アルフォンスがルース殿下に頭を下げてそう報告をする。ルースは優しい表情でそれを許す。

「想定外の邪魔が入ったんだろう。仕方ないさ。それより、肝心のテストはどうだったんだい？」

するとアルフォンスはあどけない顔に喜色を浮かべる。

「十分な性能でした。あれなら魔法使い相手にも平民が群れれば戦えます。実戦経験が不足してうまく運用できないところもありましたが、これも回数を重ねれば良くなっていくと思います」

「あとは量産の問題だけだね」

「はい、それもグノーム家のコネクションで、平民の土属性の魔法使いたちを集めれば」

二人で今後の予定を話していると、会話に参加していなかったふたつの影が割り込んでくる。

「それよりどういうことだ。ニンゲンのオウジ。あの赤目の剣士は」

「ベリオルという人間を押さえればいいという話だった。あんなのがいるとは聞いていなかった」

それはベリオルとマリーンを襲撃した魔族たちだった。

今は姿を隠す布を取り、その正体を現している。漆黒《しっこく》の毛をもつ人狼がロンベーヌ、緑色の羽をもつ鳥人の魔族がフェルーンだ。二人の言葉に、ルースは表面だけは痛ましい表情を浮かべる。

「ごめんよ。僕たちにとってもあんなのがいるとは想定外だったんだ。それにベリオルの力も想像以上だったようだ。ヴォルディオがやられたのは残念だったね……」

ヴォルディオは三体でベリオルを襲撃したときに、落とされた一体だった。

しかし、フェルーンはその言葉にくだらないという表情をした。

「ふん、あいつは力はあったが油断しがちな奴だった。いずれああなっただろう」

ロンベーヌが失った右手を押さえながら、怒りのこもった唸り声をあげる。

「そもそも我らは仲間ではない。死んでも同情などない。それよりあの赤目の剣士だ。奴は何者だ。この右手の借りは必ず返す。絶対に許さん……」

黒い狼の魔族は、腕を切ったエトワのことを恨んでいるようだった。フェルーンがそれを嘲《あざけ》る。

「返せるのか？　お前が勝てるような相手には見えなかったが」

「フェルーン、貴様から殺してやろうか!?」

睨み合いになってしまった二人を、ルースがなだめるように声をかける。

「まあまあ、ロンベーヌ。君には良い治療術者を紹介するよ。今回の件は本当にすまない。こちらにとっても、あの赤目は情報がほとんどない存在なんだ。今後も僕たちの前に現れるかも知れないけど、十分に注意してほしい。報告を聞く限り、でたらめな力をもった相手だ」

それにアルフォンスが補足するように言葉を追加する。

「ベリオルを仕留められなかったのは残念ですが予定は変わりません。銃の有効性は証明されました。これから僕たちは量産体制に入ります」

無理やり話題を次の予定に持っていくことによって、魔族たちは一応矛《ほこ》を収める。

「ふんっ、約束は忘れるなよ」

「ああ、わかっているよ」

ルースは魔族の言葉に微笑《ほほえ》みながら頷く。

「君たちの協力で、この国の実権を手に入れた暁《あかつき》には、平民たちをジュウで武装させ万を超える軍を作り上げる。そして北の城に潜む『魔王』へと戦争を仕掛ける」

ルースは明るい未来を掲げるように、みんなに手を広げ言った。

「人間の数と魔族の力を合わせて魔王を倒せば、あそこにある遺跡をすべて手に入れることができる。世界を支配できるような強力な力をもつ遺跡がね。あとは約束通りみんなで山分けだ」

騎士たちの詰所の一室に、十二人の男女が集まっていた。

全員が只者《ただもの》でない雰囲気を纏《まと》う、年齢も身分もばらばらの人間たち。

ただひとつ全員に共通することがある。全員がこの国で最強クラスの魔法使いであること。

この国で最強の魔法使いの集団と呼ばれる十三騎士たちの集会。ただメンバーは一人足りない。

「知っての通りベリオル殿が先の戦いで大きな怪我を負われた。回復には時間を要する。しばらくはこのケイがみんなをまとめることになる。異存のあるものはいないか？」

白髪交じりの髪と髭を持つ男がみんなに問いかけた。歳は五十代半ばほどに見えるが、背筋はしゃきっと伸び、筋肉質な肉体はそこらの兵士よりもたくましい、歴戦の戦士の風格を湛えている。

「私は異存はありませんよ」

「ああ、ケイ殿にならマスターの代役を任せられる」

すぐに同意の声が飛ぶ。異論を唱えた者はいなかった。

「それでは先の魔族の襲撃について話をしたい。魔族の侵入を許したのは我らの責任だ。当日の状況を調べ、陛下に報告しなければならない。だが、それだけではない。襲撃に来た魔族たちの中に魔王の配下だと名乗った者がいるという噂がたっている。魔族が我々を惑わすためについた嘘だと思いたいが、クララクの襲撃、ベリオル殿を襲った強力な魔族たち、そして彼らを倒した謎の存在――姫の話によると赤く光る目を持つという素性の知れぬ剣士。近頃は不穏なことが多すぎる。なるべく情報を共有したい。気になったことがあればなんでも言ってくれ」

「それについてある者にひとつ聞いておきたいことがある」

ケイの言葉にいち早く手を上げたのは、ヴァルシールだった。大鷲《おおわし》に例えられる鋭い目つきが、一人の騎士を見つめる。薄い色素の髪を持つ、美形としか言いようがない整った顔の、まだ歳若い青年。この場にいることからわかるように彼も十三騎士の一人。名をロッスラントといった。

「ロッスラント、お前に聞きたい。あの日の見張りの配置では、お前がマスターの近くにいたはずだ。なぜ救援に向かわなかった」

ロッスラントはヴァルシールの瞳をまっすぐに見つめ返し答える。

「私も魔族の襲撃を受けていました。かなりの強力な魔族であの場から動くことは不可能でした」

「それは本当か？」

「どういう意味でしょうか、ヴァルシールさま？　質問の意図が理解できかねますが」

ロッスラントの優美な二重の目と、ヴァルシールの鋭い一重の目が睨み合う。

「待て待て、ヴァルシール。まさかロッスラントを疑っているのか!?」

慌ててガーウィンが口を挟む。ガーウィンはヴァルシールの言葉に心底驚いた表情だった。

ヴァルシールは厳しい表情を崩さずに述べる。

「今回の魔族の襲撃。問題は第二会場を襲った集団のほうだ。あの数を内部に潜ませることは難しい。警備していた我々の誰かが、あの魔族を招き入れた可能性が高い――つまり我らの中に裏切り者がいるということだ」

裏切り者という言葉に、部屋に不穏な空気が流れ始める。

「おいおい、何を言ってるんだ……」

「ふむ、確かに正論だな」

ガーウィンはその予測を否定しようとしたが、今まで発言のなかった小柄な十三騎士がふむっと頷いた。

「その可能性は私も考えていた」

「残念だが否定する材料は見当たらないな」

ケイや他の十三騎士たちも、次々とヴァルシールの考えに同意する。

「お、おい……お前たちまでっ……。ディ、ディナ」

少数派になってしまったガーウィンは救いを求めるようにディナを見つめたが、ディナは気まずい顔をして頬をぽりぽり掻きつつもヴァルシールの考えに同意した。

「私もそうとしか考えられないっすね……」

「ぐっ……」

疑われている立場上、同意も否定もしなかったロッスラントを除くと、ガーウィン以外の十三騎士全員が裏切り者がいる可能性に同意した。みんなの同意を得たヴァルシールは、言葉を続ける。

当時の戦いの様子は、マリーン王女からだいたいのことが伝わっていた。

「ベリオル殿を襲った魔族は、強力な者たちばかりだった。さらに我らの知らぬ武器まで投入していた。第二会場に差し向けられたのはほとんど捨て駒と判断していいだろう。もしそこにだ、ロッスラント、貴様に対抗できるような魔族をもう一体準備できるとすればだ。私ならば確実にベリオル殿を倒すために、魔族四体を差し向けた。それが考えうるもっともベストな戦略だ」

「敵がそう判断するとは限らないのでは？」

ロッスラントは反論する。

「こちらをよく知らない相手ならばな。だが、今回の襲撃はベリオル殿がマリーン王女と一緒にいるところをピンポイントに襲撃してきている。相手はこっちのことをよく知っている」

「人間の協力者がいたということか……」

「もしくは人間のほうが黒幕かだね」

ベテランの十三騎士たちがロッスラントに向ける視線は厳しかった。

そんな中、わりと若いほうであるガーウィンだけが、ロッスラントを庇うように立つ。

「だ、だからといってロッスラントがそうとは限らないだろう。敵に別の狙いがあったのかもしれん。そもそもだ、ロッスラントは我らを裏切るような男ではない！　みなも知っているだろうが！」

ガーウィンはロッスラントのことを信じているようだった。その表情は、他のみんながロッスラントに疑いの目を向けたことに対して、明らかに怒っていた。

「ガーウィン、根拠のない信頼は目を曇らせる。お前は今冷静か？」

小柄な騎士が、ガーウィンへ忠告するように言う。

「友を、仲間を信じられなくて何が騎士か！」

しかし、ガーウィンはその言葉をきっぱりと否定した。ヴァルシールがロッスラントを睨み、ガーウィンが庇う。他の者はヴァルシール側につくものが多かった。睨み合いが続く中、その場を諌めたのはクララクでエトワと共にヴェムフラムと戦った氷の騎士ヴォルスだった。

「まぁ、みんな落ち着こう。この場の誰を問い詰めても、裏切り者がわかるはずもない。確定的な証拠もなく、素直に白状するわけもないからな。この件は我らの心のうちに留めておこう。そしてもし裏切り者がいるなら、各人の手でそれを突き止めればいい」

「そうだな、この問題には時間と証拠が必要だ」

ケイもそれに同意した。他の者も異議を唱えず、ヴァルシールも顔をしかめ頷く。しかし、本当のリーダーが不在の上に、内部に裏切り者の可能性を抱えた十三騎士たちはばらばらだった。

第七章　アルミホイル売り込みます

いろいろ大変だった王子さまの誕生会が終わり、私たちはルヴェンドへと戻ってきていた。

誕生会の間は、私たちの通う学校ルーヴ・ロゼはお休みだったんだけど、今日から再開している。私は登校の折にあらためて、ソフィアちゃんたちにお礼を言った。

「みんな助けに来てくれてありがとうね」

「そんなの当たり前だろ……」

いの一番に助けに来てくれたらしいリンクスくんは、照れながらもそう言ってくれた。

ソフィアちゃんとミントくんも無難に受け答えしてくれる。二人はあのときの顔を隠していた魔族の仲間と誤解されてた奴が、私だと気づいてくれていた。

「クリュートくんもありがとうね」

クリュートくんにもお礼を言っておく。

「僕は魔族に襲われた市民たちを助けに行ったんです。勘違いしないでくださいよね」

なるほど～。

「それも偉いね！」

市民を守ろうとするなんて貴族として立派なことだと思う。クリュートくん偉い。

「っ……」

褒めると、クリュートくんは拗《す》ねたようにそっぽを向いた。

「スリゼルくんもありがとう～」

「エトワさまの護衛として当然のことをしたまでです」

スリゼルくんはいつもの調子に戻っていた。

あのときのハチとのやり取りについては聞けてない。そもそも私が聞いていいことなんだろうか、踏み込んでいいものか悩む。スリゼルくんは表面的には私によく接してくれてるけど、それ以上私が近づくことを拒絶している感じがある。とても難しい。

学校を終えて、家に帰ると、ロールベンツさんが来ていた。

「アルミホイルの売れ行きなのですが、正直言いますとそこそこといった感じです。ちょこちょこ売れてはいるのですが、買うお客さんも綺麗だったり物珍しいからといった感じです。やはり新しいものだけあって、便利さが伝わってないのでしょう……」

「なるほど～」

とっても便利なアルミホイルさんだけど、この世界では新参者《しんざんもの》だ。私のもといた世界ではありふれたものだったけど、この世界の人にとってはよくわからないアイテムのひとつなのだろう。

「そういえば販売しているお店ってどれも結構な高級店な気がするんですけど、冒険者ショップなんかで売ったりはしないんですか？　アルミホイルの本領はアウトドアだと思うんですけど」

ロールベンツさんはいくつかのお店を所有してるんだけど、アルミホイルの売り上げの資料で出されたのは、どこも高級住宅地にあるお店だった――貴族御用達《ごようたし》といった感じの。

「確かにアルミホイルの本領が発揮されるのは冒険者によるアウトドア用途です。ですが、もっと広く売れる商品にしていきたいと私は思っています。こういうものは貴族の方々が使っているものを、市民や冒険者が使い出すというのはよく起こるのですが、下層の人間のものだと認知されると上流階級の間には広まりにくくなってしまうのですよ。『上流から下流へ』が基本なのです」

なるほど～、そういうところまで考えてくれてたんだ。

「ロールベンツさんの本業じゃないのに、いろいろと考えてくださってありがとうございます」

「いえいえ、お嬢さまの発明したこの商品を売り出すのが、クロスウェルさまから授かった私の使命ですから。それに私もエトワ商会の一員です。何かありましたらすぐに相談してください。とりあえずアルミホイルはじわじわ気長に認知度があがるのを待ちましょう」

私の発明ではないんだけどね。

今や頼れるアドバイザーとなったロールベンツさん。私はその『上流から下流へ』という言葉で、ふと思いついた。

あれ、それなら思いっきり『上流』から流せばいいんじゃないだろうか？

「それなんですけど、ちょっとやってみたいことがあるので、数日いただいていいでしょうか？」

「は、はぁ。もちろん構いませんが」

よし、ロールベンツさんもがんばってくれてるし、私もがんばるぞー。

休日を挟んでの月曜日。桜貴会《おうきかい》の館。

私はパイシェン先輩に土下座を決めていた。

「お願いしまぁす！　パイシェン先輩のうちの料理長さんと会わせてください！」

「またエトワさんが変なことしてる」

「エトワさんが変なのはいつものことよ」

「じゃあ、エトワさんがいつものことをしてる」

　下級生の子が何か言ってるけど気にしない。

「はぁ⁉　ちょっと、いきなりどういうことよ。ちゃんと説明しなさい。あとそれはやめなさい」

　そう言われて私は土下座を解くと、バッグから銀色のぐるぐるを取り出した。

「なんですか、それ」

「銀の筒？　でもちょっと銀とは輝きが違うような」

　貴族の子たちが、それを見て首をかしげる。ふっふっふ……

「これはうちで今売ろうとしている商品。アルミホイルです。この商品の売り込みをさせていただきたいんです！」

「売ろうとしている？」

「あるみほいる？」

「そういえば商会を立ち上げられたんでしたね、ちょっと噂になってました」

「まじかー、エトワ」

パイシェン先輩の補佐を目指しているプルーナさんが補足してくれる。犬歯のカサツグくんはそれを聞いてびっくりしていた。

「そんなもの何に使うんですか？　美術品にしてはシンプルすぎますし」

料理をしない貴族の子たちには、アルミホイルを見てもぴんとこないようだった。いや、この世界だと料理をしていても、わかりにくいと思うけど。

「いえいえ、料理に使うものなんです」

そう説明するとパイシェン先輩が、アルミホイルをじっと見て、腕を組んで、首をかしげて、真剣な表情でぽつりと尋ねた。

「もしかして食べられるの？」

ぷぷっ。さすがにありえない勘違いに、私は笑いそうになり慌てて口元を押さえる。

他の桜貴会のみんなもさすがにそれはないだろうという顔をしていた。

さすがに答えを外してしまったことに気づいたのか、パイシェン先輩は頬を赤くする。

なんか可愛い。

「そ、それはちょっと、違いますね、はい、ぷぷくぅっ」

冷静に、あくまで冷静に否定しようとしたら、最後笑いが漏れてしまった。

「こっちは話を聞いてあげてるのよ！　失礼でしょ！」

失格

「あい、ごめんなさい」

案の定、げんこつをいただいてしまった。できたタンコブを押さえ、私は素直に謝る。

「とりあえず使い道はいろいろあるんですけど、料理をする人じゃないとピンとこないと思うので、お上の方々は便利なものだよーということだけ押さえていただければと」

「……なんか引っかかる言い方ね」

パイシェン先輩への説明を放棄した私の説明に、先輩は不満を漏らす。

でも、卵焼きすら作ったことがないお嬢さまである先輩には、いかんとも説明しがたいのだ。

「でもわかったわ。うちの家御用達《ごようたし》ってことにして宣伝に使いたいのね」

ただ社交の達人だけあって、私のやりたいことはすぐに見抜かれてしまった。

「はい……なんとかお願いできませんでしょうか……」

ニンフィーユ家はこの国でもっとも貴族らしい貴族と呼ばれている。貴族たちから平民まで、その影響力は絶大だ。ニンフィーユ家が取り上げた物は、あっという間にこの国で流行りになる。

先輩とのコネを利用するようで申し訳ない。いや、実際利用してるんだけど、私も職員さんを抱える身、綺麗ごとばっかりも言ってられない！

「別にそれぐらいいいわよ。ただ、あんた私の家に恨みを買ってるの忘れてない？」

あっ……そういえばそうだった……

パイシェン先輩と仲良し過ぎて忘れてた。

「まあルイシェン兄さまの件で恨んでるのはお祖母《ばあ》さまやその周辺の人間だけで、お父さまや使用人たちは別にそうでもないから、うまく接触しないように手配してあげる」

「ありがとうございます！」

そういうわけで、日曜日にパイシェン先輩の家にお邪魔することになった。


次の日曜日、私はパイシェン先輩のお家にやってきていた。

「おぉー、すごーいひろーい、おかねもちー」

私はお屋敷の庭を見て、感嘆《かんたん》の声をあげる。

「大げさね、あんたの家だって似たようなものでしょ」

「いや、でもなんか、すごくお金持ちなんだなって感じがしますよ、見栄えがするっていうか」

シルフィール家の庭も広いし、立派な調度品が置いてあるけど、なんだろう、ニンフィーユ家の庭を見たあとだと、いささか無骨《ぶこつ》に感じてしまう。色とりどりの花が隙間なく咲き誇る花壇、芸術的な流れを描く人の手が加えられた小川、人の目を惹く豪奢な噴水、すべてが華美で絢爛《けんらん》でいて、まったく下品な印象を与えない。同じ貴族でも家系ごとに傾向があることがよくわかる。

ソフィアちゃんたちがここに住んだら遊んでるうちにいろんなものを倒壊させてしまうだろう。

「まあ野蛮《やばん》な風の一族にはこの庭は真似できないでしょうね。屋敷は貴族の権勢を証明するもっとも基本的なものよ。美しく造るのにも維持するのにもセンスが必要だわ。この庭こそ、水の一族にふさわしい庭かしら。本邸はもっとすごいんだけどね」

なんだかんだ私の反応に先輩もまんざらでもないのか、そのままお庭を少し見学させてくれた。ただあんまり自由にしてられない。このお屋敷では私はお尋ね者なのである。

「ここらへんは使用人たちが使う裏道よ。こういう場所にはお祖母《ばあ》さまは間違っても来ないわ。お父さまも今日は仕事が忙しいし、ずっと書斎《しょさい》にいるはずよ」

「ご面倒をおかけします」

私はあらためてパイシェン先輩に頭を下げる。裏道と言ってたけど、落ち葉ひとつないとても綺麗な道だった。途中、使用人の人たちがパイシェン先輩に深々と頭を下げる。それを悠然《ゆうぜん》と受け止めるパイシェン先輩は、本物のお嬢さまって感じだ。

「そういえばパイシェン先輩たちは、ご家族と一緒に住んでるんですね」

　貴族はたくさん家を持っている。領地に、王都に、学校近くに、いろんな場所にないと不便だから。それだけ家があるってことは、貴族の人はいろんな場所に行かなきゃいけないということだ。

　だから私たちシルフィール家の場合、ほぼ子供たちだけでこのルヴェンドの別邸に住んでいる。でも、パイシェン先輩の場合、お父さまもお祖母《ばあ》さまもこの別邸に住んでるようだった。

「そうね、あんたたちの一族と違って遠征して国境外の魔物や魔族を退治してまわったりなんてことはしないから、基本的には利便性の高いこの別邸にいるわ」

　お父さまたちそんなことしてたのか……。それに加えて、王族の警護なんかも引き受けてるわけだから、忙しいわけだ……

　裏口からお邪魔して料理長さんと会うことができた。早速持ってきたアルミホイルを見せる。

「ほお、紙のように薄く柔軟《じゅうなん》な金属のシートですか」

　料理長さんは髭の似合うダンディなおじさんだった。名前はマークスさんというらしい。

アルミホイルを見せた反応はなかなかいい感じ。興味を惹かれた様子で広げて見ている。

「ふむふむ、確かに金属でできているようですね。それでいて手で形を変えられるほどに柔らかい。これは驚きだ」

実際に触ってみて、驚いているようだった。次は実際に使ってもらおう。

まずは便利なシートとしての使い方。ちょうどお菓子を焼く準備をしていたようなので、下敷きに使ってもらう。

こびりつかないようにちゃんと油を塗って、そのお菓子を置いて、オーブンへ投入！

「薄いのに火への耐性があるのですか」

「はい、さすがに炎の攻撃魔法なんかには耐えられないと思いますけど、調理用程度の火ならおおむね耐えてくれると思います」

続いては、遠足で使ったときのようにグラタンに。

「こんな風に火が直接当たるのを防ぐことができるので、焦がしたくない部分を覆って火加減を調整することができます。加工も簡単です。はさみで切ることもできます」

「ほぉっ！」

私は実際にアルミホイルをはさみでちょきちょき切って見せた。

最後は代表的な使い方のひとつホイル焼き。魚を二尾もらって、塩コショウで味付けして、バターと香草をちょこっと添えて、シンプルに包んで火にかける。

それからしばらく、銀色の紙を開くと、ホイル焼きの完成だ。

「なるほど、蒸し焼きのようになっていますね。うちで出す料理としてはシンプル過ぎますが、素材だけ焼くときに使って、ソースなどであとから味を加えるなら活用できそうです」

「あとこうして包んでおけば、ある程度なら保温もできます」

「なるほど、そんな用途も！　これは便利ですね」

「よくわからないけれど、すごいものなの？」

パイシェン先輩は料理もアルミホイルもあんまり興味ないだろうに、調理場に残って、私たちのことをじっと待っていてくれた。

「ええ、正直驚きました。調理道具としてはかなり革命的かもしれません」

料理長さんの好感触に心躍らせていたら、調理場の扉が開いた。

「マークス、今度の晩餐《ばんさん》で出すメニューについて話し合いたいのだが」

銀縁のメガネをかけた男性が入ってきた。それを見たパイシェン先輩がまずいという顔をする。男性の髪は先輩と同じ水の色だった。もしかしてこの人は……

「パイシェン、帰っていたのか。調理場にいるとは珍しい。ん、その子供は……」

入ってすぐにその瞳が私を捉える。

「お、お父さま……」

やっぱりパイシェン先輩とルイシェン先輩のお父さまだ。つまりニンフィーユ家の当主その人である。年齢はお父さまよりちょっとだけ上ぐらいだろうか。その目元はあのルイシェン先輩にどことなく似ていた。ただそこにはこれまで苦労してきたような落ち着きが宿っていた。ウンディーネの御方《おんかた》たちに振り回されてきたからだろうか。その視線が、私の額の紋様《もんよう》にすぐ気づく。

「シルフィール家の失格の子か」

「私の友達のエトワです」

緊張した表情のパイシェン先輩が、その言葉を訂正するようにお父さまにそう言った。失格の子と言われてもあんまり気にしてないんだけど、ちょっと嬉しくなる。

「そうか、それでその友達がこんなところに何の用が?」

「エトワは商才に優れていて、この歳で商会を立ち上げ、新商品を開発したんです。今日はその新商品を料理長と私に見せに来てくれました」

私もパイシェン先輩に守られてばかりではいられない。

「えっと、エトワです。お初にお目にかかります。これが新商品のアルミホイルです」

頭を下げてから、ばんっと、銀色の金属の紙を広げてみせる。

……うん、広げて見せただけ。

広げられた銀色の紙を、メガネの奥から見たあと、先輩のお父さまは料理長さんに尋ねる。

「どんなものだ？」

「はい、薄くて柔軟《じゅうなん》な、燃えにくい料理用の金属のシートです」

「ほう、それで有用なものなのか」

「正直言いますと、うちのような設備の整った調理場では、そこまで多くの使い道はありません……便利ではありますが。ただ、設備の整ってない平民の家庭、さらには外で調理を行う冒険者などにとっては、とても大きな革命を起こす道具かもしれません」

そう、アルミホイルの本領はアウトドアや、普通のご家庭で発揮されるのだ。

そこが大きな不安要素でもあったんだけど……

料理長の話を聞いてパイシェン先輩のお父さまは「ふむ」と頷き、しばらく沈黙したあと。

「わかった。そのアルミホイルというもの、我が家の調理場でも導入し、ニンフィーユ家御用達《ごようたし》を名乗る許可を与えよう。そのためにうちに来たのだろう」

私の狙いをあっさりと見抜き、しかも許可までもらえてしまった。

「ほ、本当ですか？　お父さま」

「ありがとうございます！」

私は深々とお辞儀する。

「料理のことはまったくわからないが、高い金を払って雇っているマークスのことは信用している。そのアルミホイルというものが、下層へいくごとに革命的な成果をあげられるなら、ニンフィーユ家の名声をさらに高める効果も期待できるだろう。エトワと言ったか、風の一族たちとは気が合わないが、才能があり我が家に有用である限りは、お前とパイシェンの付き合いも認めよう」

ついでに友達付き合いも認められた。

これにはパイシェン先輩のほうが嬉しい顔をしてくれた。だから私も嬉しい。

「は、はい！　でも、お祖母《ばあ》さまたちは大丈夫ですか……？」

そうだった。お祖母《ばあ》さまの問題があるんだった。

「それについてなら心配ない。そもそもルイシェンの失脚《しっきゃく》の引き金になった失格の子に敵意を燃やしているだけで、名前すら知らない状態だ」

ええっ⁉　ああ……、でもそういえば、このお父さまも失格の子って言ってた。じゃあ、エトワやエトワ商会って名前を聞いても、失格の子とは結びつかないのか。

じゃあ額の印さえ見られなければ、結構やりたい放題だった？

「まあ名前なんて覚えて、貴族落ちの平民に執着してるなんて話になったら、それこそニンフィーユ家の名折《なお》れだなんて考えてるのかもしれないわね」

「ルイシェンは魔法の才能に優れていたが、その分、周りが甘やかしすぎていた。貴族として権勢を広げていくには、時に平民相手とも握手を交わすほど、したたかでなければならない」

ウンディーネ家の人たちと、何度も絶縁状を叩きつけながらも、付き合い続けている人が言うと、えも言われぬ説得力があった。

「はい、エトワは少し……な部分もありますが、お父さまの期待に沿える価値のある人間です」

「そうか、期待しているぞ」

そう言うと、パイシェン先輩のお父さまは料理長さんとの用事を済ませ去っていった。

「よかったわね、お父さまが味方についてくれるなら心強いわよ」

「はい」

図らずもパイシェン先輩との友達関係も、親公認ということになった。これが一番嬉しいかもしれない。私は大きな成果を携えて、シルフィール家の屋敷に帰ってくることができた。

「ただいま～」

玄関を開けると、リンクスくんがこちらに向かって歩いてきた。

「どこに行ってたんだよ」

「ちょっとニンフィーユ家のお屋敷まで」

「はあ？　なんでそんなとこに行ったんだよ！　大丈夫だったか？　嫌がらせとかなかったか？」

「料理長さんにアルミホイルの宣伝に行かせてもらっただけだよ。パイシェン先輩もいたし。会った人はみんな紳士的に対応してくれたよ？」

「本当かあ？」

「本当だよ～」

心配しすぎのリンクスくん。私は手のひらをひらひらさせてなだめる。

もう夕飯の時間だったので、一緒にダイニングに移動する。晩御飯のときソフィアちゃんにも同じことを聞かれたので、予想以上にうまくいったことを話すと、うちの料理長さんから尋ねられる。

「エトワさま、うちは宣伝に使っていいただけないのですか？　私たちもアルミホイルを使わせていただいてるのですが」

あっ、そういえばうちもニンフィーユ家に負けない大貴族だった。身近過ぎて、宣伝に使うって発想が浮かんでこなかった。

「でも、名前を使うならお父さまの許可が必要だよね〜」

「エトワさまがお手紙を書けばすぐに取れると思いますよ」

ええ、そんな簡単にうまくいくわけ……

他に方法もないので試しに送ったら取れました。

「らっしゃーい！　へいらっしゃーい！」

学校がお休みの日、私はロールベンツさんのお店の前で、声を張り上げていた。

何をしているかって？　それはもう見ての通り……

「ホイル焼きー、ホイル焼きはいらんかねー！　手軽で美味しいホイル焼きー！」

実演販売です。お店の前に置いたグリルで、お肉をアルミホイルに包んで焼いている。

アルミホイルと一緒に、アルミホイルを使ったお料理も売ることにしたのだ。これでアルミホイルの便利さ、使いやすさをわかってもらおうというのが狙いだ。

「え、エトワさま、ここはそこそこ高級な住宅街です。もう少し、上品にやっていただけませんか……ほら、お客さんが引いてしまっています」

ロールベンツさんに耳打ちされる。

はっ、そういえば周りの奥さま方がドン引きした顔をしている。

「いらっしゃいませー。いらっしゃいませー。ホイル焼きはいかがですかー」

私が下町《したまち》の八百屋《やおや》さん風から、デパートの店員さん風に、呼び声をチェンジすると、ロールベンツさんはほっとした表情でお店に戻っていった。ご迷惑おかけしました。

「なんとこのアルミホイル、ニンフィーユ家とシルフィール家の厨房でも使われている最新の調理用具なんです。このようにホイルを切って包むだけで、こんなに簡単に蒸し焼きが。このまま保温もできますし、持ち運びもできます。とっても便利！　おひとついかがですか～？」

「まあ、ニンフィーユ家とシルフィール家で？」

「それはすごいわね」

ニンフィーユ家とシルフィール家という名前を聞くと、お客さまがすぐ食いついてきた。

「お母さま、あのホイル焼きっていうの食べてみたい～」

子連れのお母さんに、お子さんがホイル焼きを食べたいとおねだりする。

「だめよ。食べ歩きなんて下品だわ」

「えぇー？　食べたい～」

だめと言うお母さんに、子供がぐずる。大丈夫、そこらへんもばっちり対策済みだ。

「それでしたら、あちらで座って食べていただけます」

お店の一角は、椅子やテーブルが並べられ、フードコートみたいになっていた。棚や商品をどけて、スペースを確保してくれたのだ。ロールベンツさんに感謝だ。

「まあ、それなら……。ひとついただけるかしら」

「はい、千五百リシスになります」

試食みたいな形にして、最初はお金をもらわないようにしようと思っていたのだけど、きちんと取ることにした。そうしないと、富裕層の人たちは逆に信用してくれないと、ロールベンツさんがアドバイスしてくれたのだ。その分、お肉はいい素材を使ってます！

「ありゃっしゃぁーせぇ！」

お金と交換にホイル焼きを渡すと、お母さんは子供と一緒に、テーブルに移動していく。

「どうやって食べたらいいのかしら」

「こうして開いて、あとはフォークを使って食べてください！」

待機していた店員さんが、ホイル焼きの食べ方を教える。

銀色のホイルを開くと、アツアツのお肉が出てきた。早速子供がフォークで一切れ口に入れる。

「おいしい～」

塩と香草をちょびっとのシンプルな味付けだけど、好評みたいだ。

その様子を見て、他のお客さんにも、アルミホイルの良さが少し伝わる。

「あら、便利そうね」

「あのニンフィーユ家でも使われているのでしょ？　ひとつ買ってみようかしら」

ホイル焼きを買ってみる人、アルミホイルを買う人、だんだんお客さんが増えていく。

「お買い上げありがとうございます」

「三点で一万二千リシスになります」

「ありがとうございます～！　ありがとうございます～！」

お店の棚に置いてあったアルミホイルがどんどん売れていく。

午後からは口コミで、お客さんがすごい勢いで増えていった。

「これこれ、これよ。シルフィール家やニンフィーユ家で使われている新しい調理用具だそうよ」

「まあ、すごいわ。ぜひ買ってみましょう。五個いただけるかしら」

「私は十個買うわ」

やっぱり、大貴族のネームバリューはすごい。このお店は、商家のお金持ちさんが集まる地域にあるんだけど、貴族への憧れがすごいのか、飛ぶように売れていく。

それから四時になるのを待たずに、用意していたアルミホイルが売り切れてしまった。

「あら、噂になってたから来たのにもうないの？」

「申し訳ございません。すぐに製造元のエトワ商会に注文いたします。ご予約されますか？」

「お願いするわ」

「私もよ」

買えなかった奥さま方も予約してくれて、その日の販売は終えた。

後日もらった報告によると、ロールベンツさんの他のお店でも同じことをしていたけど、そこでも午後からの売れ行きはすごかったらしい。

数日後、お屋敷にやってきたロールベンツさんが私に言う。

「エトワさま！　ものすごい売れ行きです！　大ヒットです！　大ヒット！　噂を聞きつけて、他の商会からもアルミホイルを注文できないのかと問い合わせが来ています。ここはぜひ、生産を拡大しましょう。新しく魔法使いを雇って、アルミホイルをたくさん作るんです！」

「それは嬉しいですけどいいんですか？　こんなに売れてるなら、ロールベンツさんのお店で一時でも独占したほうが利益は大きいんじゃないでしょうか？」

ロールベンツさんにはアルミホイルの製造時から、ずっと協力してもらっている。そんなに売れてないうちから、お店の棚のいい場所に置いてくれてたし、しばらく独占して利益をあげてもらうのが、恩返しになるのではと思ったのだ。

「はは、そんなことも一瞬考えたのですが……」

ロールベンツさんは頭を掻いて照れ臭そうにする。

「しかし私も今やエトワ商会の一員です。ここはエトワ商会を大きくしたほうが将来の利益が大きいと思ったんですよ」

なるほど、そういうことなら。

「わかりました。ロールベンツさんが協力してくださって本当によかったです」

「私のほうこそ、お嬢さまとこのように一緒に仕事ができてよかったです」

それから街に新しく、土属性の魔法使いさんたちを募集する広告を出した。

職にあぶれている土属性の魔法使いの人たちはたくさんいたらしく、求人にぞろぞろと人が集まってきた。風属性の魔法使いの人もお父さまのコネクションで雇う。三十人ほどを雇って、もといた人たちをふたつに分けて、半分を教育係、半分はそのままアルミホイルを生産してもらった。

生産量は一時的に落ちたけど、それも品薄という宣伝効果を生んで、生産量のほうもやがて回復して、今までよりたくさん作れるようになった。

それからどんどん雇ってる魔法使いさんたちが増えていき、エトワ商会はどんどん大きくなり、アルミホイルも富裕層のご家庭にどんどん普及していった。その間に、ロールベンツさんのゴールデン＆スマイリー商会を吸収合併することになったり、他にもいくつかの商会とも合併することになって幹部の人が増えたけど、アルミホイルとはあんまり関係ないので置いておく。

そして……

「エトワさま、来ました。冒険者ギルドからの直接の依頼です。アルミホイルという商品が、冒険に大変有用そうなので、冒険者用の店にもぜひ卸《おろ》してほしいということです」

ついに流れが狙っていた冒険者層、市民層までたどり着いた。

「エトワさま、ようやくここまで来ましたね」

「はい！」

市民や冒険者層に卸《おろ》すということは、商売としてデメリットも生まれてしまう。一番大きいのが売値の低下だろうか。高級品として販売されてたころより、販売価格は下げなければいけない。

ひとつ当たりの利益は下がる。でも、エトワ商会の目的は儲けることじゃない。この便利なアルミホイルを、この世界のご家庭にひとつでも多く普及させること。

「やりましょう！　ロールベンツさん！」

「はい、エトワお嬢さま！」

私たちは即断で、冒険者ギルドからの要請を受けることに決めた。


今日は何もすることがないのでベッドでごろごろしてるとドアをノックする音が聞こえた。

「はいはーい」

ソフィアちゃんかな、リンクスくんかな、それともミントくんかな、と思って返事すると、扉の向こうから侍女さんの声がした。

「エトワさま、ロールベンツさんからお届け物が届きました」

ロールベンツさんから？　一体なんだろう。ご褒美のアルミホイル一年分だったりして。

そう思っていると、侍女さんが台車をガラガラと鳴らして、何かを運んできた。

それに載っているものを見て、私はびっくりする。

「ぬ、ぬわぁっ!?」

それはお金だった。札束の山。台車いっぱいにお札が盛られている。

い、一体、何リシスあるのだろう……。まったく想像がつかない。

「『特許料や会長としての報酬をお支払いしたかったのですが、銀行に口座がなかったので全額とはいきませんが、用意できる限りを送らせていただきました』だそうです」

いや、何もそこまで無理して送らなくても……。でもお父さまのことを相当怖がっていたし、がんばって送ってしまったのかもしれない。一言相談してくれればよかったのに。

しかし、ブツはすでに送られてきてしまった。台車いっぱいの札束の前で立ち尽くす。

「どうしたらいいんでしょうね……これ……」

「エトワさまの仕事への正当な報酬なのでご自由に使われてよいと思います」

「いえいえ使い道じゃなくて……そもそもこんなお金どこに置いたらいいのやらと……」

この量はタンス預金じゃ無理だ。お気に入りの洋服をどけないと、タンスに入りきらない。そもそもこんなお金が部屋にあったら、落ち着かなくて嫌だ。

「それでしたら金庫でも用意しましょうか」

「いや部屋に金庫がある生活もちょっと……」

そんなものが部屋に置いてあったら、ミステリー事件の被害者になってしまう可能性が高い。いきなりハンマーで頭をかち割られるのだ。そして最期の力で床にダイイングメッセージを残す。

ハンニンハ……オマエダ……

「それでしたら、銀行に口座を作られるのが良いのではないでしょうか。といっても、まだ未成年なので、クロスウェルさまに連絡してみますね」

「はい、お願いします」

どうにかこの札束を部屋に置かなくても良さそうだとホッとする。

侍女さんが出ていったあと、私は大金が載った台車と一緒に部屋に取り残される。

しかし、すごい量のお金だ。お金持ちに憧れたことだってあるけど、いざ目の前にすると、お金ってかさばるんだなぁって感想しか浮かんでこない。

よく考えると、お父さまがこっちに来るまではお金もそのままなんだよね。

ということは、この大金をどうしたらいいのかっていう悩みは継続中なのである。

「う〜ん」

札束と睨み合って考えること二十分。私の頭にひとつのアイディアがひらめいた。

「あら、エトワさまどこに行かれるのですか？」

お金の載った台車をがらがらと引いて移動する私に、使用人さんたちが首をかしげた。

私は答える。

「ちょっと浴室まで」

公爵家のお風呂はいつもピカピカだ。

浴槽《よくそう》や壁は白くてつるつる。飾りの金細工はいつも輝いている。ただし、この時間お湯は入ってない。お願いすればお湯を入れてもらえるけど、無駄遣いになるから夜しか沸かさないのだ。

だけど私は浴槽《よくそう》に体を沈めていた。

「ふわ〜」

特に気持ちよくもないけど、そんな声も出してみる。雰囲気づくりのためだ。

そんな私を、ソフィアちゃんが珍しく顔をしかめて見ていた。

「エトワさま、下品です」

その口からは、私への批判意見が放たれる。

ソフィアちゃんとは一緒にお風呂に入ることもある。でも、それは夜の話で、変な時間にお風呂に向かった私を不審に思い、やってきたのだろう。私に対して非難の視線を向けるソフィアちゃん、その視線の先には札束をいっぱいに注ぎ入れた風呂に浸かっている私がいた。

そうあれをやってしまったのだ。よくうさんくさい広告に載ってるアレ！

連続連勝!!　ギャンブルの王さまに!!　ルヴェンド在住　エ○ワさん（八歳）学生

八年間冴えない人生を送ってきた私が、この縦持ち横向き像を買った途端、上向き上々アゲアゲになってしまいました。しかもたった二ヵ月で人生大逆転！　勤めていた会社をやめてこれからはギャンブルで身を立てていこうと思います。

「私、エトワさまにはそういうことしてほしくないです」

ソフィアちゃんが冷たい視線でこちらを見ている……こんな表情初めてみる。

う、うん、ちょっと悪ふざけしすぎたね。

当然だけど、入り心地もよくないしやめよう。ゴワゴワするし重い。うん。

「お前何やってんだよ……」

「バカ……」

リンクスくんとミントくんも同じようにやってきて、私の姿を見て呆れた視線を送る。

「ごめんよ〜、もうやめるよ〜」

私は素直に謝罪して札束の風呂から上がった。

その瞬間、ソフィアちゃんが悲鳴をあげる。

「エトワさま、なんで服を着てないんですか!?」

え、だってお風呂だし。

「このばっ……おまえっ……！　うっ……！」

リンクスくんが急に顔を真っ赤にして鼻を押さえる。その手の隙間から赤い血が流れてくる。

おおっ、大丈夫かい？　私は鼻血を出してしまったリンクスくんに近づき、首筋を叩きに行く。理由はわからないけど、鼻血にはいいらしい。

「バカっ、服を着ろ！　服！」

「エトワさま、これをっ！」

ええ、鼻血大丈夫？

「バカ……」

ミントくんからも批判を受けた。なんか思った以上の騒ぎになってしまった。

反省。

第八章　激戦！　アルミホイル頂上決戦！

魔法学校セイフォールは、国内で唯一、ルーヴ・ロゼと並ぶ魔法学校だ。

いや並ぶというのは言い過ぎかもしれない。設備も所属する魔法使いの実力も、やはりこの国で最大の権力をもつ貴族たちが所属するルーヴ・ロゼのほうが圧倒する。でも、ルーヴ・ロゼに対抗できる学校をあげるとすれば、セイフォールの名しか人々の口からは出てこないだろう。

十三騎士にもこの学校の出身者が多い。近年も、ディナという優秀な魔法使いを輩出《はいしゅつ》した。

この学校には生徒のための大規模な寮が用意されていた。

その寮の一室に、アルフォンスの部屋がある。セイフォールの生徒では珍しい貴族の学生。しかし、彼の部屋は他の生徒の部屋とあまり変わりはなかった。ひとつ違うところといえば、一人だけ執事がついているということだろうか。ただこの執事も、彼の身の回りの世話をする様子はなく、彼は他の学生たちと同じように、洗濯したり、掃除をしたり、自分で生活の面倒を見ていた。

執事はアルフォンスの部屋にやってきて仕事を済ませると、しばらく姿を消し、また時間が経つとやってくる。今日、アルフォンスの部屋には執事の姿があった。アルフォンスは自分で淹《い》れたお茶を飲みながら執事と話す。平凡な印象の彼であるが、その仕草には、かろうじて貴族っぽさが感じられた。

「ゼールゲイ、頼んでいた土の魔法使いたちの用意はしてくれたかい？」

長銃に必要なライフリング構造。それを作るためには魔法使いの力が必要だった。腕が立つ必要はないが、基礎レベルの力はもっていてもらわないといけない。

まあ、その程度のレベルの魔法使いを集めるのはそう難しいことではない。計画は何の心配もない。順調だ。だからアルフォンスが彼の執事、ゼールゲイに聞いたのは確認のため――だったはずなのだが。

ゼールゲイは厳しい表情で、アルフォンスに返答する。

「それが……お坊ちゃま。きわめて難航《なんこう》しております。申し訳ありません」

「はぁ？　土属性の魔法使いなら巷《ちまた》に溢れているはずだろ。職にあぶれて、野良犬のように餌を求めてうろついている。二束三文でも渡せば、いくらでも集まるはずだ」

「それがですね、数ヵ月ほど前から、土属性の魔法使いを大量に雇い始めた商会があるのです。賃金も良く、現状、職にあぶれていた魔法使いたちの大半がその商会のもとで働いています」

「なんだとっ⁉　なんなんだその商会は！」

「エトワ商会というそうです。なんでもキッチン用品を作っている商会なのだとか……」

＊＊＊

お父さまが急にルヴェンドの別邸にやってきた。

いや、別にわるいとかそういう話じゃないんだけどね。そもそもこの家はお父さまの持ち物で、私は居候《いそうろう》させてもらってる身ですから。でもしばらく滞在する予定なんて聞いてなかったので、夜遅くにいきなり来たのはびっくりしました。

その次の朝。

「銀行に行こう」

いきなりそんなことを言われて、侍女さんたちがなぜかはりきってお出かけの準備を始めて、私も着せ替え人形にされて……一時間後、馬子《まご》にも衣装でそこそこお嬢さま風になった私がいた。

着替えが終わると、お出かけバッグを持たされ、玄関に放り出される。

そこにはもうお父さまが待っていた。いい感じに枯《か》れた美形の顔に、灰色のコート姿がとてもよく似合っている。前世で知り合いだったおじさん好きの同級生が見たら失神してしまいそうだ。

……というか、公爵家のご当主を一時間も待たせて大丈夫だったのだろうか。

「遅くなってすみません」

私はわるくねー！　でも謝ってみる。

「いや気にしなくていい。行こう」

そう言ってお父さまは歩き出した。

私がちょっと出遅れると、少し足を止め、追いつくと歩調を緩めて歩き出す。

一緒に歩いていると、通行人がちらっとお父さまの顔を見て、驚いた顔をして、頭を下げて道を譲る。公爵家の当主ともなると有名人だ。ただもとの世界のアイドルや歌手と違って、サインを求められることはない。どちらかというと畏怖《いふ》されてる感じだ。

そんなやり取りも、さすがに人通りが多くなると、気づく人が少なくなるのかなくなっていき、黙々と二人で歩くだけになる。

今、歩いているのは、役所や商会の事務所が立ち並ぶビジネス街みたいな場所だ。普段、ソフィアちゃんと行くような商店街とは全然雰囲気が違う。歩いてるのも大人ばかりだ。

ここに来るまで会話はゼロだった。

何か話したほうがいいのかなって考えたんだけど、思いついたのは天気の話題か仕事の話ぐらい。「今日はいい天気ですね」「仕事はどうですか？」あまり弾みそうにない話題だよね。

そうこうしてるうちに、目的の場所、銀行までやってくる。この国には三つの銀行があって、どれも四大公爵家や王家の後援を受けて、国中に展開している。基本、大貴族は財産を自分で管理してるけど、一部を銀行に預けたり、「個人」のお金は銀行に預けていたりする。

立派な建物の入り口、警備の人が立っている。武装していて、その迫力はなかなかのものだ。

『かなりの数の魔法使いが隠れているな』

天輝さんによるとそういうことらしい。

これじゃ一般人は寄り付きづらいけど、実際この世界で普通の人は銀行を利用することはない。大きなお金があったら街の小さな商会に預けたり、金貸しが副業でやっている資産の預かりサービスを利用したり、一番主なのはタンス預金だ。街から離れたりしないのでそれで十分なのだ。

商人でも駆け出しだと銀行は使えなかったりする。その場合は商人ギルドにお世話になる。

なので銀行を利用するのは、商人にしても貴族にしても、共通するのはお金持ちさんということになる。そんな場所、私なんかが来て大丈夫か、と不安になるけれど……

入り口を守る兵士の前に、お父さまが立った瞬間。

「こ、これはシルフィール公爵閣下！　すぐにお入りください！」

兵士の人たちはフリーパスでお父さまを招き入れた。公爵家の威光ってすごい。

その光景をぼーっと見てしまっていたら、お父さまが扉に入る直前に振り返って言った。

「エトワ、何をしている。お前も来い」

「はい」

私は小走りでお父さまのあとを追いかけた。兵士の人たちからも特に止められなかった。

銀行の中はわりと、もとの世界に近い感じだった。カウンターで仕切られていて、銀行員の人たちが応対をしている。ただ、床が大理石だったり、椅子やテーブルも装飾が施されていて、なんか高級な雰囲気だった。あとお客さんは、もとの世界より少なめかもしれない。

お父さまに引っ付いて、銀行の中へ潜入が完了した。すると、向こう側からどたどたと男の人が走ってくる。良い服を着ている銀行員の中でも、ひときわ高級そうな服を身につけてる人。

「お待たせして申し訳ありません、クロスウェルさま！ 私はこの支店の新たな支店長となりましたロウグリィという者です。以後お見知りおきいただけたらと。それで今回はどのようなご用件でしょうか。私どもが最優先で対応いたしますので、なんでもお申し付けくださいさい」

お父さまは私の肩にそっと触れて言った。

「今日の客は私ではなくこの子だ。この子に口座を作ってあげてほしい」

そう言われて、支店長さんは私をまじまじと見る。その視線はやがて私の額で止まった。

「その子は、しっ……」

何か言いかけてすぐに言葉を止めて、咳払《せきばら》いをする。

「いえ、公爵家で保護されているお子さまですよね。シルフィール公爵家の慈悲深さは、私どもも聞き及んでおります。保護を受けた子も手厚く扱われ、大人になるころにはそれなりの財産を贈与されるとか。それでしたら確かに当銀行の口座があったほうが便利でしょうね。私どもとしても協力させていただきます。この子も幸せ者ですな。君、シルフィール家のおかげで将来も安泰《あんたい》なのですから感謝しなければなりませんよ」

なんかお父さまの視線の温度が、一度ぐらい下がった気がする。

この人、大丈夫だろうか……その……将来とか……

「ロウグリィと言ったか。今回預けに来た金は、この子、エトワが自らの才覚で商売を立ち上げ得たものだ。今回はまだ子供だったから私が一緒に来たが、十年いや五年また歳を重ねていれば自力でこの銀行の口座を開いていただろう。我が家は関係ない」

「そそそ、そうでしたか、申し訳ありません……」

感情が読み取りにくい声だけど、不穏な雰囲気を感じたのか、支店長さんは焦って謝る。

ちょっと気まずい雰囲気を取り繕うように、周りで見ていた女性の職員さんが私に言った。

「そ、それではエトワさま。開設のお手続きがあるのでこちらに」

「は、はーい」

別室に移動して、書類なんかを書くみたいだ。移動する間に、支店長さんがお父さまに話しかけて、ご機嫌を取ろうとしてるのが見えた。お父さまの眉間の皺を見て、なぜかわからないけど引くのも勇気という言葉が浮かんできた。

あのあと無事、銀行口座を開くことができた。

このまま家に戻るのかと思ってけど、お父さまの足は別の方向に向かっていた。

たどり着いたのは、あまり行ったことのない高級商店街だ。なぜこんな場所にと思っているると、お父さまの足はなんだか高そうなレストランの前で止まった。

「エトワ、お腹は減ってないか？」

「えっと、あ、はい。少し」

そういえばもう昼時だった。あらためて意識してみると、ちょっとお腹が空いている。

「何か食べたいものはあるか？　あれば探してみるが」

レストランの前で足を止めながら、食べたいものを聞かれても……

と、思いながら、特に食べたいものがあるわけでもないし、特に不満があるわけでもなかった。

「えっと、こういうお店で一度食べてみたかったのでここがいいです」

「そうか、ではここにしよう」

そう答えると、お父さまは中に入っていった。私もあとに続く。

ウェイターさんがお父さまの顔を見て、驚いた顔をする。

「こ、公爵閣下。すぐにふさわしい席をご用意するのでお待ちください」

「いや、普通の席でいい」

「で、ですが……」

「この子もお腹を空かせている。案内してくれ」

公爵家当主の飛び入りに戸惑うウェイターさんをごり押しして、普通の席に座った。

二人してメニューを見る。そういえばこうしてお出かけして食事したのは初めてだ。

「好きなものを頼むといい」

「はい」

そう言われて私はハンバーグと果実のジュースを、お父さまはサラダだけを頼んだ。

あんまり食欲ないのだろうか。ということは私のために店に入ってくれたんだよね。

料理がやってきて二人で一緒に食べ始める。

「美味しいか」

「はい、とても」

高級な店だけあって、とても美味しかった。柔らかく、肉汁がじゅーしぃー。ソースもよく合っている。お父さまは相変わらず、私の食べてる様子をじっと見るがあまりしゃべらない。私のほうも何を話していいのかわからなくて、会話は弾まない。

「今日はいい天気だったな」

「はい」

「学校はどうだ？」

「楽しいです」

でも、私たちのペースで少しずつ会話して、気まずさみたいなのは取れてきた。

会話の間の静かな時間も心地良くなってきた。お父さまもそう感じてくれてたらいいのだけど。

そうして私の銀行の口座を作り終え、お父さまはまた別邸から旅立っていった。

本当に口座を作るためだけに来たんだろうか……

しばらく平穏な日常を過ごしていたある日、ロールベンツさんが我が家に駆け込んできた。

「エトワさま！　大変です!!」

「どうしたんですか？　そんなに慌てて」

もともと慌ただしい性格だった気はするけど、その焦りようは尋常《じんじょう》ではない。

「引き抜きです！　私たちの雇っていた魔法使いたちが別の商会に引き抜かれています！」

＊＊＊

アルフォンスは魔法学校セイフォールがある街の、ごく普通のレストランにいた。

テーブルの向かい側には、こけた頬の不健康そうな青年がいる。しかし、病弱そうでありながら、その整った容貌は、人を魅了する美しさがある。

青年はアルフォンスの兄であり、現グノーム公爵家当主のラハールだ。

常日頃から疲れた表情でいることが多い彼だが、今日はその顔に穏やかな笑みが浮かんでいる。

「アルフォンス、学校はうまくいってるのか？」

「兄さん、それ一ヵ月前も聞いたよね。心配しすぎだよ。友達もいるし、こう見えても成績だっていいほうなんだよ」

笑顔の理由は弟のアルフォンスと会っているからだ。彼は弟のことを大切に思っていた。

「そういえばニンフィーユ家の子が転校してきたはずだけど友達になれたかい？」

話題に出たのはあのルイシェンのことだった。ルイシェンはアルフォンスの通う魔法学校セイフォールに転校させられたのだ。アルフォンスは眉間に皺を寄せて悩む仕草を見せる。

「う～ん、プライドの高そうな子だったから、話しかけにくいんだよね。僕は話したことないかな。でもクラスメイトで思いっきり絡みにいってる奴もいるよ。邪険《じゃけん》にされてるけど」

「貴族同士だからお前も仲良くすればいいのに……」

「僕って学校じゃあんまり貴族って思われてないんだよね。ほら、容姿も振舞いも平民っぽいし。だからあっちも気づいてないんじゃないかな。こっちが公爵家の息子だって知ったら緊張されそうだし、そういう付き合いは苦手だから、今のままでいいかな」

「確かにアルフォンスはそういうところがあるな」

あまり貴族っぽくないアルフォンスの答えに、ラハールはくすくすと笑う。どこか戯《おど》けた人懐っこい仕草は、貴族同士の付き合いで疲れたラハールの心に安らぎを与えていた。ラハールはこの歳の離れた弟に定期的に会いに来ていた。弟の平穏な日常を乱さないようお忍びで。

「そういえばドヴェルグ商会を動かしてたようだけど、何かあったのかい？」

思い出したようにラハールがアルフォンスに尋ねる。ドヴェルグ商会とはグノーム家が直接運営する商会のことだった。その規模は当然、国内でも最大級である。

この商会の管理を任されているのは、当主のラハールではなくアルフォンスだった。

グノーム家がもつ様々な権力や資産は、一族という単位で管理されている。ラハールはグノーム公爵家の当主ではあるが、その全権を委任《いにん》されているわけではなかった。

グノーム家を実質的に支配している長老会や歴代当主たちは、その権力を未だに自分の手元に置いたままにしている。ラハール一人に任せるのはまだ負担が大きいだろうという理由を使って。

「ああ、それね。ずっと前から土属性の魔法使いたちが職にあぶれているって話があったでしょ。かわいそうだからどうにかしてあげたくて、今いろいろ試してるところなんだ。何か成果が出たら兄さんにも報告するよ」

「アルフォンスは優しいな」

ラハールの表情はアルフォンスを信頼しきっていた。

アルフォンスは胸をドンと叩いて、兄に微笑《ほほえ》みを返す。

「ドヴェルグ商会のことは僕に任せて大丈夫だから、兄さんは当主の仕事に専念してよ。あんまりいろいろと背負い込みすぎると倒れちゃうよ。唯一の兄弟なんだから信頼してほしいな」

「ああ、信頼してないわけじゃないんだ。ただ、ちょっと心配になっただけなんだ」

「それが信頼してないって言うんだよぉ」

頬を膨らませ拗《す》ねてみせるアルフォンスに、ラハールは困った顔で苦笑して「ごめんごめん」と謝った。ラハールはアルフォンスの頭を撫でて優しく話す。

「アルフォンス、私は当主として必ず、グノーム家を人々に胸を張って誇れるような家にしてみせるよ。待っててくれ」

「うん、兄さんなら必ずできるよ。でも一人で無理ばっかりしちゃだめだよ。困ったことがあったら僕にも手伝わせてね」

「ああ、わかってる」

アルフォンスとラハールは顔を合わせて笑う、それから時計を見て席を立った。

「すまないな、あんまり時間が取れなくて」

「ううん、いつも来てくれてありがとう」

ラハールは名残《なごり》惜しそうにしながら、最後にアルフォンスの頭をぽんぽんと優しく叩くと、彼のもとから去っていく。アルフォンスは兄の姿が消えるまで、その背中に手を振っていた。

兄の姿が見えなくなると、アルフォンスは人通りのない裏路地を目指し、兄といたときとはまったく違う酷薄《こくはく》な笑みを浮かべて、彼の執事を呼ぶ。

「ゼールゲイいるかい？」

「はい、お坊ちゃま」

「引き抜きの件はうまくいってるかい？」

兄のラハールはアルフォンスが任せられたのはドヴェルグ商会の運営だけだと思っているが、実際のところ、それはほんの一部に過ぎなかった。

グノーム家が持っている後ろ暗い繋がり。王族に牙をむこうとする反体制組織、平民社会に隠れて暮らす魔族ハーフたち、暗殺や誘拐などを請け負う組織とのコネクションまで、グノーム家の闇といえる部分はすべてアルフォンスに委譲されていた。

長老会や先代当主は、それらをアルフォンスに任せるのが適当と判断したのだ。

(まあラハール兄さんに知られたら、国に告発されて台無しになるって決まってるからね)

結局、ラハールが引き継いでるのは、グノーム家のほんの表の部分に過ぎない。

「お坊ちゃまの言った通り、高い給金を提示して引き抜きをかけたらすぐに何十人もついてきました。他の魔法使いたちも時間の問題だと思われます」

「よし、今度こそ順調だね」

執事の報告に、アルフォンスは笑みを浮かべる。

ちなみにアルフォンスのこれまでの行動は、別に長老会や先代当主の指示でやってるわけではない。すべてアルフォンスの意思だった。アルフォンスからすると、長老会や先代当主のその手段や方法は固く古過ぎた。従う価値は見出せない。

「あまり時間をかけると、さすがにお人好しの兄さんも疑い始めるからね。近年の不可思議な事件に十三騎士たちも少しずつ動いてるみたいだし、手早くやらないとね」

「おっしゃる通りでございます」

「完成させるよ。二年以内に、この国を支配できるだけの量の銃を」

＊＊＊

エトワ商会が所有する建物、その会議室に私はいた。

会議室のテーブルには、私以外に六名の男性が座っている。

うち二人はお馴染《なじ》みのロールベンツさんと弁理士《べんりし》のレメテンスさん。

私から見て右手にいるのが、このルヴェンドでたくさんの倉庫を所持していたカールさん、その倉庫は今はアルミホイル工場として使わせてもらっている。

その横にいるのがジョージさん。ルヴェンドを拠点とする乗り合い馬車組合を経営してた人だ。今はアルミホイルの運搬に、馬車を使わせてもらっている。

左手前にいるのはルヴェンド郊外にたくさんの土地をもっていたスミスさん。

最後の一人は、田舎のいろんな村に商店を持っていたベニスさん。

アルミホイルの需要が急増したことにより、生産や輸送、原材料の調達、それから販《はん》路《ろ》の拡大が追いつかなくなり、既存の商会を吸収合併する形で、エトワ商会は必要な人材や設備を確保することになったのだ。吸収された側も、今までの商売で行き詰まり、どうにも中堅どころから抜け出せずにいたそうで、アルミホイルの話を聞いて積極的に乗っかってくれた。

シルフィール家からの情報提供を受け、信頼できる人物である彼らの持つ設備をエトワ商会に譲る代わりに、彼らにはエトワ商会の幹部になってもらった。

この六人と私、あとはこの場にいないクリュートくんがこのエトワ商会の経営陣だ！

そんな幹部の人たちだけど、今日はその表情に緊張が溢れていた。私もちょっと緊張している。「引き抜き」という話しか聞いてないけど、あまりよくないことが起きてるのは確かだ。

ロールベンツさんが現状を報告してくれる。

「今月になって、私たちの商会で雇っている魔法使いのうち数十名が一斉に別の商会に移りたいと退職を申し出てきました。なんでもうちの二倍の金額で雇ってくれるという話がきたのだとか。慌てて聞き取り調査をしたところ、他の魔法使いたちにも同じ話がきていたことがわかりました。土系統を扱う魔法使いを雇う金額としては破格で、みんな口を濁《にご》していますが迷っているようです」

エトワ商会では相場の二倍ほどの賃金を払っている。その倍となると、相手の提示している金額は相場の四倍になる。全員ともなれば、かなりの金額だ。

「すでに有無を言わずにやめた者もいます。その中にはラクーン氏なども……」

「ラクーンさんも⁉」

私はその名前に驚いた。なぜなら、エトワ商会でアルミホイルの研究をしていたころから、働いてくれてた人だからだ。エトワ商会ではかなりの古株《ふるかぶ》の職員になる。

「引き抜きを受けているのは古参から、入ったばかりの職員まで見境《みさかい》なしです。ただし、土系統の魔法が使える魔法使いだけを引き抜いています」

その説明に、その場の全員が抱いていた疑惑がどんどん膨らんでいく。

「となると……もしかして相手の意図は……」

「そ……そのように思えますな……」

「ええ……もしかしたら……」

誰もが引き抜きを仕掛けてきた相手の行動の意図を察しながらも言い出せずにいた。

それもそのはず、私たちは新技術というライバルのいない環境で、ここ数ヵ月、平和に商売をしていたのである。突如、平和だったそのフィールドに、天敵が現れるなど考えたくもないはずだ。

だからここは会長である私が言わなければならない。

「相手の狙いはアルミホイル市場への参入でしょうね……」

みんなわかっていたけれども、私がはっきりと口に出したことにより、ざわっとなる。

当然かもしれない、先行者が基本的に有利とはいえ、それを知りながらもあえて市場に参加してくるということは、相手は自信があるということなのだから。

相手の手の内はわからない。けど、すでに強力な資金力でこちらに勝負をしかけてきている。

「一体引き抜きを仕掛けているのはどこの商会なのですか!? ロールベンツさん!! あなたなら情報を掴んでいるでしょう」

そう尋ねる幹部の人に、ロールベンツさんは厳しい表情で頷いて、ひとつの商会名を口にした。

「ドヴェルグ商会です」

それを聞いた瞬間、幹部の人たちがさっきよりも大きくざわついた。けど、私は商会についていては詳しくないので、名前のあがった商会がどういうものなのかわからない。

そんな私に気づいてロールベンツさんが説明してくれる。

「ドヴェルグ商会とは、グノーム公爵家の資本拠出によって作られている、国内でも最大規模の商会です。というか、グノーム家の分身といっても過言ではないでしょう。公爵家の持つ莫大な資産から自由に金を出入りさせて、圧倒的な資金力で商売を行っています。私たちも大貴族から後援を受けているそれなりの商会ですが、あちらは公爵家そのものです。規模が違います……」

説明から感じるのは、想像したよりも遥かにやばそうな商会ということだった。

「しかし、私たちにはアルミホイルの製造に対する特許があるはずです！　それがあれば、いくらドヴェルグ商会といえども有利に戦えるのでは!?」

その言葉に、みんなが頷こうとしたとき、レメテンスさんがガバッと土下座した。

「申し訳ありません!!　エトワさま、みなさん……!!」

いきなりの土下座に、私たちはびっくりする。

「エトワさまと私たち商会が持っている特許ですが、風属性の魔法と土属性の魔法を利用したアルミニウムの分離精錬《せいれん》となっています」

「そ、それが……？」

他の幹部の人たちが、首をかしげる中、私はレメテンスさんの言おうとしていることに、あっと気づいてしまった。

「そ、そういえば、もう風の魔法は」

「ええ、必要なくなっています……」

実を言うと、アルミニウムの精錬《せいれん》は、わりと短い期間で『水人魚《マルメイド》』なしでできるようになっていったのだ。土属性の魔法使いの人たちが、精錬《せいれん》作業に熟練していくに従って。だから風属性の魔法使いの人たちには、新人の指導やできない人のサポートなどをお願いしていた。だから、特許にあるような、風魔法と土魔法を利用したアルミホイルの精《せい》錬《れん》はもう半分も行われていない。

つまり特許に触れずとも、アルミホイルの生産はできるのである。

「先月それに気づいて、特許の修正などの作業を開始していたのですが……」

「その矢先に、引き抜きが始まってしまったわけですね」

「ええ、相手も特許の無効やこちらに先んじての申請など対抗手段を立ててきてると思います」

「そしてうちで熟練の職員であるラクーン氏が引き抜かれたということは……」

私たちの中で、パズルのピースがどんどん合わさっていく。

「相手は確実に私たちのアルミホイル、シェア一位の座を奪い取るつもりですね……」

恐らく熟練した魔法使いたちを引き抜き、他の魔法使いたちを指導させ、現在の特許に引っかからないアルミホイル作りをするつもりだ。そして圧倒的な資金力で、こちらの職員を奪い続け、いずれアルミホイル業界シェア一位の座を奪取《だっしゅ》する。

くぅっ、いつもそうだ。中小企業が苦労して技術と市場を組み上げてきたところを、大企業がお金の力で掻《か》っ攫《さら》う……。弱肉強食《じゃくにくきょうしょく》は世の常とはいえ、これではあんまりだ。

「私のせいでこんなことになってしまい、本当に申し訳ありません……」

レメテンスさんが真っ青な顔をしてみんなに頭を下げる。

私は慌てて彼に駆け寄り、その手を取って立ち上がらせた。

「い、いえ！　レメテンスさんのせいではありませんよ！　誰も予想できてなかったことじゃないですか！　私もこんなに早く風魔法がいらなくなるとは思ってなかったですし。もし、ミスがあったとしたら、そのことに気づかなかった全員の責任です！」

「エトワさま……」

レメテンスさんはこれまで私たちのために十分にがんばってくれた。そもそも魔法を利用したアルミニウムの精錬《せいれん》なんて未知の分野、たとえミスがあったとしても、責めるわけにはいかない。

「しかしどうしましょう、特許が有効でないとなると厳しい戦いになると思われます」

「こちらはすでに事業が回っている状態ですし、魔法使いたちも押さえています。有利な面はまだありますが……」

「相手の本気度にもよるな。さすがにドヴェルグ商会の全力を相手にしては勝てる気がしない」

「しかし……新事業だから儲かるだろう程度なら、勝ち目もあるぞ」

「それに賭けるというのか……神頼みだなぁ……」

幹部のみんなが悩んでいる。ロールベンツさんが、真剣な表情で私に言った。

「エトワお嬢さま、今ならアルミホイル事業から撤退し、別の事業に移ることもできます。現在のエトワ商会の資金力なら、別の事業に移っても大きく失敗することはないでしょう。エトワさまが将来不自由なく生活していけるだけのお金なら稼げます。私がそうなるように全力で努めます」

その言葉からは、ロールベンツさんが本気で私のことを心配してくれてるのが伝わってきた。もし、ドヴェルグ商会との戦いに敗れれば、別の事業に移る余裕はなくなってしまうだろう……

　でも、私は……

　当初の目標であったアルミホイルの普及という意味では、このまま大企業が私たちに取って代わるのを黙って受け入れればよかっただろう。けど、この商会の人たちと、アルミホイルの製造のために試作と失敗を繰り返し、成功してからも伸びない売り上げに悩んで、いろんな苦労を乗り越えるうちに、私の中でアルミホイルを大切に思う気持ちができていた。

　今、この瞬間に気づいたことだけど。そしてみんなも、ドヴェルグ商会を恐れつつも、その表情には一抹《いちまつ》の悔しさがあった。ここにいる他の人たちだって、倉庫を工場に建て替えたり、乗り合い馬車を荷馬車に改造してくれたり、アルミホイル作りに適した土を一緒に探してくれたり、まだ普及してない田舎で宣伝してくれたり、みんな努力してくれていた。

　こんな形で、自分たちの努力の結晶が奪われることが、悔しくないはずがない。

　ロールベンツさんも、その拳は悔しそうに握られていた。その拳を見た瞬間、私は決めた。

「戦いましょう、みなさん。これまでアルミホイルを作って、国中のご家庭に普及する

失格

ようがんばってきたのは私たちじゃないですか！」

「エトワさま……!!」

私の言葉に、俯《うつむ》いていた幹部の人たちが顔をあげた。そんな彼らに私は宣言した。

「私たちエトワ商会こそ、アルミホイル業界の獅子《しし》です！　アルミホイルシェアナンバーワンの座は渡しません!!」

＊　＊　＊

アルフォンスは執事の報告を聞きながら、寮の自室でほくそ笑んでいた。

「引き抜き作業はうまくいっているようだね」

「はい、かなり順調です。迷ってる者もいるようですが、いずれこちらに来るでしょう」

「ふ、平民どもはそんなものさ。目の前に金を垂らせばすぐに飛びついてくる」

報告を聞きアルフォンスは満足げだった。最初は面食らったが、今回の件は好都合でもあった。市場に高額の募集を大量にかければ、嫌でも目立つし、不審がられる。

そのためにダミー商会をいくつか作る予定だったが、面倒ごとには変わらない。

現状は土系統の魔法使いが、ひとつの商会に集まっている状態だ。この状況なら騒がずに集めやすく、掛かるコストが高くなったことに目を瞑《つむ》れば、余計な手間が省けたとも捉えられる。

執事がアルフォンスに質問した。

「しかし、あちら側が対抗してきたらどうしましょう」

それにアルフォンスは余裕を持って笑って答えた。

「こちらはドヴェルグ商会だよ。グノーム公爵家をその背後に置く。資金力も国内でトップクラス。誰も対抗しようなんて思わないさ。そんなことをするのは、よほどのバカだけだ」

＊　＊　＊

私が様子を確認しようとアルミホイル工場に来てみると、荷物を風呂敷《ふろしき》にまとめて背負っている男性が一人いた。私はその人の顔を見て驚いた。

「ペパーグさん！」

ペパーグさんはラクーンさんと同じく、エトワ商会の立ち上げメンバーだった人だ。前の世界でいう熟練の職員さんである。ペパーグさんは私に見つかって、気まずそうな顔をする。

しかし、申し訳なさそうな声で、決心したように私に言った。

「すみません、エトワさま……。エトワ商会には大変良い待遇で迎えてもらってました……。しかし、土系統の魔法使いは職が不安定です。稼げるときに稼いでおかねばならないんです……」

ペパーグさんやラクーンさんには、初期からのメンバーということで、お給金も手厚くさせてもらっていた。しかし、相手が提示してきた額はそれ以上のようだ。

今まで生活が不安定だった魔法使いの人たちだ。

そんな誘いがきたら惹かれてしまうのはしょうがないのかもしれない。でも……！

「ペパーグさん、三日間だけ待ってもらえませんか！　お願いします！」

私はペパーグさんに頼み込んだ。これ以上、熟練の職員さんを失うわけにはいかない。

早急に賃上げをしなければならない。でも、もう少し時間が必要だった。きっちり、職員さんたちの給料をどれくらい増やせるのか、会社としてどれだけ耐えられるのか、計算が終わるまで。

この場で、適当に高額の報酬を提示すれば、ペパーグさんを引き止めるのはたやすいのだろう。けど、そういうことはしたくない。それはペパーグさんにも他の職人さんにも誠実じゃない。

ガバッと頭を下げた私に、ペパーグさんは戸惑った表情をしながらも……

「わ、わかりました……」

そう頷いてくれた。

ホッ……

工場の視察を終えて、ロールベンツさんたちのもとへ戻ってくる。

ロールベンツさんとは、エトワ商会が抱えている問題を話し合う。一番の問題はドヴェルグ商会からの引き抜きだけど、経営陣として他の問題にも当たらなければいけない。

「実を言いますと、使用後のアルミホイルをどう処分したらいいのか、ご家庭や冒険者から質問がきてまして……。今は適当に各自が捨てているようですが、何か指針《ししん》など作ったほうがいいかと……」

あ、そうか。忘れてた。使ったら当然ゴミになるんだよね、アルミホイル。

たぶん異世界の火力だと燃えないし――リンクスくんなら燃やせるんだろうけど――きちんと対処しないといけない。私は考えたあと、ロールベンツさんに提案する。

「使用済みのアルミホイルを回収する場所をお店に作りましょう。持ってきてくださった方には、アルミホイルの割引券を渡す感じで。冒険者用のキャンプにも、ギルドに協力してもらって回収用の箱を置かせてもらって、定期的に回収依頼を冒険者の人に出しましょう」

「そ、それではコストが掛かるのでは……？　特に今は大切な時期ですし……」

私の案を聞いてロールベンツさんは不安そうな顔をする。

「確かにコストは掛かるかもしれないけど、大切なことだと思います。アルミホイルのゴミが目立つようになったら、商品のイメージも下がってしまいますし」

ゴミが出てしまうことを忘れてた私が言えることじゃないかもしれないけど……

それにメリットだってある。

「今までは土を掘り出して、新品のアルミホイルばかりを作ってましたけど、これからは回収したアルミホイルでも作っていきましょう。再生品として値段を下げて。赤い土の掘り出しも魔法使いの人頼りでしたから、一部をこの再生品に切り替えられたら全体として楽になると思います」

もとの世界で作られていたアルミホイルって、回収されずに燃やされるわけだけど、それって汚れを取り除くコストが高くついちゃうかららしいんだよね。でも私たちは魔法でやってるから、実を言うと汚れを取り除くのは簡単にできちゃったりする。再利用は簡単なのだ。

ただ気分はあんまりよくないだろうから、事情を説明して、安い価格で売らせてもらう。

あと土を掘り出す量も減るから環境にも優しいと思う。なかなかいい案じゃないだろうか。

「難しい部分もあるかもしれませんが、まずやってみましょう」

「エトワさまがそうおっしゃるなら、承知いたしました」

ロールベンツさんは頷いてくれた。

うん、がんばろう。大変な時期だからこそ胸を張っていける仕事をするのが大切なのかも。


その三日後、ついに幹部の人たちが、土属性の魔法使いの人たちに出せる給金を算出してくれた。

「この数字でもまだ儲けはあります。完全なライバル不在の新規事業ということが幸いしていました。しかし、これ以上あがっていくと、どんどん厳しくなっていくと思われます……」

人件費と会社の利益は難しい問題だ。ガンガン社員に人件費を払う企業が一概に良いかというとそうでもない。会社が倒産したら元も子もないからだ。会社が危ないとき、周りはなかなか助けてくれない。確実に助けてくれるのは、今までの利益を貯めた内部留保だけだ。

でもだからって、それを理由に不当に低いお給料で社員さんを働かせるのはいけない。大切なのはバランスだ。この点、私たちは人件費を抑えすぎてたのかもしれない、反省……

「どうします？　エトワさま」

最後に決めるのは会長の私。

「やりましょう」

私は即断で頷いた。

そのあと、ドヴェルグ商会が提示してきた額より高い報酬で、全員の賃上げをすることを発表すると、エトワ商会に勤めてる魔法使いの人たちは喜びの声をあげたらしい。

移籍を考えていた人たちも、取りやめてくれたようだ。まだまだ安心できないけど、アルミホイル市場への参入を狙うドヴェルグ商会の第一撃を防げたことになる。

＊　＊　＊

「さて、これからはライフリング加工できる量が格段に増えるから、鍛冶職人も増やさないといけないね。迷いの森の工場を拡大しなきゃ。それと全部が終わったら後腐れなく消す準備もね」

アルフォンスは寮の部屋で、銃器製造工場の拡大計画と、効率的なライン作りを考えていた。心配ない、一番肝心の引き抜きが順調なら、もう計画は成功したようなものである。

その口から鼻歌が漏れる。そんな彼の部屋に、血相《けっそう》を変えた執事が飛び込んできた。

「お坊ちゃま、大変です!!」

「どうした？」

「エトワ商会が、我々が掲示した額より高額の報酬を提示して、魔法使いの引き止めを始めました。引き抜きを了承した人間たちも、どんどん断りを入れてきています」

その報告の意味を、アルフォンスはすぐに理解できなかった。

商会の人間というのは儲けに聡い人間だ。格上であるドヴェルグ商会が出てくれば、蜘蛛《くも》の子を散らすように逃げていくはずだ。そのはずだった……

「一体どんなバカどもだ！　そのエトワ商会っていう奴らは!!」

アルフォンスの叫び声が、寮室に響いた。

「くそっ」

アルフォンスは寮室でイラだった表情でテーブルを叩いた。

そのあと、何度かの値上げ競争を繰り返していたが、エトワ商会という商会はしつこくついてきていた。正直、意味がわからない。キッチン用品だか、アルミホイルだか知らないが、こんな状況では儲からないのだから、さっさと撤退すればいいのだ。

これではろくな職につけなかったクズ魔法使いどもを喜ばせているだけだ。

引き抜きに成功した魔法使いたちも、「え、アルミホイルを作るのではないのですか？」と意味のわからないことを言ってくる。魔法にも妙なクセがついて、矯正《きょうせい》に時間が必要だ。

簡単だったはずの計画がどうしてこうなってしまったのか。

アルフォンスは執事に調べさせた資料を見た。

エトワ商会――最近できたばかりの商会だ。ただアルミホイルという商品で急激に業績を伸ばし、商人界隈では注目を浴びている。そしてシルフィール家とニンフィーユ家の後援を受けている。シルフィール家とニンフィーユ家の後援を受けている部分は気になる点だ。強気な理由もこのせいかもしれない。

会長は貴族界隈でも大きな噂になったことのある、シルフィール家から失格の烙印《らくいん》を受けた子供らしい。一応、公爵家の血縁者ではあるのだ。

しかし、こちらは実質的にグノーム家の分体そのものだ。資本規模だってこちらのほうが大きい。普通に判断すれば引くものではないだろうか。

（まさかこちらの計画に風の一族が勘づいている……？）

そんなはずはなかった。メインの計画を共有しているのは、自分と、ルース殿下、それから魔族たちだけ。計画の末端に関わる人間は、迷いの森に住まわせ世間と隔離《かくり》してる。

（一体何なんだ……こいつらは……）

相手がここまで必死に計画を妨害している理由がわからないだけ、苛立つ。

それだけじゃない、このままではまずい。こちらがドヴェルグ商会の資金のすべてを使えるなら負けるはずがない。だが、実を言えば、資金というのはいろんな事業ごとに、ある程度使い道が固定されてるものなのだ。巨大な商会だからといって、すぐに自由に使えるお金を準備するのは意外と難しい。そして巨大な額を一気に動かせば、いくら鈍い兄でも気づく可能性がある。

ドヴェルグ商会の一番の強みである、本家からの資金の引き出しには兄の許可がいるのだ。

今まで用意した資金では限界が近づいてきていた。

のだ。

（くそっ、計算違いだ……）

本来ならこんな金額を使わなくても、十分な量の魔法使いをかき集めることができた

それをあの頭がおかしいとしか思えないエトワ商会の連中のせいで、給料が大幅に吊り上げられている。用意した資金だけでは、準備不足になってしまうのも当然だった。

（こうなったら搦《から》め手も使っていくしかないな……）

アルフォンスは執事を呼び出した。

＊　＊　＊

ドヴェルグ商会との争いが始まってしばらく、どんどんやる気と人数を増やしているうちの職員さん、ぐんぐん伸びているアルミホイルの生産量とは裏腹に、私たちエトワ商会の幹部は疲れた顔をしていた。

相手は本気だ。本気で私たちから、アルミホイル市場を奪おうとしている。

「このままで大丈夫なのでしょうか……」

幹部の人の一人がそう呟いた。ロールベンツさんも苦しい顔をして話す。

「次に相手の値上げに対抗すれば、アルミホイル事業での利益はほとんどなくなってしまいます。まだまだ需要も伸びているので、時間が経てば黒字に転じる可能性はありますが、下手をすれば作れば作るほど赤字に突入する可能性も……」

「やっぱりドヴェルグ商会には逆らうべきではなかったのか……」

いけない、資金の前にみんなの心が折れかけている。

実際のところ、相手も結構苦しいらしいということはわかっている。提示する値上げ幅がだんだんと減っていってるし、商人同士のコネクションで調べてもらった結果、あちらが他の事業で大きな資金を動かした形跡《けいせき》はなかったらしい。

あくまで余剰資金《よじょうしきん》でアルミホイル市場を取りに来たというのが、幹部の人たちの見解だ。それならこちらでも対抗できる予測が立てられていた。しかし、黒字というのは経営者にとって精神安定剤なのだ。それが目減《めべ》りしていくことで、幹部の人たちの精神が追い詰められている。

ここは私が話さなければいけない。

「ロールベンツさん、私たちは何のためにお金を稼いでいますか？」

「エトワさま……？　そ、それは、当然儲けるためではないでしょうか？」

それは商人にとっては一般的な答えだった。儲けるためにやっている。商人にとって何もわるいことじゃない。でも、私はそれを否定する。

「いいえ、投資のためです」

「と、投資ですか……？」

私の答えにロールベンツさんも、幹部の人たちもざわつく。

「はい、投資です。商売をして儲けが出たらそのお金を投資して、事業の発展に繋げる。それで利益が出たらさらに投資して、どんどん事業を発展させていく。そのために私たちは、商売をしているんです。大切なのはインフラを押さえることです。そしてアルミホイル事業において、インフラとは人。魔法使いの人たちなんです。インフラを制した者が商売を制するんです！」

どこぞの偉い人がそんなこと言ってたって、○ちゃん○るの人たちが言ってた。

だから間違いない！

「おおおっ……」

「なんという大きなお考えっ……」

私の言葉に、幹部の人たちが感動した顔になる。

ロールベンツさんは頬に溜まった涙を拭いながら、震える声で言った。

「エトワさま……このロールベンツ、商人としてやってきて二十五年……初めて商売の本質というモノを知ることができましたっ……！　すべては投資、そういうことなのですね！」

うん、たぶんそう。きっとそう。

「やりましょう!!」

「ええ、最後まで戦います!!」

みんなの目に力が戻ってくる。

私たち幹部の意識の問題はこれで解決したけど、実のところこのままお金を投げ合うだけでいいのかって疑問は、私も思っている。もちろん、商売として働いてくれてる人たちに報いるのは、まずちゃんとお金を出すことだというのは変わらない。

お金を出さずに、別のもので報いたいというのは、自分たちに都合が良い誤魔化しだ。

でも、まだ何か大切なことがある気がする。今はちょっと思いつかないけど……

第九章　大切なこと

お休みの日、私は劇場にいた。

近頃、エトワ商会の会議に出席し続けている私を見て、幹部の人たちが「お休みを取ってください」と劇場のチケットをくれたのだ。心遣いを無下《むげ》にするのもなんなので行かせてもらった。

「はぁ、やっぱり歌劇って本当にいいですねぇ～」

なんでもない恋愛ものだったけど、役者の演技が生き生きしてて、とっても良い劇だった。

満足し、小道を通り抜けて帰ろうとしていた私は、道の端に白い布が落ちているのに気づく。

綺麗な刺繍《ししゅう》のハンカチ、たぶん落とし物だ。道の先を見ると、十七、十八歳ごろの女性が歩いている。もしかしたらあの人のかもしれない。私はハンカチを拾って小走りに追いかける。

「すみません～！」

もうすぐ追いつくとこまでやってきて、相手が振り向いたとき、驚いたのは私のほうだった。

艶々《つやつや》の黒紫色の髪に、とってもなが～い睫毛《まつげ》、真っ白な頬。大人っぽい魔性の魅力を秘めながら、年相応の可愛さもある顔立ち。まとめるとてつもない美少女。

その人のことを私は知っていた。一方的に私が知っているだけの関係だけど。

歌劇スターのファルメルさんだ!!

十歳で名作『ヴォンテーの迷い姫』の子役ヒロインを務め、十歳とは思えない名演技と美しさで一気にスター街道《かいどう》を駆け上り、それからも出る劇、出る劇で大ヒットを連発。今、主演を務めている『街娘の恋物語』は、全然チケットが取れないのだ。人気すぎて。

私も一度だけ、この人が出てる劇のチケットを取れたことがあるんだけど……

もう……すごかった……。劇場にいるのに、本当に劇の世界に呑み込まれていくようで、客席までその感情が伝わってくる演技と、劇場を支配した歌声は今でも私の目と耳に残っている。

その劇が私が異世界に来てから見た劇の中でベストワンだ。

「小さなお嬢さん、あたしに何か？」

はっ、憧れの大スターに会えたせいで、ぼーっとしてしまっていた。

私は慌ててハンカチを見せる。

「あ、あ、あのこのハンカチ……」

緊張でカチコチになって声が出てこない。

「ああ、あたしのだわ。拾ってくれたのね。ありがとう」

そう言ってファルメルさんは綺麗な所作《しょさ》でハンカチを受け取った。舞台のときと同じ、それだけで不思議と目を惹く仕草だった。

「他に何か?」

何も言えず突っ立ってる私に、ファルメルさんは首をかしげる。

そんなファルメルさんに、私はガバッと頭を下げて、懐から紙を差し出した。

「すみません！　サインください！」

すると、ファルメルさんは私の勢いにちょっとびっくりしたあと言った。

「ごめんね、そういうのはしてないの」

はっ、そうだった。街で会った歌劇スターにサインを求めるのはマナー違反だった。

私が入会している歌劇観覧ファンクラブの鉄の掟《おきて》、第三十六条にも書いてある。

会えた興奮のあまりやらかしてしまった……

「すみません……嫌な思いをさせてしまって……」

あぁ……せっかく憧れのスターに会えたのに、失礼なことをしてしまった。

落ち込んでいると、ファルメルさんは私のことをじっと見たあと、手を伸ばして私が差し出そうとした紙を取りすらすらと何かを書き始めた。

そ、それってまさか……

「今回だけよ。ハンカチを拾ってもらったお礼もできないしね。でも他のファンには秘密にしてちょうだいね」

ファ、ファルメルさん～……！　なんて良い人なんだろう。

「あなた、お名前は？」

「えっと、エトワです」

名前を告げると、ファルメルさんはなぜか目を見開いた。

でも何も言わず、ささっと紙に『エトワへ』と書いて渡してくれる。

それからかがみ込んで私のことを抱きしめ、こつんと額を合わせる。

（ええっ!?）

いいにおい……

綺麗な顔が目の前にあって、同性なのに赤面してしまう。

ファルメルさんはそうしてしばらく私と額をくっつけたあと、ふっと体を離す。

「わ、わわわわぁ！　わぁ！　わぁ！」

一体なんだったんだろう。まだ心臓がどきどきしてる。

「実はあたしちょっとした占いができるの」

占い？　首をかしげる私に、ファルメルさんは言った。

「あなたやその周りにあんまりよくない相が出てるわ。近々、誰かの悪意で危ない目にあったりするかも。こういうところでは、ちゃんと護衛をつけて歩きなさい。あなたの知り合いもね」

「は、はい……」

「それじゃあ、あたしは行くわ」

「ありがとうございます」

優雅な仕草で背中を向けるファルメルさんに、私はぺこっと頭を下げた。

ファルメルさんはそのまま、すぐ近くの劇場の裏口の扉に入っていく。代わりというように、その扉から、子供たちが出てきた。劇場関係者の子供だと思う。もしかしたら子役やその見習いなのかも。劇で使う道具をみんなで運んでいた。

「大事な衣装が入ってるからぶつけるなよー」

三、四人で大きな箱も運んでいる。結構力持ちかも。
箱を運んでいる子たちが私の横を通り過ぎたあと、陰になっていた場所から、また別の子供が姿を現した。小等部三年生の私より背が低い。

たぶん、幼稚園ぐらいの年齢の子供だと思う。

小さなその子はなぜかフードを被って顔を隠している。私が力を解放したときの変装みたいだ。大きな棒みたいなのを運んでるけど、なんかふらふらして危なっかしい。

ちょっと心配になって見てると、こけそうになる。

危ないっと思って駆け寄ろうとしたとき、そのフードがするっと落ちた。

私はびっくりする。フードの中から姿を現したのは、なんと子犬の顔だったのだ。

人間の体に、子犬の頭が乗っていて、白い毛が耳までふさふさしていてとても可愛い。

でも何か見ちゃいけないものを見た気がして、私は慌てて空を見上げたふりをする。

まあ心眼だから意味がないんだけど。

子供はすぐにフードを戻したあと私に気づいた。運んでいた木の棒がころんと地面に転がった。

子供はじーっと私を見ている。気まずくて私はずっと空に顔を向けている。

「おねえーさんみた？」

舌ったらずな話し方で、子供は私に尋ねてきた。

「うーん、今日は空が綺麗だなぁ。あれ、どうしたの？　見たって何を？」

私は白々《しらじら》しく、見なかったことにする。

すると子供は胸に手を当てて、ほっとした仕草をした。

「よかった。みられたらふぁるめるにおこらえる」

それから木の棒を持って、えっちらおっちらと去っていく。あれってもしかして魔族ハーフの子だよね!?　こ、こんな風に暮らしていたんだ……

ファルメルさんの名前を呟いてたよね。

じゃあ、もしかしてファルメルさんも魔族ハーフだったり……？

ちょっと驚きの情報を知った今日だった。

＊＊＊

劇場に入ったあと、楽屋に戻っていくファルメル。

楽屋の扉を開けると、同じ劇団の子供たち以外に、身なりの良い男が一人、椅子に座っていた。ファルメルは美しい顔を不機嫌そうに歪《ゆが》める。

「なんだ、まだいたのかい？」

「当たり前だ！」

男のほうも怒りの表情でファルメルを睨む。それを楽屋にいる子供たちは不安そうに見ていた。

「もう一度、繰り返すぞ。エトワ商会の幹部たちを襲え。しばらく経営できない程度の怪我を負わせろ。こちらからの指示は以上だ」

「お断りだね」

ファルメルは男の言葉に即答した。男の顔がぴくりと歪《ゆが》む。

「命令に逆らう気か⁉」

凄《すご》む男に、ファルメルはせせら笑う。

「命令？　はて、あんたうちの団長だったっけ。団員ですらなかったはずだけど。劇団長はあたしのはずだしよ。おかしいね」

「我が主《あるじ》であるグノーム家が、貴様に与えてやった恩を忘れたか？　劇団を立ち上げるときの資金を出してやったのもグノーム家だし、スターにのし上げてやったのもグノーム家なのだぞ！」

「恩はもう返したよ」

ファルメルは動じない表情で言う。

「私の職場である劇場を、自分の手で放火してまわってやったんだ。一人も犠牲者を出さないようにするのは大変だったんだよ。詫《わ》びに火をつけた劇場の仕事を格安で受けてまわったり、おかげで過労死しそうになったさ」

「劇場をターゲットにすると決めたのも、犠牲者を出さないようにしたのもお前の勝手だ！　私たちは死人が出ても構わんと命令していたんだ」

その言葉に、今度はファルメルが怒りの形相《ぎょうそう》を相手に向ける。

「この街に住む人は、みんなあたしの劇のお客さんなんだよ！　一人だって犠牲者は出せるかい！　あんたみたいなクズならここで燃やしたって心は痛まないだろうけどよ！」

ファルメルに睨まれ、男の目に怯えが走った。

「とにかく帰りな。次の劇の準備の邪魔さ」

ファルメルはしっしっと男を手で追い払う仕草をした。男は悔しそうな表情で席を立つ。

「くっ、覚えてろよ」

捨て台詞も安直だった。安物の三文芝居《さんもんしばい》のようだとファルメルは思う。

男が立ち去ったあと、ファルメルは準備のため化粧台に座る。

それから、ずっと立ったままの子供たちに声をかけた。

「あんたらも準備を始めな。仕事がない子は今のうちに休んどきな」

そんなファルメルに一人の少年が声をかけた。外で荷物を運んでいた子供たちよりはだいぶ年上で、中等部ぐらいの子だった。黒い髪で、地味だけどそこそこ整った顔立ちをしている。

ただよく見ると、額の右上に人とは違う、うろこ状の部分があった。

「ファルメル、大丈夫なの？　あいつに逆らって」

「大丈夫さ。グノーム家の本体に逆らうならともかく、あいつはただの連絡役の小物だよ。グノーム家もあたしたちみたいな小さなグループに、直接には手を出してはこないだろう」

「でも、僕たちが普通に暮らしていけるのってグノーム家が守ってくれるおかげなんだよね」

少年の言葉に、ファルメルは皮肉がこもった笑みを浮かべる。

「あいつらが本気であたしたちを守ろうなんて考えてるなら、あたしたちの立場はもっと改善されているさ。なんてったって天下の公爵家だ。あいつらの本音は、こうやって微妙な立場に置いといて、ただ便利に利用したいだけさ」

「そ、そうなんだ……」

ファルメルは少年と目を合わせ、説き伏せるように言う。

「いいかい。あいつらに積極的に関わるんじゃないよ。『血の濃い者』の奴らにもだ。あたしたちはあたしらのために、あいつらを利用するだけしてやればいい」

「うん、わかった……」


アルフォンスの部屋で、執事がまた彼に報告をする。

「ヴェムフラムのとき、撹乱《かくらん》に使った半魔族はどうやら動かせないようです。コネクションを任せた男から、『こちらの言うことを聞きません』と連絡が入りました」

「ちっ、使えない男だな」

「どうします。『血の濃い者』を使いますか?」

「いや、あいつらには向かない。手加減を知らないからな」

アルフォンスはため息を吐いて、執事に命じた。

「使い捨てのチンピラどもを使おう。幹部たちは全員魔法の使えないゴミばかりだ。それで十分だろう。念のため魔法使い崩れを交ぜておけ」

「かしこまりました」

＊　＊　＊

私が妙な気配に気づいたのは、夕方の帰り際だった。

ファルメルさんに言われたことが気になって、天輝さんに感覚を強化してもらっていたのだ。会議を終えて、幹部の人たちと帰ってたんだけど、日が暮れかけて人通りが少なくなった道の先。曲がり角の向こうに誰かがいた。

『複数人。刃物を持っているようだな』

まじかー。

「どうされましたか、エトワさま？」

急に立ち止まったのでロールベンツさんが不審がる。私はちょうどよく横にあったカフェを指差す。

「たまにはお茶でも飲んでいきませんか？」

「いいですね、最近気を張り詰めすぎていたからな」

幹部の人たちも了承してくれて、カフェに入っていく。

みんなが席に座り注文したのを確認すると、私は席を立った。

「すみません、ちょっと忘れ物をしてました。すぐ取ってくるのでお茶を飲んでてください」

「私が行きましょうか?」

「いえいえ、大丈夫です」

幹部の人が親切にそう言ってくれたけど断る。私が行かなきゃ意味ないし。

そうして私は店を出ることに成功した。


ルヴェンドの商業街を通る狭い小道。

その場所に、やたら人相のわるい男の人たちが潜んでいた。

「ちっ、あいつらカフェに入りやがった」

「面倒くせぇ。乗り込んでやっちまうか?」

「いや、さすがにそれはまずい。あいつらが店を出るころには、もっと人通りは少なくなる。そのときにやっちまおう」

やっぱり狙いは私たちみたいだ。さすがにこれだけ人通りがないのは不自然だ。協力者がいて、通行人を止めてるのかもしれない。昔見たドラマの、ヤクザの子分が道を塞ぎ通りかかった通行人を、「あぁん?」とメンチきって追い返してたシーンを思い出す。

「しかし、女のガキ一匹と素人のおっさん六人を痛めつけるだけで五十万リシスか。わるくねぇな」

「こんな美味しい仕事どっからもってきたんですか？　アニキ」

「へっへ、知らねーよ。詮索《せんさく》はするなだってさ。どうせどっかの貴族のお偉いさんだろ」

「そうなんですか」

どうやら情報は持ってないらしい。まぁ、当然だけどね……。私たちを襲ってくる時点で、誰が指示したかは予想がついてしまうし、かといって捕まえても証拠にはならない。

困った話だ。

「ああ、そうさ――って、てめぇ誰だ!?」

ようやく背後に私がいることに気づいたチンピラさんたちは、驚愕の表情で振り向いた。でも、大丈夫。ちゃんとアルセルさまにもらった、フード付きのマントで正体は隠している。

情報を持っていない以上、私から話す意味もないし、このまま放置する意味もない。

私たちを襲おうとしてた彼らだけど、今は逆に私が彼らに襲いかかる。

「ぐはぁっ!!」

「ぐひっ！」

「ぐふっ!!」

「ぐへっ!!」

もちろん、素手だ。それでも加減には、かなり気を使う。

全員が一瞬で地面に伸びる。弱い。もしかしたら素の状態でも剣があれば勝てたかもしれない。その場合、相手は重傷を負っていただろうけど。

「さてどうしよう」

あとは後処理だけど。

『いつかと同じく、大通りに投げ出しておけ。どうせろくな人間ではない。誰かが通報してくれるだろう』

「そだね」

天輝さんのアドバイスに従って、チンピラさんたちをずるずる引きずって大通りに向かってると、見張り役のチンピラさんがいた。

「ぐほっ!」

殴って気絶させて回収。そのあと全員、大通りに放り出す。

通行人の人が倒れてるチンピラさんたちを見て騒ぎになる。

「な、なんだぁ……?」

「おい、大丈夫か」

「ああ!!　こいつらいろんな街で暴力事件を起こして追われてた奴らだ！」

「なにっ!?　本当か！　すぐ兵士に通報しよう！」

ふぅ、これにて一件落着。

――とはいきそうにないんだよねぇ。


次に襲撃を受けたのは、新しく工場にする予定の建物を視察していたときだった。

以前とは違う、魔法使いも交じった集団。これはさすがにロールベンツさんたちにもばれた。

扉を開けてたところに魔法が飛んできて、襲撃に気づき、慌てて私たちは建物にこもった。

それでもまだ攻撃は続き、魔法による炎の矢が倉庫の扉に撃ち込まれる。

「エトワさま、みなさん、お下がりください」

一番驚いたことが、レメテンスさんが魔法を使えたこと。

風の魔法で広がりかけた炎を消す。

確かによく考えると、シルフィール家の関係者だから、魔法使いの可能性もあったんだろうけど、全然今まで気づかなかった。こちらにも魔法使いがいることに気づいて、相手は強襲はかけてこない。でも、レメテンスさん以外は戦えない以上こちらも何もできず、膠着《こうちゃく》状態になった。

今回視察に来てたのは、街外れの建物だ。

以前襲われたとき以上に周囲には人がいない。誰かが気づいて兵士に通報してくれるって展開は期待できそうになかった。

今はまだ相手がこちらの戦力を把握できてないので、仕掛けてこないけど、数はあちらのほうが上、魔法を使えるのが一人しかいないことがばれたら、確実に襲ってくるだろう。

困ったことになった。何より困ったことが……

「エトワお嬢さま、動かないでください。危ないですから。こんなことになって恐ろしいでしょうが、必ず無事に避難させてみせます、ここは私たちを信じてください」

幹部さんたちが私を守ろうとしていることだった。

がっちりと周囲を固められ動けない。生粋《きっすい》の商人で暴力沙汰が苦手で、本人たちもこの状況に真っ青な顔をしているというのに、私のことを必死に守ろうとしてくれる。

私がちょっと姿を隠せたら、一瞬でカタがつくんだけどね……

そもそも、この事態、私のミスな気がする。前の襲撃をあんな風に撃退しちゃったせいで、みんなに襲撃されてると気づいてもらえなかった。護衛を雇う機会を奪ってしまった。倒して兵士に引き渡しちゃったせいで、そのときの説明もできない。

最近は一緒に行動することが多いから、私がなんとかすればいいし、不安を与えないように裏で解決しようと思ってたんだけど、敵の襲撃の頻度《ひんど》とか規模とかの見立てがちょっと甘かった。

「私が包囲網を抜け出して助けを呼んできます」

「いやいやロールベンツさんにはちょっと無理ですよ。ここは一番若い私が！」

「いえいえ、若いころは街一番の俊足《しゅんそく》と言われた私が！」

このままじゃ、幹部さんたちが無茶をして怪我しそうだ。

本当に困ったよ～。

＊＊＊

クリュートは怒っていた。

「なんであの女はいつも僕の話を聞かずに勝手に巻き込むんだ！」

なぜなら、勝手にエトワ商会の幹部にされていたからだ。今日、幹部報酬を銀行に入金させていただきましたという手紙がきて、初めて気がついた。なんで国内でも有数の高貴な身分である自分が、いきなり平民の商会の一員に加えられているのか問いただしたい。

文句のひとつでも言ってやらないと気がすまないと、エトワ商会の事務所に来てやったら、全員出かけていると言うではないか。わざわざ来てやったのに不在とは、さらに気に入らない。

「本当にあの女はやることなすこと適当でバカっぽくて。少しはクラスメイトの令嬢たちを見習えっていうんだ。あんなに騒がしいの、どこにもいないぞ。あいつもあのお淑《しと》やかさの百分の一でも身につければいいのに！」

怒りながら歩いていると、行き先だと教えられた建物が見えてくる。

よし着いたとばかりに、距離を詰めると、その建物の周囲に、妙な男たちを見つけた。顔を隠すように布で覆い、なぜか建物を囲むようにして立ち、門の部分から中を覗き込んでいる。

一体何をしているのだろう。

（まただ。あの女に関わると妙なことばかりに遭遇する……）

クリュートは顔を歪《ゆが》めた。

「おい、何してるんだ？」

「なっ⁉」

観察していてもしょうがないので声をかけると、ちょうど唱え終えたばかりと思《おぼ》しき、炎の魔法が飛んできた。クリュートはそれを片手でぱしっと払う。

クリュートが手で払っただけで、魔法は塵《ちり》の塊のように一瞬で霧散《むさん》していった。

「なんだ、この魔法は？　この程度で僕に傷のひとつでもつけられると思ったのか？」

本気で疑問だった。こんな出来損ないのクズ魔法。人に向ける意味があるのだろうか。

攻撃にしても脅しにしても無様だとしか言いようがない。

「な、なんだこのガキ⁉」

「邪魔をするなら一緒だ！　やっちまえ！」

力の差を見せつけても、それすらわからなかったのか、男たちは襲いかかってきた。

「はぁ？」

クリュートは不機嫌そうに顔を歪《ゆが》めながら、無詠唱で魔法を発動させ、男たちを倒していく。

相手にもならなかった。十秒ちょっとで、気絶した男たちの山ができる。

「なんだったんだ、こいつら」

本当に意味がわからなくて呟くと、建物の中から、ずだだだと大勢の人間が走って出てきた。一人は見知った女、エトワ。あとロールベンツとかいう商人と、弁理士《べんりし》のレメテンスまでは知っていた。他四人のオッサンどもはまったく知らない。

「すごいよ、クリュートくん！　おかげでみんな助かったよ！　さすがだね‼　本当にありがとう！　ありがとうー！」

エトワが鬱陶《うっとう》しく目の前でぴょんぴょんと飛び跳ね、お礼を述べるけど、意味がわからない。

「いや、さすがはクリュートさまです。あれだけの数を一人で倒してしまわれるとは」

「本当に助かりました」

「さすがはエトワ商会の特別幹部をされてるお方です」

ロールベンツや見知らぬおっさんたちからもお礼を言われるが、それも意味がわからない。誰か事情を説明する気はないのかと思う。

「実はエトワ商会のライバルの商会が刺客を差し向けたようで、魔法使いたちに襲われて助けも呼べずに立てこもっていたんです。助かりました、ありがとうございます」

ようやく説明を受けたが、一体何をやってるんだとしか、感想が浮かばない。

商売の話が、どこをどうしたらそんな物騒《ぶっそう》な話になるんだ。そんな物騒《ぶっそう》なことになっているのに、あの女ときたら、「あ、そうだ」とか言い出して、のんきな顔で幹部たちとひそひそ話を始め、何かを手持ちの紙に書き出した。そしてそれをクリュートに差し出してくる。

一体なんだというのか。

「今日の活躍のお礼として、クリュートくんには警備顧問の役職をプレゼントします！」

「いらんっ！」

クリュートはエトワの差し出した紙を地面に叩きつけた。

＊　＊　＊

さて、なんとか二度の襲撃を防げたけど、相変わらず困った事態なのは変わらない。

一応、幹部の人たちに警備をつけることになったけど、襲撃の規模が大きくなって、もっと大惨事に発展する可能性もある。守る側というのは、攻める側に対して基本的に不利なのだ。

でも、こっちから攻勢に転じるには、相手がドヴェルグ商会だという証拠を掴まなければいけない。さすがに、そんなミスをしてくれることはないだろう。

そこで私も思いついた。

黒幕は掴めなくても、相手の使える手をすべて潰してしまえばいいと。

相手は襲撃にこの街のチンピラさんを使っているようだ。他の街から移動させてくると、さすがに足がつきやすくなるからだろう。だからこの街のわるい人たちを一掃したら、襲撃が来なくなるよね、というわけで今、私は変装用のローブを着て、夜のルヴェンドの街の上に立っている。

「天輝さん、聴覚強化フル稼働《かどう》で。拾った全部の音を天輝さんのほうで処理して、何かわるそうなことを話し合ってる人たちがいたら教えてください」

『承知した。まず、あの赤い屋根の建物だ』

赤い屋根の家にて……

「へっへっへ、あの家の金庫の番号はわかったぜ。あとは盗みに入るだけだ」

「やりましたね、親分！」

薄暗い部屋で、盗みの計画を話し合っていたどろぼーさんたち。

「人の家のお金を盗むのはいけないと思いまーす!!」

私は二人をはったおし、泥棒の証拠と一緒に、道端に放り出しておいた。

次の家にて……

「へっへっへ、このドラゴニックエレメント虹色ヒヨコを好事家《こうずか》どもに売れば大儲けだぜ」

「いいんですか、これ絶滅危惧種なんでしょう？」

「バカヤロウ、だから儲かるんじゃねーか！」

「動物の保護活動にご協力くださーい!!」

絶滅危惧種のヒヨコを売ろうとしている人たちを見つけたので、部屋に突撃して全員倒す。部屋を漁《あさ》ると他の珍しい動物の違法売買の証拠を見つけたので、一緒に紐でくくりつけて、大通りに放置しておく。ヒヨコさんは保護施設の前に暖かい布で包んで置いておいた。

夜な夜な悪人たちの住処に突撃して倒していく。そんな生活を続けて一週間ぐらい。私たちへの襲撃もぱったりとなくなってしまった。しばらく経っても、何も起こらなくて。

「どうやら相手も諦めたようですな」

ロールベンツさんがホッとした顔をする。

これで私も安心だ。

胸を撫で下ろしたとき、私はふっとある人の言葉を思い出した。

『すみません、エトワさま……。エトワ商会には大変良い待遇で迎えてもらってました……。しかし、土系統の魔法使いは職が不安定です。稼げるときに稼いでおかねばならないんです……』

うちの古参の職員であるペパーグさんが、出ていこうとしたときに言った言葉。

あのときペパーグさんが求めていたのも安心だったのではないだろうか。土系統の魔法使いの人たちの職は不安定だった。だから稼げるときに稼いでおかなければ安心できない。同じ会社で、ずっと良くしてもらうなんて、想像できなかったのだ。今までの辛い待遇のせいで。

うちでは普通より待遇は良くしていたけど、魔法使いの人たちはそれがずっと続くものとは思ってなかった。それはペパーグさんの言葉によく表れていた。

なぜ気づかなかったのだろう。

もちろんお金は欲しいし、いらないなんて言う人はまずいない。

でも人の気持ちってのは、それだけじゃない。大金が欲しいのも、いつ稼げなくなるか不安だからだ。本当はその生活がずっと続く安心こそが欲しいのだ。

私たちは職員の人にちゃんと与えられていなかった。ドヴェルグ商会の人たちも。

だから、お互いにお金の金額だけを吊り上げ合う争いになったし、魔法使いの人たちもそれを見てふらふらしてしまった。

　このままじゃいけない。ちゃんと土系統の魔法使いの人たちが、安心して未来を見て過ごせる、そういう風にしていかないといけない。

「ドヴェルグ商会が、新たな金額を提示して引き抜きを仕掛けてきました！」

「よし、こちらもすぐに対抗しましょう！」

「待ってください！」

　私はいつも通り、報酬を上げて勝負しようとする幹部の人たちを止めた。

「一週間待っていただけませんか？」

＊　＊　＊

　エトワ商会のアルミホイル生産工場のひとつ。

　そこでは雇われた魔法使いが噂話を話していた。

「ドヴェルグ商会の引き抜きから一週間か……」

「結局、賃金の値上げの提示はなかったな」

「やっぱり苦しいのかな」

「う〜ん、今でもかなり払ってくれてるからな……」

話題は当然、自分たちにも関係ある、エトワ商会とドヴェルグ商会で行われ続けている人材の引き抜き合戦の話だった。

「お前はどうするよ」

「この商会は居心地よかったし、ずいぶんと世話にもなったけどなぁ……だからといっていつまで雇ってくれるのかはわからないし、やっぱりあっちに行ったほうがいいのかもって思う」

「そうだよなぁ……」

魔法使いたちは、このままの待遇が続くのか、やはり不安があるようだった。

そんな中、工場の扉がいきなり開いて、誰かが入ってくる。

「就業中に失礼します！　ちょっとお話を聞いていただきたくてやってまいりました。みなさん、手を止めて聞いていただけませんか？」

それは金色の髪と、糸目が特徴の少女だった。

その姿を見て、魔法使いの一人が驚いた声を出す。

「か、会長!?」

「会長ってエトワ会長か？」

「た、確かに九歳ぐらいの女の子だって聞いてたけど」

「あれがうちの会長だったのか……」

魔法使いたちも、自分たちが働く商会の会長が、小さな女の子であるとは聞いていた。貴族に縁のある女の子で、きっとお飾りで実際に運営しているのは周りの幹部たちなのだと思っていた。

その噂はそこまで間違いではない。

商売に必要な知識や具体的な運用は今のところ幹部が担当している。エトワも幹部の人たちに教わったり勉強はしてるけど、まだまだ知識は追いついてない。

ただ、完全にお飾りかというと、そうではなかった。

工場長の指示で、魔法使いたちは一箇所に集められる。彼らの手元には何かの説明が書かれた紙がまわってくる。魔法使いの前に用意された壇に、あの少女、エトワ会長がのぼっていく。

エトワ会長は魔法使いたちの顔を見回すと、にこっと笑って話し始める。

「今日はこれから職員の方に適用される新しい制度についてご説明に参りました」

「新しい制度……？」

「なんだそれ……」

魔法使いたちの疑問を聞いていたように、エトワは「うん」と頷いて、大きな声で宣言する。

「はい、それは年金と雇用保険です！」

＊　＊　＊

「年金と雇用保険です！」

そう宣言すると、魔法使いさんたちはみんな首をかしげた。

そりゃそうだよね、この世界だとあんまり聞きなれない制度なのだ。

基本的にこの世界での雇用は流動的だ。職人さんは最終的には独立したりするし、船乗りさんとか御者さんとかは雇い主を頻繁に変える。使用人さんなんかは安定してるけど、それも主人の考え方次第だ。基本的には貴族のプライドとして、最後まで面倒を見るんだけど。

だからもとの世界のような、福利厚生みたいなのは、限られた職業にしか存在しない。

「年金って、退役した兵士がもらうアレか……？」

「保険って船の積荷《つみに》に掛けてる奴だよな」

うん、それに近いけど、ちょっと違ったりもする。

「ご説明させていただきますね。まず年金ですが、兵士の人がもらうのと似た制度になります。ただし兵士の場合は、武功に応じて国庫から出してくれるのに対して、私たちの制度の場合、働いたときに支払われる給料の一部を積み立てて、それを運用していき、一定の年数に達したとき、みなさんに支給していく制度になります」

「それって歳をとって職がなくなってからお金がもらえるってことなのか？」

「はい、今回の制度では勤続年数十年、二十年、三十年から受け取るタイミングを選んでいただけます。ただし、十年の場合はあんまり大した金額はもらえません。二十年で生活に必要な程度の額が、三十年になるとそれだけで余裕を持って暮らせる額を支給させてもらう予定です」

十年のタイミングについては必要ないように見えるけど、みんなが慣れてない制度だから、実感しやすくするために置かせてもらった。私の説明に、魔法使いの人たちは驚いた顔をする。

しかし、同時に不信感もあらわにした。

「ここで働いていたら、将来、兵士みたいに年金がもらえる？」

「でも、そんなに都合のいい制度があるのか？」

「言ってることが本当でも、この商会が潰れたら、支払ってもらえなくなるだろ」

「いえ、大丈夫です。資料の三ページ目を見てください」

不信感を抱かれるのは予測済みだった。そして対策も立ててある。

魔法使いの人たちが開いたページ、そこにはシルフィール公爵家の紋章が描いてあった。

「エトワ商会がもしなんらかの事情で、この年金を支払えなくなった場合、その支払いをシルフィール公爵家に保障してもらっています」

今度こそ、魔法使いの人たちはざわついた。

私たちの提示した年金制度、それはつまり給料の後払いということだった。後払いっていうことは、受け取る側はすぐにもらうほうが得じゃないのかと思うかもしれないが、そうでもない。

もとの世界で「借金はするな」というフレーズを聞いたことはないだろうか。

あれってなぜだろう。

世の中のほとんどの企業は銀行から借金をしているのにだ。

その理由のひとつが、個人はお金を使ってお金を生み出す能力がないということにある。

どういうことか。

例えば個人が百万円の借金をしたとして、私たちはその百万を使ってしまう場合が多い。使ってから働いてお金を稼いで、利子がついたころにそれを返すと、返済額が百八万円だったとして、生涯収入としてはマイナス八万円になってしまう。

でも企業が百万円借りたとして、乱暴だけど九十万円で何かを仕入れて、十万円で加工して、百二十万円で売れたとする。すると返済額が百八万円だとして。十二万円の利益になる。その企業が五十万しか持ってなかった場合、五十万借りないとビジネスチャンスを逃してしまう。

個人では借金をすると損をする。けど企業は逆に借金をしないと損するケースがある。

個人でももちろん同じような能力をもっている人はいるけど、多くはない。

給料を後払いすることによって、働いてる人たちはエトワ商会に一時的にお金を預けることになる。エトワ商会のお金でお金を増やす力が使えるようになるのだ。

そして会社側もこの制度では得をする。後払いするってことは、その分現金を会社に蓄えることができる。よりたくさんの現金を動かすことができるのは、ビジネスでは大きなメリットである。

ただし、これは百パーセント商会側の都合で物事を見た場合だ。

実際のところ、私たちは取引で損することもある。つまり、後払いすることにより損することも十分あるのだ。だから大切なのがその保障だ。

私はこの一週間で、お父さまと掛け合って、最大級の保障を取り付けてもらった。この国でトップクラスの権力をもつ公爵家による支払いの確約。これを信じない者はいない。

もちろんシルフィール家には、何の関係もない支払いのリスクを負ってもらうわけだから、その分の礼金がいる。これがかなり痛い出費になると思っていたけど、それでも魔法使いの人たちに信用してもらうためには、これぐらいしないと、と思っていた。

結果から言うと、その保障をしてもらうための礼金の支払いもあとでいいということになった。

『今は苦しい時期なのだろう。シルフィール家に礼金を支払うのは、業績が安定してからでいい。親族たちの説得は私がなんとかしよう』

アポを取って会った、お父さまがそう言ってくれた。

人件費が膨らんで、設備投資に掛けるお金が圧迫されてる今のエトワ商会にとってはとてもありがたい。資料を食いつくように読んでいる魔法使いの人に、続いて保険の説明もさせてもらう。

「続いては雇用保険についてです。これはみなさんの生活に何か起きたときに、お金が支払われる制度です。例えば病気で働けなくなったときなど、短期間、長期間などの状況に応じてお金が支払われます。医療保険制度も兼ねてるので、お医者さんにかかったときの治療費の一部も支払われます」

「じゃ、じゃあこの会社で働けば、老後も怪我して働けなくなったときも大丈夫ってことか……？」

「そ、それって本当にできるのか？」

「あのシルフィール家が保障してるんだぞ！　これ以上、信用できるものなんかないだろ！」

シルフィール家の効力は絶大だ。今まで不安定な職しかつけなかった土系統の魔法使いの人たちが、年金と雇用保険の制度を信じだしている。

それでも信じきれないのか質問が飛んでくる。

「給料の一部を積み立てるって言ってたよな。俺たちの給料はどれくらい減るんだ？」

「それですが、減りません」

「えっ？」

「いいえ、実は減ってはいるんですけど。ドヴェルグ商会に対抗して、今回値上げしようとした額を、今回の制度の積み立てに使わせていただこうと思います。なので、額面的《がくめんてき》には今まで通りの給料になっています。実際は減ってるんですけど、大丈夫でしょうか？」

「い、いや……それなら俺たちとしては……」

「あ、ああ、まったく問題ないよな……」

私たちの提示する条件を受け入れてくれた魔法使いの人たちに言う。

「この制度は、以前までの不安定な職状況に不安を抱いていたみなさんに安心してもらうために用意した制度です。エトワ商会としては、そうでなくても二十年、三十年、この会社で働いていただけるようにがんばりたいと思ってます。どうかよろしくお願いします」

私がそう言ってぺこりと頭を下げると、魔法使いの人たちから歓声が湧いた。

どうにかこれで安心してもらえたかな？

＊＊＊

「どういうことだ⁉　こちらのほうが提示している金額は上なのに、なぜ来ない‼」

アルフォンスは自室で叫び声をあげた。

アルフォンスとしては二週間ほど前から、エトワ商会が賃金を上げてこなくなり、勝ったと思った。しかし、そうなったのに魔法使いたちは誰も、ドヴェルグ商会に移ってくることはなかった。

おかしいと思いつつ、値上げ合戦に慣れて強欲になってるのかと思い、さらに上乗せした額を提示させたが、ほとんどの者が「これからもエトワ商会で働いていく」と言ったらしい。

「どうやらエトワ商会が提示した年金制度と保険制度を魅力に感じているようです。こちらのほうが額面は上でも、動こうとしません」

「なんだそれはっ……」

執事から聞かされた聞きなれない言葉に、執事が持ってきた資料に目を通す。

そして理解した。自分が魔法使いたちの心を読み違えていたことを……

銃を大量に作ったあとは切り捨てるつもりだった。短期間だけ雇って、情報が漏れたら邪魔だから、どう始末するか考えていたぐらいだ。

それが、その考えが、お金を投げつけるという単純な発想しか生み出さなかった。

そこをつかれた。エトワ商会に勤めることで、ずっと望んでいた安心できる生活が得られると思った魔法使いたちは、もう金額では動かない……

「私たちも同じ制度を作って対抗しましょう」

「バカを言うな！　対抗してグノーム家の名を使って保障などしたら、兄さんにばれればれだ!!」

つまり手詰《てづ》まりというわけだった。

アルフォンスは悔しさに唇を噛みしめながらも、撤退するしかないと悟った。

結局、得られた人員は、初期に抜けてドヴェルグ商会に移った一部の魔法使いだけ。

アルフォンスの銃器製造計画は数年単位での遅れを強いられることになった。

＊　＊　＊

それから一ヵ月ほどが経ち、エトワは公会堂にいた。

あれからもエトワ商会の業績は伸び、人件費を払っても黒字になるようになっていた。

ドヴェルグ商会から引き抜きの話もまったくこない。というか、終盤は魔法使いたちが動かなかった。

エトワ商会はドヴェルグ商会との争いに勝利したのだ。

そういうわけで、今日は祝勝会である。

ふたつの商会の間で身の振り方に迷っていた魔法使いたちも、今はエトワ商会の一員として勝利を喜んでくれていた。

「それでは会長であるエトワさまから、お言葉があります。みなさん静粛《せいしゅく》に！」

ロールベンツの言葉で、舞台袖に待機していたエトワは飛び出した。

準備してもらった拡声の魔法でいきなり叫びだす。

「エトワ商会イズナンバァワァアアアアあああああああアアン！」

腕をあげてそう叫んだあと、もう一度叫ぶ。

「アルミホイルアズナンバァアワァアアアアあああああああアアアン！」

「うぉおおおおおおおおおおおおおおおおおおおおおおおおお‼」

誰も彼女の言葉の意味はわからなかったが、とりあえず大声を出したので盛り上がった。このアホな集団が、国の危機を救ったのだとは誰も知らない。

これからも知ることはない。

エトワとロールベンツは、困った顔で倉庫に敷き詰められたアルミニウムの山を見ていた。

実はあれから生産量も増えて、アルミホイルの需要を上回りアルミニウムが余るようになっていたのだ。少しずつだけど、どんどん溜まっていっている。

使わないと、いずれ倉庫から溢れ出してしまう。

「これどうしましょうか……」

「うーん……」

エトワはしばらく悩んだ仕草をしたあと言った。

「銅と混ぜて合金を作って、馬車の車輪でも作ってみましょうか。アルミホイールなんつって。ってさすがに売れないよね。あはは」

それからしばらく。こちらはクロスウェルの書斎《しょさい》。

「クロスウェルさま。エトワさまが余ったアルミを使って馬車の車輪を作られたそうですよ。四十個ほど。試作品なんだそうです」

「全部買おう」

「えっ？　でも我が家が所持する馬車の車輪は、新調したばかりでは？」

「全部だ」

全部売れた。


休日、私は料理をしていた。

グラタンにパスタ、マッシュポテトにスープ、ホイル焼き。すごい量だけど、全部私一人で作らせてもらってる。アルミホイルを使った料理もあれば、使ってない料理もある。

最初はアルミホイルを使った料理尽くしにしようと思ってたんだけどやめておいた。

だって大切なことに気づいたのだ。エトワ商会で働いてくれてる魔法使いさんたちが安心を求めていたように、私も大切だって思っているものがある。

ソフィアちゃんたちがいるから、私はこの世界で安心して幸せに暮らしていけてる。そんな子たちに料理を振る舞うわけだから、とにかく喜んでほしいわけで、アルミホイルって形にこだわる必要はないよね。

この世界に来てから、いろいろと大切なものが増えた。家族だったり友達だったり先輩だったり。そして今回のエトワ商会やロールベンツさんたちとの絆も、私に増えた大切なものだと思う。

「はーい、ホイル焼きできましたー！」

「わあ、美味しそうです！」

「うん、美味しそうだな」

「うむ……」

テーブルで待ってくれていたソフィアちゃん、リンクスくん、ミントくんが嬉しそうな顔をしてくれる。私はこそっと並べた料理に伸びたミントくんの手を、ガシッと止めながら三人に言う。

「ちょっと待っててね、クリュートくんとスリゼルくんを呼んでくるから」

クリュートくんの部屋の前にやってくる。

「クリュートくん！　晩御飯できたよー！」

すると扉の前から、拗《す》ねたような声が聞こえてくる。

「はあ、僕はシェフが作ったきちんとした料理が食べたいんですけどねぇ」

私はくすりと笑って、扉をさらにこんこんこんこんと叩き続ける。

「ほらほらー行くよー」

「あーもう、うるさいんですよ、行きますよ行きます」

するとなんだかんだ、嫌そうな顔をしながらも出てきてくれる。クリュートくんはそういう子だ。本人は気づいていないけど、たぶん人一倍お人好し。

「それじゃあ、スリゼルくんを呼んでくるから」

いやいや食堂に向かうクリュートくんの背中を見送って、私はスリゼルくんの部屋へと向かう。

部屋の前までやってくると、扉からスリゼルくんが出てきた。

私を見て、笑顔を作って言う。

「エトワさま、そろそろ晩御飯の時間ですよね。お腹が空いて出てきてしまいました」

その笑顔にもその言葉にも本心がないことを私は知っている。

扉をノックすることすら拒否するように、私の足音を聞いて部屋から出てきた。私とスリゼルくんの間には分厚い壁がある。踏み込んでいいのか私は迷ってる。だって私たちは家族のようではあっても、家族ではないから。

「今日の料理はとびっきりの傑作だよ！　楽しみにしててよ！」

「ええ、楽しみです」

スリゼルくんと私はそれでも隣を歩く。作り笑顔を作って、作り笑顔を知って。

十五歳になって私がこの家を出ていくときまで、その心が交わることはないのかもしれない。けれど、私は一年だって、一月だって、一日だって家族みたいになれる時間があればいいと思ってる。

だって私はよくばりだから。ソフィアちゃんが、リンクスくんが、ミントくんがたくさんの幸せをくれるから。もっと欲しいと思ってしまうのは、仕方ないよね。

書き下ろし番外編

少しだけ寂しがりやな侯爵令嬢の一日

朝、目覚めたばかりのパイシェンはため息を吐いた。

天蓋付きのベッドから身を起こし、鏡の前へと向かう。

『貴族らしい貴族』を標榜《ひょうぼう》するニンフィーユ侯爵家。その娘であるパイシェンの寝室は不必要に感じるほど広い。鏡の前まで行くのに、彼女の足で二十六歩ほどかかってしまう。さすがに少し煩《わずら》わしく感じる距離である。

でも、ため息の理由はそのことではない。朝が辛いわけでもなければ、何か大きな悩みがあるわけでもない。

鏡の前で、パイシェンはいつも通り髪を櫛《くし》で整える。この国でもっとも貴族らしいとされる侯爵家の娘でも寝癖はできる。それを綺麗に整えてから侍女たちを呼ぶのがニンフィーユ家の習わしだった。

身の回りを世話する者たちにも、少しでも美しい姿を見せておくに越したことはない。

そういう細かい部分こそが、上に立つ者のカリスマを生み出すのだから、と。

髪を整え、寝巻きの乱れをしっかりと直すと、ベルを鳴らす。

「パイシェンお嬢さま、おはようございます。お召し替えをさせていただきます」

すぐに侍女たちが入ってきて、パイシェンの着替えを始める。

昨今は『着替えぐらい自分でできます』という気取りません系の貴族が多いが、ニンフィーユ家では、それをやると父親から注意を受ける。

起き抜けにわざわざ身づくろいした寝巻きを脱がされ、寝癖を整えた髪はあらためて櫛《くし》を通される。あとは制服を着せられて完了だ。

「朝食の準備ができています」

着替えを終えると、寝室から出てリビングに移動する。パイシェンの自室は複数の部屋に分かれている。リビングもニンフィーユ家のものではなく、パイシェン個人用だ。

今日の朝食は、シンプルなトーストだった。

侍女たちが見守る中、彼女は優雅な動作でそれを口に入れていく。パンのかけらが、テーブルクロスや制服のスカートにこぼれ落ちることは一度もない。

それは彼女が生まれながらにもっていた能力ではなく、ニンフィーユ家の人間として努力して身につけた所作《しょさ》だった。

食事を終えると、部屋を出る。通学用のかばんを持った侍女たちもぞろぞろとついてくる。

お屋敷の廊下を歩いていると、水色の髪をした男性が向こうからやってきた。

パイシェンの父であるペルシェンだ。

「おはようございます、お父さま」

「おはよう、パイシェン」

挨拶をしながら、ペルシェンはパイシェンの全身をさっと見ると、彼のスーツの右襟《えり》を二回叩いてみせた。それでパイシェンは自身の襟《えり》が乱れていることに気づく。乱れといっても、それはわずか数ミリほどのズレだが。

さっと直す手つきも慣れたものだ。着替えを担当した侍女たちが青い顔をしていたが、心配ないと視線と手振りで示してやる。

召し替えを頼んだ日でも、服装の最終的なチェックは自分の責任で行わなければならないのだ。見落とした自分がわるい。

「今日は少し気落ちしているようだな。何か心配事でもあったのか？」

言われてみると、今朝は少し気が抜けてしまっていた気がする。

「いえ、なんでもありませんわ」

理由を話す気はしなかった。何度も心の中で繰り返す通り、これは悩み事でもなければ心配事でもない。

「そうか。年度のはじまりは大切な時期だ。襟元《えり》のわずかな狂いすらニンフィーユ家の評判を左右する」

「ええ、わかっております」

注意は受けたものの、その理由を追及されなかったことにホッとする。

「そういえばお祖母《ばあ》さまは？」

話題をそらすためにそう言うと、今度はペルシェンがため息を吐いた。

「またルイシェンに会いに行ったようだ。新年度、水の派閥の結束を固めたい時期、母上にも派閥関連のパーティーをまわってもらいたかったのに困ったものだ」

パイシェンの祖母は、パイシェンの兄であるルイシェンのことを溺愛している。ルイシェンが次期当主の座を外され、遠くに飛ばされてからも毎月会いに行ってるのだった。さすがにお祖母《ばあ》ちゃんっ子だったルイシェンからも、そろそろ鬱陶《うっとう》しがられていると聞く。

「仕方ありません。そのパーティーには私が出席します」

「ああ、それは助かるよ」

ご機嫌取りのつもりはないが、父がホッとしているのを感じた。

父との挨拶を済ませると、家の正門まで侍女たちと歩く。そこで侍女たちからかばんを受け取って、ようやく出発である。

「行ってらっしゃいませ、パイシェンお嬢さま」

「ええ、行ってくるわ」

家を出たパイシェンは学校へと向かう。それは彼女にとって日常の景色。でも、彼女の歩く道は〝いつもの通学路〟ではなかった。

パイシェンは中学生になったのだ。

＊＊＊

パイシェンがルーヴ・ロゼの中等部生になったのは一週間前のことだ。

貴族学校なので生徒たちの顔ぶれは小等部から変わらないとはいえ、入学式では堂々と生徒代表としてスピーチをして、同世代の者たちにその権勢は盤石《ばんじゃく》と印象付けたのだった。

そんな周りからの評判が上々な彼女は交友関係も広い。家を出たときは一人でも、通学路を歩くうちに、その周囲には貴族のお嬢さまたちが集まってくる。

年度のはじまりの時期というのは、誰もが気合いが入ってしまうものだ。パイシェンの周りにやってくる人たちも、上流階級であり学園の憧れの対象でもある彼女と、もっと仲良くなりたいという気合いが入りまくっていた。

そういう者たちの相手をするというのは、いささか面倒なことだった。

無下《むげ》にすれば反感を買うし、かといって懐の広さを見せすぎると、ニンフィーユ式に言うと『舐められる』。したたかな話をすれば、何か魅力を感じるモノや背景があれば彼女たちともっと仲を深めるし、ないのなら今の距離感がベストなのである。

彼女たちもパイシェンの人間性というより、立場や影響力に魅力を感じて近づいてきてるのだからお互い様である。

小さいころから社交界に出て場慣れしているパイシェンは、上手に彼女たちをあしらいながら学校へと向かう。

ただあまりにも数が多すぎて、少し疲れてきたころ、パイシェンに声がかかった。

「パイシェンさま、おはようございます」

それはパイシェンよりも一年前に小等部を卒業し、今は中等部二年生になったシャルティだった。その隣には、パイシェンと一緒に中等部に入学したプルーナもいる。

二人は笑顔のまま、堂々とパイシェンの傍へ向かう。

ニンフィーユ家や風の派閥の五侯家《ごこうけ》の陰に隠れることが多いが、彼女たちもまた学園の上流階級にいる者たちで、生徒たちの憧れの的である。二人が歩く先にいる令嬢たちは自然と道を譲り、人垣が割れていく。

パイシェンの隣を、二人ががっちりと固めると、さすがに空気を読み、彼女を囲む女子生徒の会は解散となった。

「ありがとう、対応に困ってたから、助かったわ」

パイシェンがお礼を言うと、シャルティは驚いた顔をした。

「パイシェンさまがこれしきのことで弱音を吐くなんて、珍しいですね。何か悩み事でもおありなんですか？」

自分たちを取り巻くものへの対応について、たまに疲れを感じるのは、シャルティも同意できることだった。でも、ニンフィーユ家というのはそういう社交の場こそを得意とする一族なのだ。

実際、学校関連のパーティーでも、パイシェンは生徒会の誰よりも多くの人と交流し、そうしながらも一切の疲れを見せたことはなかった。

しかし今日、シャルティの視線の先では、気心の知れた生徒に囲まれ少し気の抜けたパイシェンはキョロキョロと周囲を見渡す仕草を見せた。まるで誰かを探しているようだ。

そんなパイシェンとシャルティを、プルーナがなぜか楽しいものを見るような表情で眺めながら、クスクスと笑う。

「違うんですよ、シャルティさん。パイシェンさまは寂しがってるんです、エトワさんがいなくて」

「エトワさんですか」

シャルティの頭に、独特の糸のような細い目をした少女の姿が浮かぶ。生まれも育ちも性格も、とにかく変わった少女ではあるが人当たりはよい。シャルティも二年ほど桜貴会での時間を、良好に過ごした。

「ですよね、パイシェンさま」

その言葉にパイシェンの顔が真っ赤に染まる。

「ち、違うわよ！　あんな奴！　あいつが問題起こさないか監視しているうちに、ついつい探す癖がついちゃって……まだ抜けてないだけよ！」

動揺した唇から放たれたその言葉は、先ほど探していた相手が、エトワであることを肯定してしまっていた。

シャルティの記憶の中でも、パイシェンとエトワは仲がよかった。桜貴会でパイシェンと何年も一緒にいたはずの自分たちをあっさり飛び越してしまったと、認めざるえないほどに。

シャルティが卒業してからも、その仲は深まっていったのだろう。いないとわかりきってる場所ですら、こうしてその姿を探してしまうほどに。

そんなにも誰かに心を許してしまったパイシェンに驚くと共に、シャルティ自身は、エトワと出会う前の侯爵令嬢として完璧な振る舞いをするパイシェンより、エトワと出会ったあとの少し隙の見えるパイシェンのほうが好きだった。

だから、そんなパイシェンの姿を見ても、シャルティはわるい印象は抱かなかった。

＊＊＊

中等部にエトワはいない。

それは当たり前の話だ。エトワはまだ小等部生なのだから。

そんな当たり前のことに、自分でも予想外につまずきを感じているパイシェンは、自分自身の感情を恥ずかしく感じていた。

（まるで手に入らないものに駄々をこねる、子供じゃないの……）

あんなにかっこよくエトワの前で卒業して見せたのだ。なのに中等部に入って一週間、エトワの姿を探してたまにキョロキョロしてしまうなんて、こんなこと知られたら……

（絶対、あいつに笑われる……）

パイシェンの脳裏に、自分を指差して嘲笑《あざわら》うエトワの姿が浮かんだ。

それは本当に憎たらしい顔をしている。そんな想像の中のエトワを、パイシェンはボコボコにゲンコツしてから、現実へと意識を戻した。

内心はどうあれ、彼女の学校での生活態度は立派だった。

授業では率先して教師の質問に答え、クラスではリーダーシップを取る。

魔法の実習では……

「素晴らしい！　中等部に入学したばかりで、ここまで魔法を使いこなしていらっしゃるとは……！　やはりニンフィーユ家の方は天才です」

「褒めすぎです、先生」

べた褒めする先生の言葉を、パイシェンは冷淡に受け取った。

エトワと出会ってから、いつか彼女の助けになれる日がくるかもと、魔法の練習をがんばったおかげで多少はうまくなった。でも、風の派閥の五侯家《ごこうけ》の子供たちにはまったく及ばないのが自分の魔法なのだ。

それに肝心のエトワは、魔法なんか使わずに、それ以上のすごいことをやってのけてしまう。

各地で起こる、いろんな事件を聞くたびに、彼女の仕業だとわかってしまうものがいくつもあった。

都市を崩壊へと追いやった魔族を倒した件と、同じく都市壊滅級と推定される魔族に襲われた王女殿下を救出した件は、国の英雄として迎えられてもおかしくない。逆にボタンを掛け違えれば魔族以上の脅威として、国のあらゆる勢力から付け狙われる可能性もある、とんでもない偉業である。

そんなすごいことをやってのけてるのに、パイシェンと会うときのエトワといえば、ひたすらのほほんとしている。


昼休みも、パイシェンは休まない。

「こちらが去年の生徒会の資料です。それとアルセルさまからのご指示で、これまでの桜貴会の様子なども簡単なレポートにまとめておきました」

「わかった、目を通しておくわ」

パイシェンの前に座るのは、中等部四年の女子生徒である。

前年まではアルセル殿下が桜貴会と生徒会の代表を務めていたが、卒業してしまったので、彼女が臨時で代表をしている。

ただ、それはパイシェンがすぐに引き継ぐ予定だった。

一週間後には生徒会長選挙が始まり、パイシェンが当選することは確定事項だった。

だから、選挙の準備というより、実務の引き継ぎのほうで忙しい。

(そういえば、あの子が入学してきた年はもっと大変だったわね)

エトワが入学してきた年は騒動続きだった。

パイシェン自身、あれは自分のほうがわるかったと反省はしているものの、風の派閥の五侯家《ごこうけ》の子供たちとは喧嘩になるし、パイシェン自身が告発した結果とはいえ、兄は別の学校に飛ばされてしまった。

その後の生徒会長選挙でもライバルが現れ、エトワははりきって変な絵のポスターを学校の掲示板に貼り出すし、二人に対応するのは大変だった。

その変な絵のポスターは今、パイシェンの部屋に飾ってある。ニンフィーユ家の家族には不評だが、侍女にはあの絵が好きだという奇特な者もいた。

ライバルだったクレノ・ルスタといえば、水の派閥第一位のウンディーネ公爵家の令嬢、シーシェさまのお気に入りとなり、この中等部ではアンタッチャブルな存在と化している。

「パイシェンさま、パイシェンさま、ご気分がすぐれないのですか？」

気づくと、思い出にふけてしまっていたようだ。

心配されてしまった。

「いいえ、大丈夫よ。ごめんなさい、ついボーッとしていたわ」

「入学したばかりでお忙しいですからね。ご無理はなさらないでください」

呆《ほう》けてしまった原因は、忙しいからというより、エトワのことを考えてしまったからのように思う。

（やっぱり寂しいのかしら……）

弱気な本音が心の内側から出てくる。でも、パイシェンはその本音を強気な心で打ち消すことにした。

（いいえ、そんなことはありえないわ。物の道理がわからない赤子でもあるまいし、相手がいないから寂しいなんて、そんな感情私が抱くはずがないの！　絶対ありえない！あいつなんかいなくても私は全然寂しくなんかない！）

心の中でふんっと気炎をあげて、パイシェンは昼の仕事に集中した。

＊　＊　＊

午後の授業も終わり、放課後になった。

ニンフィーユ家の娘として、立派に過ごしたパイシェンは、ふうっと一息吐く。やることが多く忙しい一日だったが、パイシェンにとってこれぐらいの忙しさは、何度も経験してきたことである。

（慣れればこんなものなのよ。別に大したことではないわ。そう、エトワがいない学校にも慣れればいいだけ。だいたいあの子は騒がしすぎたから、そっちに慣れちゃってただけなのよ。騒がしいパーティーのあと、一人になったらどこかもの寂しい気持ちになってしまうみたいに。今の私の気持ちはそれと同じこと。赤ちゃんみたいに、誰かがいないと嫌だとか寂しいとか、そういう感情ではないわ）

ようやく、自分の気持ちの落としどころを見つけた気がする。まだ多少の引っかかりがあることは拭えないが……

パイシェンにはまだやることが残っていた。

このあと、中等部の桜貴会に顔を出さなければいけない。とはいっても、シャルティ、プルーナは言わずもがな、レニーレ、エッセルなど小等部のころから親交の深いメンバーばかりなので特に気負う必要はない。

桜貴会がある場所に行くには、一旦、靴を履いて庭に出なければならない。

下駄箱までやってきたパイシェンがそれを開いた瞬間、中にきらりと光る何かが入ってることに気づく。その反射は、宝石ではなく、刃物の類《たぐい》であることまでわかった。

自分の下駄箱に刃物が入っていたことに、恐れなどは感じないが、少し驚く。

（もしニンフィーユ家に嫌がらせをしようなんて思う子がいるんだとしたら、すごい度胸ね）

嫉妬やそれに伴う嫌がらせも多い貴族社会では、こういった陰湿な嫌がらせも存在する。そういった嫌がらせへのニンフィーユ家の報復は、苛烈であることが知られている。貴族社会にいくつもの伝説を残すほどに。

そのノウハウは、しっかりとパイシェンの世代にも引き継がれてる。

だから、未だにそんなことをしようとする人間がいるのだとしたら、その蛮勇《ばんゆう》に驚くしかないのである。

しかし、パイシェンはしばらく観察して、それがどうやら単純な嫌がらせではないことに気づいた。

刃物は、しっかりと安全に配慮するよう刃が潰されていた。そもそも、それはとても小さくて、背後には長い棒が伸びている。

（これは矢……？）

棒のほうを目で追っていくと、途中で切断されており、そこに紙が結い付けられていた。

（……文）

つまり、これは矢文だった。

（こんなアホなことをするのは……）

パイシェンはある予感に胸を支配されながら、結い付けられた紙を解いた。見覚えのある字が、パイシェンの目に映る。

『パイシェン先輩！　学校にパイシェン先輩がいなくてとても寂しいです！　会いたいです！　今日の放課後は私と遊んでください！　エトワより』

その手紙を読んだ瞬間、パイシェンは笑みを抑えきれなくなった。

下駄箱で矢文を読んで、ニヤニヤするなんて完全な不審者である。ニンフィーユ家の人間として許されない。けれど、必死に無表情を保とうとする口が、歪《ゆが》んでいくのをどうしても抑えきれなかった。

こんな姿、誰かに見られたら、評判が落ちてしまう。

まったく何をどうやったら、矢文を下駄箱に投函しようなどという考えに至るのか。

誰にも目撃されず、こんな手紙をパイシェンの下駄箱に入れられたということは、まさかあの不思議な力を使ったということなのだろうか。わざわざ、自分にメッセージを届けるためだけに。

「もう、バカね。こっちにだって予定はあるのに、勝手に今日に決めて、困ったわ」

誰にも見られてないと思っていたパイシェンは、ひとりごととしてそう呟いた。

「それでしたら、私が桜貴会のメンバーには用事ができたと伝えておきます」

しかし、パイシェンの予想に反して、隣から返事が返ってきた。

「プ、プルーナ！　まさかずっと見てたの!?」

まさかあのニヤニヤした表情を見られたのかと、パイシェンは狼狽《ろうばい》する。

「桜貴会のことは私がやっておきます。だからパイシェンさまはエトワさんに会いに行ってあげてください」

でも、プルーナは答えてくれない。そのまま笑顔でパイシェンの返事を待っていた。

「…………わかったわ。お願いする……」

子供みたいな返事になってしまった。

でも、なぜだかプルーナはとても嬉しそうに笑う。

プルーナの優しい表情がなぜかとても気恥ずかしく思えて、少し気まずい思いをしながらも、パイシェンは靴を履き、学校の玄関を出た。その足は桜貴会がある場所ではなく、別の場所を目指す。

その足取りは焦るようにだんだんと速くなっていったが、パイシェンの顔には微笑《ほほえ》みが浮かんでいった。

（私だって寂しかったわよ、バカ……！）

その放課後、とある喫茶店でエトワと楽しそうに話すパイシェンの姿があった。

公爵家に生まれて初日に跡継ぎ失格の烙印を押されましたが
今日も元気に生きてます！
1～2
漫画 世鳥アスカ
原作 小択出新都
Regina COMICS
大好評発売中！
アルファポリスサイトにて好評連載中！
異世界の公爵家に転生したものの、生まれつき魔力をほとんどもたないエトワ。そのせいで額に『失格』の焼き印を押されてしまった！　そんなある日、分家から五人の子供達が集められる。彼らはエトワが十五歳になるまで護衛役を務め、一番優秀だった者が公爵家の跡継ぎになるという。けれどエトワには、本人もすっかり忘れていたけれど、神さまからもらったすごい能力があって――!?
アルファポリス 漫画
検索
B6判 各定価：748円（10%税込）

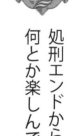

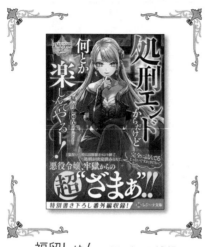

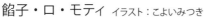

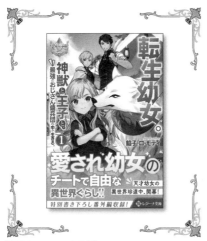

本書は、2020年9月当社より単行本として刊行されたものに書き下ろしを加えて文庫化したものです。


この作品に対する皆様のご意見・ご感想をお待ちしております。

おハガキ・お手紙は以下の宛先にお送りください。

【宛先】

〒150-6008 東京都渋谷区恵比寿4-20-3 恵比寿ｶﾞｰﾃﾞﾝﾌﾟﾚｲｽﾀﾜｰ 8F
（株）アルファポリス　書籍感想係

メールフォームでのご意見・ご感想は右のＱＲコードから、
あるいは以下のワードで検索をかけてください。

アルファポリス　書籍の感想　検索

ご感想はこちらから

レジーナ文庫

公爵家《こうしゃくけ》に生《う》まれて初日《しょにち》に跡継《あとつ》ぎ失格《しっかく》の烙印《らくいん》を押《お》されましたが今日《きょう》も元気《げんき》に生《い》きてます！ 4

小択出新都《おたくでにーと》

2022年12月20日初版発行

文庫編集－斧木悠子・森順子
編集長－倉持真理
発行者－梶本雄介
発行所－株式会社アルファポリス
〒150-6008 東京都渋谷区恵比寿4-20-3 恵比寿ｶﾞｰﾃﾞﾝﾌﾟﾚｲｽﾀﾜｰ8階
TEL 03-6277-1601（営業）　03-6277-1602（編集）
URL https://www.alphapolis.co.jp/
発売元－株式会社星雲社（共同出版社・流通責任出版社）
〒112-0005 東京都文京区水道1-3-30
TEL 03-3868-3275
装丁・本文イラスト－珠梨やすゆき
装丁デザイン－AFTERGLOW
（レーベルフォーマットデザイン－ansyyqdesign）
印刷－中央精版印刷株式会社

価格はカバーに表示されてあります。

落丁乱丁の場合はアルファポリスまでご連絡ください。

送料は小社負担でお取り替えします。


ISBN978-4-434-31324-0 C0193